Over octopussen & mannen

MISHA BELL

♠ MOZAIKA PUBLICATIONS ♠

Copyright © 2022 Misha Bell
www.mishabell.com/nl/

Uitgegeven door Mozaika Publications, onderdeel van Mozaika LLC.
www.mozaikallc.com

Ontwerp cover: Najla Qamber Designs
www.najlaqamberdesigns.com

Fotografie: Wander Aguiar
www.wanderbookclub.com

Vertaling: Missy Veerhuis

ISBN: 978-1-63142-783-1
Print ISBN: 978-1-63142-788-6

HOOFDSTUK
Een

DE TRILLENDE PAARSE TENTAKEL GLIJDT TUSSEN DE BENEN VAN HET MEISJE DOOR.

Ik werp een behoedzame blik op mijn oma.

Zul je altijd zien. Terwijl de meeste oma's waarschijnlijk een hartaanval zouden krijgen als ze zoiets zien, kijkt de mijne, als een beginnende gynaecoloog, gefascineerd toe.

Een tweede tentakel voegt zich bij het plezier.

Oma's fascinatie neemt toe, nu vergelijkbaar met die van een beginnend proctoloog.

Ik draai mijn hoofd van de tv naar haar en dan weer terug. Ten slotte vraag ik voorzichtig, "Oma... waarom kijken we naar tentakelporno?"

Met een lichte frons drukt ze op de pauzeknop. "Het heet *hentai*. Deze tekenfilms worden in Japan getekend."

Serieus, Japan? Is het eten van rauwe octopus niet

genoeg? Nu moet je mijn toch al ongemakkelijk door seks geobsedeerde oma bederven?

Ik zucht. "Waarom kijken we naar hentai?"

Ze wiebelt met haar perfect verzorgde wenkbrauwen. "Dit is iets waar je grootvader en ik van genieten. Ik dacht dat het wel iets voor jou zou zijn."

Cthulhu help me, als TMI in een persoon zou kunnen veranderen, dan zou het mijn oma zijn. Ze is nog erger dan haar dochter — mijn moeder. "Waarom zou je denken dat tentakelporno in mijn straatje is?"

Ze werpt een blik op het grote aquarium bij het raam, waar Beaky is gehuisvest, mijn BFF die toevallig een gigantische reuze-octopus is. "Je houdt echt van dat ding, en je gaat door een periode waarin je droog staat, dus ik —"

Ik schraap luid en nadrukkelijk mijn keel. "Suggereer je dat ik in bestialiteit moet gaan?"

Ik ben dol op alles wat met octopussen te maken heeft. Aangezien ik een zeebioloog ben en een van acht zussen, is het niet meer dan logisch. Maar dat betekent niet dat ik seksuele relaties met hen wil hebben.

Ze haalt haar schouders op. "Zoals ik laatst tegen mijn scatofiele vriend bij bingo zei, ik doe niet aan kinkshamen."

Ik knijp in de brug van mijn neus. "Ik heb geen kink voor seks met octopussen. Ik weet niet eens of er zoiets *bestaat*."

Ze grijnst. "Het heet regel 34. Als je het kunt bedenken, dan is er een soort porno van."

Ik tuit mijn lippen. "Als iemand seks met een

levend wezen heeft zonder hun toestemming te hebben, dan behoud ik me het recht voor om ze te schande te maken. En het kan me niet schelen of ze een octopus, een geit of een kakkerlak aanranden."

Oma knikt naar Beaky. "Je blijft maar zeggen hoe slim hij is. Misschien zou hij gebarentaal met zijn tentakels kunnen doen?"

Ze is net zo moeilijk om ruzie mee te maken als mijn zus Gia. Dat is passend, aangezien Gia naar haar is vernoemd. Ik probeer het toch. "Beaky en ik zijn gewoon vrienden."

"Je kunt vrienden met voordelen zijn."

Ugh. "We zijn strikt platonisch."

"Nou... Ik was je kamer aan het schoonmaken en kwam je tentakel-dildo tegen." Tot mijn schrik kijkt ze verlegen als ze dit zegt — een duidelijke primeur.

Ik bloos in de rode kleur van Beaky als hij probeert om er dreigend uit te zien. Dan herinner ik me dat Florida beroemd is om zijn sinkholes.

Kan een daarvan me nu inslikken?

"Ik heb dat voor de lol gekocht, oma. Bovendien hebben octopussen geen tentakels. Je hebt het dan over inktvissen en zeekatten."

"Oh?" Ze kijkt in verwarring naar de tank. "Dus hoe noem je die acht aanhangsels dan?"

Ik loop naar de tank en pak de afstandsbediening. "Armen."

Ze knippert naar me. "Wat is het verschil?"

Ik weet dat ik voor het verkeerde publiek in mijn

3

zeebioloogmodus ga, maar ik kan het niet helpen. "Als de zuigers overal zitten —"

"Zuigers?" Ze wiebelt met haar wenkbrauwen.

"Ugh, oma, hou op. Zoals ik al zei, als de zuigers overal zitten, dan is het een arm. Als ze zich alleen aan de punt bevinden, dan is het een tentakel. Armen hebben ook een fijnere controle, terwijl de tentakels langwerpig zijn en —"

"Oké, oké, het spijt me," zegt ze.

Ik vernauw mijn ogen tot spleetjes. "Spijt dat je suggereerde dat ik dingen met mijn octopus doe? Of heb je spijt dat je in mijn persoonlijke la hebt gesnuffeld?"

Haar grijns is zo ondeugend als die van een stout kind. "Het spijt me dat ik het vroeg."

Met een zucht activeer ik de motor onder het aquarium en het hele ding begint te rollen. "Voor het geval het niet duidelijk is, Beaky en ik gaan wandelen."

Mijn oma zwaait gedag en hervat haar porno, net zo gefascineerd als voorheen.

Hé, ik oordeel niet. Als ik me speels voel dan blijf ik naar *Aquaman* kijken.

Het animemeisje kreunt met de piepende, hoge stem die kenmerkend is voor het genre. Vinden Japanse mannen kinderachtige stemmen sexy?

Goed dan. Misschien oordeel ik een beetje.

Na iets te lang te zijn blijven hangen, begeleid ik Beaky's gemotoriseerde tank naar de eetkamer, waar ik mijn opa aan tafel zie zitten, liefdevol een sluipschuttersgeweer in elkaar zettend. Net als mijn oma is hij in topvorm, zeker voor een tachtigjarige. Met zijn dikke haar en gespierde armen zou hij testosteron aan jongere mannen kunnen doneren.

Hij kijkt op van zijn wapen met een glimlach om zijn verweerde lippen. "Ah, Kappertje. Wat ga je doen?"

Ik grijns. Mijn naam is Olive (mijn ouders zijn slecht in hun hippie-dippie-heid), en als opa me Kappertje noemt, dan bedoelt hij 'kleine olijf', waardoor ik me weer een klein meisje voel. Ik zal hem natuurlijk nooit vertellen dat zijn bijnaam voor mij botanisch onjuist is: kappertjes zijn de bloemen van een struik, terwijl olijven een boomvrucht van een heel andere soort zijn.

"Ik neem Beaky mee voor een wandeling," antwoord ik, naar de tank knikkend.

Opa tuurt naar het glas en Beaky kiest precies dat moment om zichzelf op een rots te laten lijken — zoals hij elke keer doet als opa naar hem probeert te kijken.

Opa wrijft in zijn ogen. "Zit daar echt een octopus in? Ik heb het gevoel dat jij en je oma proberen om me te laten denken dat ik seniel word."

"Nee. Het is Beaky die met je aan het rotzooien is."

Ik kan het mijn opa niet kwalijk nemen dat hij mijn achtarmige vriend niet heeft gezien. Als het om camouflage gaat, blazen octopussen kameleons omver. En als een kameleon in het water zou vallen, dan zou geen enkele camouflage voorkomen dat hij de lunch van een octopus zou worden.

Opa schudt zijn hoofd. "Waarom?"

Ik haal mijn schouders op. "Hij is een wezen met

negen hersenen, één in zijn hoofd en één in elke arm. Als je zijn gedachten probeert uit te vogelen, dan zou iedereen hoofdpijn krijgen."

Opa tuurt weer naar de tank, maar Beaky blijft in zijn rotsachtige gedaante. "Waarom ga je eigenlijk met hem wandelen?"

"Om te voorkomen dat hij zich gaat vervelen. Wat hij echt nodig heeft, is een grotere tank, maar voorlopig zal hij het met een andere omgeving moeten doen."

"Vervelen?"

"Oh ja. Een verveelde octopus is erger dan een zevenjarige jongen die strak staat van de cafeïne en een verjaardagstaart. In Duitsland heeft een octopus genaamd Otto herhaaldelijk het hele elektrische systeem van het Sea Star Aquarium kortsluiting gegeven door water in de 2.000 watt overheadspot te spuiten. Omdat hij zich verveelde."

Opa trekt zijn borstelige wenkbrauwen op. "Maar je maakt toch puzzels voor hem? Je laat hem toch tv kijken?"

Ik knik. Puzzels maken voor octopussen is eigenlijk waar ik beroemd om ben en hoe ik aan mijn nieuwe baan ben gekomen. "Speelgoed en de tv helpen," zeg ik, "maar ik heb nog steeds het gevoel dat hij zich opgesloten voelt."

Grommend duikt opa in zijn zak en haalt er een pistool uit zo groot als mijn arm. "Neem dit mee." Hij duwt het naar me toe.

Ik knipper met mijn ogen naar het instrument van de dood. "Waarom?"

"Bescherming."

"Van wat? We zitten in een gesloten complex."

Hij duwt het wapen met grotere urgentie naar me toe. "Het is beter om een pistool te hebben en het niet nodig te hebben."

Ik neem het aanbod niet aan. "De misdaadcijfers in Palm Islet zijn tien keer lager dan in New York."

Opa haalt de clip uit het pistool, controleert hem, duwt er een extra kogel in en klikt hem er weer in. "Het zou me gemoedsrust geven als je het mee zou nemen."

"In naam van Cthulhu," mompel ik binnensmonds.

"Gezondheid," zegt opa.

"Dat was geen nies. Ik zei, 'Cthulhu.'" Bij opa's lege blik slaak ik een zucht. "Hij is een fictieve kosmische entiteit die door HP Lovecraft gecreëerd is. Afgebeeld met octopuskenmerken."

"Oh. Zit hij in de sexy tekenfilms van je oma?"

"Absoluut niet." Ik huiver bij de gedachte. "Cthulhu is honderden meters lang. Hij is een van de Grote Ouden, dus zijn attenties zouden een vrouw net zo snel verscheuren als dat ze haar gek zouden maken."

"Oké dan." Opa probeert het pistool weer in mijn handen te duwen. "Neem het mee en ga."

Ik verberg mijn handen achter mijn rug. "Ik heb geen vergunning."

"Je maakt een grapje." Hij kijkt me ongelovig aan.

"Morgen neem ik je mee naar een les om een verborgen vuurwapen te dragen."

Ik vecht tegen een oogrol ter grootte van een Cthulhu. "Ik heb het morgen een beetje druk, met een nieuwe baan en zo."

Met een frons verbergt hij het pistool ergens. "Wat dacht je van dit weekend?"

"We zullen zien," zeg ik zo vrijblijvend mogelijk voordat ik mijn handtas van de rugleuning van een stoel grijp en nogmaals op de afstandsbediening druk om de tank de garage in te rollen.

Mijn grootouders verlaten, net als andere Floridianen, hun huizen liever op deze manier, in plaats van bijvoorbeeld via de voordeur.

Zodra mijn grootvader uit het zicht is, houdt Beaky op om een rots te zijn, zet zijn armen in zijn zij en wordt opgewonden rood.

"Je zou je moeten schamen," zeg ik streng.

Wij zijn de God Keizer van de Tank, verordend door Cthulhu. We zullen de glorie van ons gezicht niet aan degenen schenken die het niet verdienen. Schiet op, onze trouwe priesteres-onderdaan. We willen de zon op onze zuigers voelen.

Yep. Ellen DeGeneres sprak met een fictieve octopus in *Finding Dory*, terwijl mijn echte in mijn hoofd tegen me praat. En ik ben niet de enige die deze denkbeeldige gesprekken voert. Al vanaf dat mijn zussen en ik kinderen waren, hebben we dieren stemmen gegeven. In mijn gedachten klinkt Beaky als negen mensen die tegelijk praten (het hoofdbrein en de

8

acht in zijn armen), en zijn toon is heerszuchtig (octopussen hebben tenslotte blauw bloed). Oh, en zijn woorden komen er met dat zwakke gorgelachtige geluidseffect uit dat in *Aquaman* werd gebruikt toen de Atlantiërs onder water spraken.

Ik open de garagedeur.

Het is super helder buiten, ondanks de eeuwenoude eiken die voor voldoende schaduw zorgen.

Met een zucht pak ik een grote tube van mijn favoriete minerale zonnebrandcrème uit mijn tas en bedek mezelf van top tot teen met een dikke laag. De UV-index is 10, dus ik wacht een paar minuten, en dan bedek ik mezelf met een tweede laag. Ik doe dit stiekem in de garage om te voorkomen dat mijn grootouders me over het nemen van een baan in de Sunshine State gaan plagen terwijl ik paranoïde ben over blootstelling aan de zon.

En nee, ik ben geen vampier — hoewel mijn zus Gia er met haar gothic-make-up en zo verdacht veel als een uitziet. Het vermijden van de zon is echt wetenschappelijk, gezien de schadelijke effecten van UV-stralen, zowel A als B, evenals blauw licht, infrarood licht en zichtbaar licht. Ze veroorzaken allemaal DNA-schade. Dit probleem kwam een paar jaar geleden op mijn radar toen Sushi, mijn anemoonvis, huidkanker kreeg, waarschijnlijk doordat haar aquarium bij een raam stond. Sindsdien ben ik voorzichtig. Ik ga zelfs zo ver dat ik een drievoudige laag UV-beschermende coating over Beaky's tank heb gelijmd.

Realiseer ik me dat ik me meer zorgen over de zon maak dan wie dan ook die geen paranoïde dermatoloog is? Tuurlijk. Maar kan ik stoppen? Nee. Ik denk dat een bepaald niveau van neurose in mijn DNA is geprogrammeerd, tenminste als ik ook maar enigszins op mijn identieke zeslingzusjes lijk. Maar goed, als ik in de tachtig ben en er jonger uitzie dan al mijn zussen, dan zullen we zien wie het laatst lacht.

Als ik klaar ben met de zonnebrand, trek ik een lichtgewicht jack met ritssluiting aan dat met UV-beschermende chemicaliën is bedekt, een hoed met een brede rand en een gigantische zonnebril.

Zo. Als ik dit echt zou overdrijven, dan zou ik een van die Darth Vader-brillen dragen, nietwaar?

Mijn hartslag versnelt als ik Beaky's tank de volle zon in volg, maar ik kalmeer door mezelf eraan te herinneren dat de zonnebrandcrème zijn werk zal doen. Als de tank de oprit afrolt en op een schaduwrijk trottoir bij het meer komt, wordt mijn ademhaling nog rustiger.

Tot nu toe gaat het goed. Nu maar hopen dat ik niet te veel vervelende vragen van nieuwsgierige buren krijg.

Terwijl we langs de oever van het meer wandelen vliegen er een paar reigers weg. Beaky staart hen aandachtig aan en verandert een paar keer van gedaante.

We willen die dingen graag proeven. Wees een goede priesteres en lever ze bij de tank af.

Ik klop op de bovenkant van de tank. "Ik zal je een garnaal geven als we terug zijn."

We zien allebei een wasbeer die in het gras bij het meer aan het graven is, waarschijnlijk op zoek naar schildpad- of alligatoreieren.

Ook dat willen we proeven.

"Ik zal je een garnaal zonder de puzzel geven," zeg ik tegen hem.

Meestal stop ik zijn lekkernijen in een van mijn creaties, waardoor de maaltijd extra leuk voor hem wordt, maar als hij trek heeft gekregen door naar alle landdieren te kijken, dan wil ik zijn bevrediging niet uitstellen.

Een anderhalve meter lange alligator kruipt langzaam uit het meer.

Ja, we zijn zeker weten in Florida.

Beaky ziet hem en pakt twee kokosnootschalen van de bodem van zijn aquarium en sluit ze over zijn lichaam, zodat hij er voor de wereld — en voor de alligator — als een onschuldige kokosnoot uitziet.

"Dat ding kan je niet pakken als je in de tank zit," zeg ik sussend. "Om het nog maar niet te hebben over het feit dat hij banger voor mij is. Hopelijk."

De statistieken over alligatoraanvallen zijn in ons voordeel. In een staat met koppen als 'Man in Florida slaat alligator in elkaar' en 'Man in Florida gooit alligator door het raam van Wendy's drive-through', hebben de alligators geleerd om ver, ver uit de buurt van de krankzinnige mensen te blijven.

Omdat Beaky het nieuws niet leest of online

statistieken bekijkt, kijkt zijn oog sceptisch terwijl het tussen de kokosnootschalen door gluurt.

Ik richt mijn aandacht weer op het trottoir — en zie hem.

Een man.

En wat een man.

Hij had in plaats van Jason Momoa in *Aquaman* kunnen spelen. Als ik de hoofdrolspeler voor mijn natte dromen zou casten, dan zou deze man zeker de rol krijgen.

De gedachte zendt warmteslierten naar mijn lagere regionen, met name het deel dat ik persoonlijk als mijn **wunderpus** beschouw — ter ere van *wunderpus photogenicus*, een verbazingwekkende octopussoort die in de jaren tachtig werd ontdekt.

Ik heb trouwens ooit een foto van mijn wunderpus gemaakt, en die is ook *fotogeniek*.

Maar terug naar de vreemdeling. Sterke, mannelijke gelaatstrekken door een onberispelijk getrimde baard omlijst, cyaankleurige ogen zo diep als de oceaan, een gebruind, gespierd lichaam in low-riding jeans en een mouwloze top gekleed die krachtige armen laat zien, dik, blond gestreept haar dat naar beneden valt tot zijn brede schouders — hij zou op een surfer lijken als hij niet zo'n sombere uitdrukking op zijn gezicht had gehad.

Beaky moet de alligator zijn vergeten, want hij is uit zijn kokosnoot en kijkt gefascineerd naar de vreemdeling.

Zal je altijd zien. Aquaman heeft de kracht om met octopussen te praten, net als met andere zeedieren.

Ik realiseer me dat ik ook naar hem sta te staren en raak gespannen naarmate hij dichterbij komt. Anders dan in New York, waar het gebruikelijk is om een vreemdeling te passeren zonder hun bestaan te erkennen, groet iedereen hier in Florida op zijn minst zijn buren.

Wat moet ik zeggen als hij tegen me praat? Durf ik überhaupt mijn mond open te doen? Wat als ik hem per ongeluk vraag om zijn gang met me te gaan?

Wacht eens even. Ik denk dat ik het weet. Hij laat ook een huisdier uit, in zijn geval een hond van het teckelras, ook bekend als een hotdog, het meest fallische lid van de hondensoort. Ik hoef alleen maar iets over zijn worstje te zeggen — degene die met zijn staart kwispelt, niet zijn Aqua-mannelijkheid.

Als de man twintig meter bij me vandaan is, lijkt hij me voor het eerst op te merken. Zijn blik richt zich eigenlijk meer op Beaky's tank, en zijn sombere uitdrukking wordt ronduit vijandig — kaken op elkaar geklemd, mond naar beneden gericht, ogen keihard. Het gekke is dat hij er nu niet minder heet uitziet. Misschien wel meer.

Wat is er met me aan de hand? Geen wonder dat ik uiteindelijk met klootzakken uitga zoals —

Zijn diepe, sexy stem is het soort kou dat zelfs in deze vochtige sauna een koude wind kan veroorzaken. "Hoeveel voor de octopus?"

Ik knipper met mijn ogen en knijp dan mijn ogen

tot spleetjes naar de vreemdeling, terwijl mijn nekharen als stekels op een kogelvis omhoog komen. Hij wil Beaky kopen? Waarom? Wil hij hem opeten?

Dit is tenslotte de staat waar mensen alligators, schildpadden (zelfs de beschermde soorten), brulkikkers, tijgerpythons en limoentaart eten.

Knarsetandend wijs ik naar de kwispelende hond naast hem. "Hoeveel voor de braadworst?"

Een grijns krult zijn volle lippen. "Laat me raden... een New Yorker?"

Aquaman? Meer Aqua-klootzak. "Laat *mij* raden. Floridaman?" Ik kan me de rest van de kop voorstellen: "... steelt octopus in tank en probeert er seks mee te hebben."

Gezien wat mijn oma over Regel 34 had gezegd en waar ik nu sta, is het niet zo vergezocht. Ik heb eens een artikel over een man uit Florida gelezen die probeerde om op een parkeerplaats bij een winkelcentrum een levende haai te verkopen. Wat is in vergelijking seks met een octopus?

Zijn dikke wenkbrauwen trekken zich samen. "De verhalen waar je op doelt, gaan over mensen die uit een andere staat komen. Ze gaan nooit over echte Floridianen."

"Oh, ik heb gelezen waar je het over hebt," zeg ik gnuivend. "'Man uit Florida krijgt de allereerste penistransplantatie van een paard.' Ik ben er vrij zeker van dat het artikel zei dat de dappere pionier in Melbourne geboren en getogen is — dat is twee uur rijden van hier."

Oeps. Ben ik te ver gegaan? Iedereen lijkt hier een pistool te dragen. En aangezien ik hem eerder aantrekkelijk vond en met mijn dating-trackrecord, zou hij best gevaarlijk kunnen blijken te zijn.

In plaats van een wapen te trekken, wrijft de vreemdeling over de brug van zijn neus. "Eigen schuld als ik ruzie met een New Yorker wil maken. Vergeet het nieuws. Die tank is te klein voor die octopus. Hoe zou jij het vinden om je leven in een Mini Cooper te leven?"

Ik adem diep in, mijn maag trekt zich samen. "Hoe zou *jij* het vinden om aan de lijn te lopen?" Ik wijs met mijn kin naar zijn worstje, wiens staart niet meer kwispelt. "Of om gedwongen te worden je schreeuwende blaas en darmen te negeren totdat je meester zich verwaardigt om je mee te nemen voor een wandeling? Of dat er met je voortplantingsorganen wordt gerommeld?"

Hij kijkt me afkeurend aan. "Tofu is niet gecastreerd. Sterker nog, hij —"

"Tofu?" Mijn mond valt open. "Als in, een tofu-hotdog? Over dierenmishandeling gesproken."

De aderen die in zijn nek opzwellen, zien er afleidend sexy uit. "Wat is er mis met de naam Tofu?"

Voordat ik kan antwoorden, jammert Tofu meelijwekkend.

"Goed gedaan," zegt de vreemdeling. "Nu heb je hem van streek gemaakt."

"Ik ben er vrij zeker van dat jij dat deed." *Door de arme hond Tofu te noemen.*

"Dit gesprek is voorbij." Hij draait zijn rug naar me toe en trekt aan de lijn. "Kom, Tofu."

Tofu werpt me een droevige blik toe die lijkt te zeggen, *ik vind het niet prettig als mijn papa en mijn nieuwe mama ruziemaken.*

Met een zucht rol ik Beaky's tank in de tegenovergestelde richting.

HOOFDSTUK
Twee

Na een paar minuten koelt mijn bloed een beetje af en besef ik waarom ik zo overstuur raakte. Aquaklootzak had gelijk dat Beaky een grotere tank nodig heeft. Het is de afgelopen weken een bron van stress en een schuldgevoel voor me geweest.

Ik heb Beaky niet altijd gehad. Het zeeaquarium waar ik in New York werkte ging schijnbaar van de ene op de andere dag failliet en ze konden voor Beaky geen nieuw huis vinden. Dus heb ik hem in huis genomen. Helaas had ik in mijn kleine appartement geen ruimte voor zijn originele tank, en hadden ze me deze gegeven, die ik vervolgens motoriseerde. In mijn verdediging had Beaky in slechtere omstandigheden kunnen eindigen, of zelfs afgemaakt kunnen zijn. Zijn welzijn is de belangrijkste reden waarom ik de baan heb aangenomen die morgen begint — de baan die mijn huid letterlijk in gevaar brengt, aangezien de kans op melanoom hier in Florida zoveel groter is.

Ik hoop dat Sealand, mijn nieuwe werkgever, me Beaky in een van hun grote tanks zal laten huisvesten. Toen ik dit probleem tijdens het sollicitatieproces ter sprake bracht, zeiden ze dat het iets is dat de eigenaar *moet* kunnen accommoderen, en dat ik het er met hem over moet hebben nadat ik ben begonnen.

Wat me eraan herinnert... Ik pak mijn telefoon en check mijn mail.

Nee. Niets van Octoworld — de plek waar ik dagelijks opnieuw solliciteer. Bij Octoworld werken is een droom van me, aangezien ze, zoals de naam al doet vermoeden, gespecialiseerd zijn in octopussen, terwijl Sealand, zoals zoveel andere plaatsen, meer om de zoogdieren van de zee, zoals dolfijnen, geeft.

Begrijp me niet verkeerd. Ik heb geen hekel aan dolfijnen, maar het werkt op mijn zenuwen als ze het enige zijn waar iemand over wil praten zodra ze horen dat ik een zeebioloog ben. Dat doen ze natuurlijk op eigen risico. Ik vertel mensen graag weinig bekende feiten over het gedrag van dolfijnen, zoals hoe ze soms voor de lol bruinvissen doden, en hoe ze vaak met hun voedsel spelen (lees: martelen; ze zijn bijzonder wreed tegen octopussen). Af en toe doden ze ook pasgeborenen van hun soort, en last but not least kunnen ze seksueel agressief zijn, soms zelfs naar mensen.

Ik realiseer me dat ik een volledige cirkel rond het blok heb gemaakt en rol de tank naar het huis van mijn grootouders. Ik wil niet het risico lopen om Aqua-klootzak weer tegen het lijf te lopen.

Als ik met de tank naar binnen stap, knalt 'All by Myself' van Céline Dion uit de telefoon van mijn grootmoeder.

"Is opa weggegaan?" roep ik over de muziek heen.

"Nee, hoezo?"

Ik grijns. "Laat maar."

Ze pauzeert de muziek. "Hoe was de wandeling?"

Ik voel mijn gezicht samenknijpen. "Ik heb een van je geweldige buren ontmoet."

Oma ziet eruit alsof ze op het punt staat om van opwinding op en neer te springen. "Welke?"

Ik zucht. "Hij was eigenlijk niet echt geweldig. Ik dacht dat je nu wel had geleerd om sarcasme op te pikken."

Haar opwinding neemt af. "Wie was het?"

"Een man van eind twintig of begin dertig. Lang haar. Klootzak."

Moet ik vermelden dat hij zo irritant heet is dat oma tentakelporno door hem zou kunnen vervangen?

Ze kijkt nadenkend. "Is het die jonge man die in dat huis met al die zonnepanelen woont?"

"Ik heb geen idee in welk huis hij woont."

Oma wijst uit het raam. "Daar."

Ik kijk. Yep. Er is een dak dat volledig met zonnepanelen bedekt is. Als dat het huis van Aqua-klootzak is, dan moet hij echt een hekel aan het betalen van elektriciteitsrekeningen hebben.

"Arme man. Ik durf te wedden dat de VvE achter hem aan zit." Oma schudt haar hoofd.

Oh nee. Niet weer een tirade over de Vereniging

19

van Eigenaren. Gebaseerd op wat ik tot nu toe van mijn grootouders heb gehoord, is het omgaan met de VvE minder leuk dan het aaien van een koboldhaai.

"Hoe heet hij?" vraag ik oma, deels om van onderwerp te veranderen en deels omdat ik een ziekelijke nieuwsgierigheid voel.

"Ik schaam me om het te zeggen, maar ik heb geen idee," zegt ze. "We zeggen elkaar altijd gedag, dus ik heb het gevoel dat ik het zou moeten weten."

"Ach ja. Het maakt niet uit." Ik kan naar hem blijven verwijzen als Aqua-klootzak, maar nu ik erover nadenk, klinkt dat een beetje alsof het iets met zijn zak te maken heeft.

Oma's ogen glimmen. "Vind je hem leuk?"

"Nee. Het tegenovergestelde."

Ze pruilt. "Waarom niet? Heb je in New York een vriendje?"

Moet kalm lijken. Het laatste wat ze moet weten is van het straatverbod tegen mijn idiote ex. "Ik ben erg vrijgezel."

Haar lach is weer ondeugend. "Misschien kun je hier in Florida een nieuwe start maken? De liefde vinden. Je wortels neerzetten."

"Juist. Tuurlijk. Er kan van alles gebeuren," zeg ik, en ik doe alsof ik gaap. "Ik kan me maar beter voorbereiden op morgen."

Ik betwijfel of oma de waarheid wil horen: dat ik heb besloten om een eenling te zijn, zoals een octopus. Het idee van een octopus van romantiek is een etentje, waarbij een van de deelnemers na de seks soms als het diner *eindigt*. Als ik een eenling ben, dan hoef ik mijn deken met niemand te delen. En ik kan seks hebben met iedereen die ik wil — zonder het kannibalismegedeelte. Ook — en dit is de sleutel — kan ik me op mijn carrière concentreren.

Als ik ooit die baan bij Octoworld binnen wil halen, dan heb ik een goede referentie nodig van Sealand, mijn nieuwe werkgever. Dat betekent dat ik vroeg naar bed moet, zodat ik morgen een goede indruk kan maken.

Nadat ik de tank naar de logeerkamer heb geleid waar ik verblijf, geef ik Beaky de traktatie die ik hem eerder had beloofd.

We nemen dit offer aan, priesteres-onderdaan. Maar als je het kunt maken zodat we die tofu-hotdog-entiteit kunnen proeven, dan zullen we een goed woordje voor je doen bij Cthulhu, gezegend zijn zijn tentakels.

Ik glimlach en sta op het punt om hem een knuffel aan te bieden als ik een noedelachtige streng uit zijn sifon zie komen.

Iew. Hij is aan het poepen. Dubbele iew - Hulk, Beaky's groene anemoon tankmaatje, eet nu de poep op. Ik weet dat ik een dier niet voor zijn aard te schande mag zetten, maar toch. Als mens is het walgelijk om de Hulk op Beaky's kaknoedel te zien smakken.

De octopusknuffel zal moeten wachten.

Als ik in bed lig, ben ik helaas klaarwakker. Ik denk dat ik zenuwachtig ben over mijn eerste dag bij mijn nieuwe werk. Karperkak. Waarom gebeurt dit altijd als je slaap het hardst nodig hebt?

Ik tel octopussen in mijn hoofd.

Helemaal niets.

Ik pak mijn laptop en zet *Finding Dory* op, een film die me altijd lijkt te kalmeren.

Zelfs dat helpt niet.

Moet ik iets anders kijken?

Ik blader door mijn verzameling.

Als het om fictie gaat, heb ik een passie voor de zee, net als in mijn echte leven. Nou ja, meer een obsessie. Prima, ik geef het toe, als een FBI-profiler deze titels zou zien, dan zou ze concluderen dat ik een zeemeermin wil worden, en dat zou niet ver van de waarheid zijn. Toen ik klein was, wilde ik een octopus zijn, maar toen ik ouder werd, besloot ik dat een zeemeermin zijn mijn droom is.

Ik grijns als ik me herinner dat ik voor het eerst naar *De Kleine Zeemeermin* keek. Ik haatte die film. Als het aan mij lag, zouden de twee romantische hoofdrollen van verhaallijnen verwisselen. Ariël zou een zeemeermin blijven, terwijl de hete prins Eric voor haar een meerman zou worden. Is het incestueus van me om de resulterende held eruit te laten zien als koning Triton, Ariëls vader, toen hij jong was? Oh, en dit spreekt voor zich, de schurk van het verhaal zou niet op een octopus lijken. Ursula zou in plaats daarvan de wijze lerares van Ariël zijn, en de schurk zou een dolfijn zijn.

Weinig mensen weten dit, maar er zou

oorspronkelijk een dolfijn in dat verhaal voorkomen. Disney liet het idee echter vallen — waarschijnlijk omdat de dolfijn te seksueel agressief was.

Ik gaap.

Ja, dat is een goed teken.

Misschien gaat het nu lukken?

Ik sluit mijn ogen, maar de slaap ontwijkt me nog een uur.

Kansloze karper. Misschien moet ik iets actiefs doen? Zoals zwemmen? Het strand ligt op loopafstand en ik zou mijn zeemeerminstaart mee kunnen nemen...

Maar nee.

Het is al twee uur 's nachts, ik moet om acht uur opstaan. Zelfs als ik op dit moment in slaap zou vallen, dan zou ik nauwelijks genoeg slaap krijgen om te functioneren.

Ik zucht. Waarom kunnen wij mensen niet als walvissen zijn en met een hersenhelft wakker slapen?

Ach ja. Er is een beproefd slaapmiddel waar ik mijn toevlucht tot kan nemen.

Ik haal de tentakeldildo tevoorschijn.

Yep. Ik ga voor een orgasme. Misschien twee.

Het belangrijkste is om niet aan Aqua-klootzak te denken als ik kom.

Aquaman, zeker. Jonge koning Triton, ook acceptabel. Zelfs de Silver Surfer, een slechterik uit *Fantastic Four*, zou boven de irritante buurman van mijn grootouders te verkiezen zijn.

Nee.

Grote mislukking.

Net als ik mijn hoogtepunt bereik, zijn de harde spieren en het lange haar die door mijn geestesoog fladderen niet fictief. Ze zijn van de man aan wie ik probeerde niet te denken.

Aqua-klootzak.

Ik mompel binnensmonds. Er is officieel iets mis met me. Hopelijk kan ik nu in ieder geval slapen.

Gelukzalig sluit ik mijn ogen en drijf weg.

HOOFDSTUK
Drie

IK WORD WAKKER VAN EEN ZONNESTRAAL OP MIJN GEZICHT.

Neuk me met een zee-egel. Ik zal voor het slapengaan zonnebrandcrème moeten gaan smeren.

Ik pak mijn telefoon om te kijken hoe laat het is.

Karper op een cracker.

De batterij is leeg.

Ik spring overeind. De telefoon had mijn wekker moeten zijn, dus als hij dood is, ben ik misschien al te laat voor mijn eerste dag.

Nadat ik door mijn ochtendroutine ben geracet, haast ik me naar de keuken en controleer de tijd op de magnetron.

Oké, als ik het ontbijt oversla en de snelheidslimiet overschrijd, dan kan ik het halen.

Opa loopt de kamer binnen. "Morgen, Kappertje."

Ik geef hem een glimlach. "Vertel me alsjeblieft dat de auto die ik leen, klaar is voor gebruik."

Hij knikt. "Laatst de olie ververst en de benzinetank is vol. Ik heb zelfs een Glock in het dashboardkastje laten liggen, daar heb je geen vergunning voor nodig."

Omdat ik laat ben, ga ik niet met hem in discussie over dat wapengedoe.

"Heb je al gegeten?" vraagt opa.

Ik schud mijn hoofd. "Ik neem wel iets als ik daar ben."

Fronsend opent hij de koelkast en haalt er een broodtrommel uit met stickers van zeemeerminnen en octopussen. "Je oma had het gevoel dat je haast zou hebben. Hier zit een lunch in, maar die kun je als ontbijt nemen."

Een warm gevoel stroomt door mijn buik. Dat is mijn oude lunchtrommel. Ze hebben het al die jaren bewaard.

Ik pak de trommel en kus hem op zijn stoppelige wang. "Zeg tegen oma dat ze de beste is. En dat ben jij ook."

"Dat zal ik doen. Ga snel."

Ik haast me naar de garage en race dan de A1A af — een pittoreske weg waar ik vanwege de haast niet eens van kan genieten.

Ik bereik Sealand met nog maar een minuut over.

Er staat een vrouw op me te wachten. Ze is een jonge, mooie blondine met een precancereuze huid en een nepglimlach waardoor ze er als een dolfijn uitziet.

"Juffrouw Hyman?" vraagt ze gezien het vroege uur op een al te vrolijke toon.

Ik vecht tegen de neiging om ineen te krimpen.

"Juffrouw Hyman" klinkt als een vermoeide prostituee die naar de goede oude tijd als maagd smacht. Niet dat mijn volledige naam veel beter is. 'Olive Hyman' doet me aan een maagdelijk membraan met een mediterrane smaak denken, iets wat je met een placenta met een beetje azijn zou serveren.

Ik steek mijn hand uit. "Noem me alsjeblieft Olive."

Haar hand is klam als ze de mijne schudt. "Ik ben Aruba."

En dat is het enige wat nodig is om dat nummer van de Beach Boys weer in mijn hoofd te krijgen. Als iemand anders hier Jamaica, Bermuda, Bahama, of een variant van 'pretty mama' heet, dan spring ik in een tank met haaien.

"Mevrouw Aberdeen vindt het jammer dat ze je hier niet zelf kan ontmoeten," zegt Aruba. "Ze heeft met een noodgeval te maken."

Rose Aberdeen, die erop stond dat ik haar Rose noemde, had me voor deze baan geïnterviewd. Ze is gedragstherapeut voor waterdieren — of vissenpsycholoog, zoals ze het uitdrukte — en ook de feitelijke HR-afdeling hier in Sealand.

Ik trek een wenkbrauw op. "Ik hoop dat alles in orde is."

"Ja. Een dronken man is op de een of andere manier in het zwembad van Otteraction terechtgekomen. Hij werd gebeten en begon overal te bloeden."

"Oh hemeltje. Wat is Otteraction?"

Ze kijkt me aan alsof ik net heb gevraagd of water

nat is. "Otteraction is onze otterattractie." Je kunt de onuitgesproken *duh* bijna horen.

Wauw. Ik zie *die* kop als: "Man in Florida probeert otter te eten." Of probeert seks met een otter te hebben? Het had alle kanten op kunnen gaan.

"Gaat het met de otters?" vraag ik. Wat mij betreft verdiende de mens het om gebeten te worden.

"Peanut was getraumatiseerd, maar mevrouw Aberdeen is ermee bezig."

Ik gnuif. "Kun je je voorstellen wat de man tegen zijn vrouw zal zeggen als ze zegt, 'OMG, wat is er gebeurd?'"

Aruba staart me met een niet-begrijpende uitdrukking aan. "Nee. Wat?"

"Je zou die *otter*-gast eens moeten zien."

Haar kleine neusgaten bewegen. "Denk je dat deze tragedie grappig is?"

"Nee... het spijt me. Laat maar zitten. Ik heb vannacht niet goed geslapen."

Ze schudt langzaam haar hoofd. "Kom mee. Ik zal je een rondleiding geven."

Ik volg haar en gedraag me op mijn best.

Sealand blijkt minstens twee keer zo groot te zijn als mijn oude werkplek, met een grotere verscheidenheid aan dieren.

Het is niet verrassend dat Aruba me als laatste stop meeneemt naar de dolfijnen, en haar glimlach wordt vandaag voor het eerst echt. "Dit zijn mijn pupillen."

"Ah." De uitdrukking op mijn gezicht is het soort dat mensen opplakken wanneer een vriend hen een foto van hun nieuwe baby of huisdier laat zien. "Train je ze?"

Haar ogen worden glazig. "Ik denk liever dat ze mij trainen."

Ik wed dat die manipulatieve stiekemerds precies dat doen.

"Ik heb geen octopussen gezien," zeg ik.

"Het zijn octopi," zegt Aruba.

"Nee. Dat zijn ze niet. Slechts enkele woorden van Latijnse oorsprong krijgen dat einde, zoals hoe alumnus alumni wordt. Octopus is van Griekse oorsprong, dus die regel is niet van toepassing. Als je het een Grieks einde zou geven, zou je octopodes krijgen, maar gebruik dat alsjeblieft niet. Het leven is al ingewikkeld genoeg."

Haar voorhoofd rimpelt. "Hoe je ze ook wilt noemen, we hebben ze niet en we zullen ze hopelijk ook nooit krijgen."

"Waarom niet?"

"We hebben er ooit een gehad," zegt ze, terwijl haar woorden druipen van afkeuring. "Ze was ontsnapt en ze was hier in het dolfijnenverblijf terechtgekomen."

De moed zakt me in de schoenen. "Oh, nee. Arm ding. Wat is er gebeurd?"

"Het was verschrikkelijk." Haar troosteloze uitdrukking levert haar in mijn boek een paar punten op. "We zijn Flipper kwijtgeraakt."

Ik knipper een paar keer. "Heeft iemand een octopus Flipper genoemd?"

"Nee. Die teef heette Athena. Flipper was de dolfijn die ze heeft laten stikken."

Ik word bijna een kogelvis en sla mijn armen voor mijn borst. "Heeft Athena Flipper misschien laten stikken toen hij probeerde om haar op te eten?"

"Dolfijnen eten in het wild altijd octopussen."

Ja, maar die dolfijnen hebben honger. Degenen hier worden waarschijnlijk beter gevoed dan ik.

Ik klem mijn tanden op elkaar. "Ik neem aan dat Athena het niet heeft overleefd?"

"Wie kan het iets schelen? Arme Flipper. Hij —"

Ik stem de rest af, want het laatste wat ik wil is Aruba wurgen. Dat is niet de eerste indruk die ik hier wil maken. Om van onderwerp te veranderen, vraag ik, "Hebben jullie dolfijnenshows voor het publiek?"

Ook al ben ik geen fan van dolfijnen — vooral niet na het Flipper-verhaal — ik ben nog steeds geen fan van het idee om aquaria in circussen te veranderen, of *circusi* zoals Aruba ze waarschijnlijk zou noemen.

Tot mijn verbazing schudt ze haar hoofd. "Dr. Jones keurt zulke dingen niet goed. Ik train mijn baby's om zich te gedragen als ze aan onderzoek en dat soort dingen deelnemen."

Ah, de mysterieuze dr. Jones. Hij had het te druk om me te interviewen, maar hij is vaak en eerbiedig genoemd. Op basis van wat ik heb gehoord, stel ik me hem voor met het brein van Einstein en het lichaam van Davy Jones uit *Pirates of the Caribbean*: een baard die aan een octopus doet denken, een krabklauw voor de ene arm en tentakels voor de andere.

"Denk je dat ik dr. Jones vandaag zal ontmoeten?" vraag ik. Hij is degene die de beslissing neemt over Beaky's huisvesting, dus ik kijk uit naar een ontmoeting.

Aruba's glimlach wordt weer nep. "Ik betwijfel het ten zeerste. Op maandag heeft hij het altijd erg druk. Dinsdag ook. Het heeft me twee maanden gekost om hem te ontmoeten — en mijn baan is nuttiger dan die van jou. Met alle respect."

Je kunt niet zomaar dat soort shit zeggen en aan het eind 'met alle respect' toevoegen om het beter te laten klinken. Zelfs dolfijnen weten dit.

"Jouw baan?" vraag ik. "Ik neem aan dat je dan niet gewoon een trainer bent? Ben je ook een onderzoeker?"

Ze laat de dolfijnglimlach vallen. "Alles is beter dan speelgoed maken voor goudvissen."

Waarom vinden mensen het woord 'speelgoed' beledigend? Puzzels, speelgoed — het maakt me niet uit hoe ze heten, zolang ze zeedieren maar gelukkiger maken.

"Olive is een gerenommeerd verrijkingsexpert," klinkt een bekende stem die me laat schrikken. "Ze moet met respect behandeld worden."

Ik draai me om en zie Rose — blijkbaar mevrouw Aberdeen voor Aruba.

"De dolfijnen hebben geen verrijking nodig," zegt Aruba. "Ze hebben mij."

Ik adem diep in en adem het langzaam uit. "Het klinkt alsof jij de verrijking bent. Als elk aquarium het zich zou kunnen veroorloven om een mens aan elk dier te besteden, dan zou ik geen baan meer hebben — en daar zou ik blij om zijn."

"Helaas kunnen we die oplossing niet betalen," zegt Rose tegen me. "Zullen we naar mijn kantoor gaan en bespreken wat we wel kunnen doen."

Ik knik, en we laten Aruba achter als we een klein gebouw binnenlopen met een dak dat van de zonnepanelen glimt. Ik denk dat dit een hoofdbestanddeel is hier in de Sunshine State.

"Ga zitten." Rose gebaart naar een bureaustoel tegenover een verweerd bureau.

Ik zit. "Ik heb van de noodsituatie gehoord."

"Ja. Het was een otterlijke chaos."

Ik gnuif. Zij moet degene zijn die de naam Otteraction heeft bedacht.

Ze gaat verder met me te vertellen dat de otters in orde zijn, en de mens ook, en ik benoem mijn 'otterman'-grap, die deze keer een veel betere reactie krijgt.

"Dus verder met zaken." Ze duikt in haar bureau en haalt er een bundel van kaki en wit uit. "Je kunt dit vanaf morgen dragen."

Ze geeft me de bundel.

Het is een outfit bestaande uit een poloshirt en een korte broek die ik iedereen hier heb zien dragen.

Mijn ademhaling wordt oppervlakkiger en ik moet mezelf eraan herinneren dat dit helemaal niet lijkt op wanneer mijn ex me vertelde wat ik moest dragen. Uniformen zijn op dit soort plekken de norm.

Mijn laatste werkgever was de uitzondering, niet de regel.

"Oké. Ik zal dit morgen aantrekken," zeg ik zo kalm mogelijk.

Vervolgens geeft ze me een laptop. "Hij is helemaal voor je ingesteld."

"Bedankt." Ik log in volgens haar instructies. "Moet ik vandaag besteden aan het leren kennen van je intranet?"

Ze wuift het weg. "Er valt daar niet veel te zien."

"Wat moet ik dan doen?"

Ze krabt aan haar kin. "Ik heb met dr. Jones over je gesproken, en zijn visie is dat jij en ik aan twee kanten van hetzelfde probleem werken."

"Oh?"

"Ik zal me op verrijking concentreren die de dieren traint die we van plan zijn om vrij te laten, met jouw technische hulp wanneer dat nodig is. Ondertussen zal jouw focus liggen op het bevredigender en leuker maken van het leven van onze dieren terwijl ze hier zijn."

Wauw. Ik vind de manier waarop dr. Jones en Rose dit hebben verpakt geweldig, vooral omdat ik in deze taak schitter, tenminste als het om octopussen gaat.

"Dat klinkt geweldig," zeg ik. "Waar zijn jullie op dit moment mee bezig?"

Ze geeft me een lange lijst. Veel ervan zijn standaard en saaie dingen, zoals het geven van pingpongballen aan de vissen en het gebruik van buizen, tunnels, luchtbellen, enzovoort.

"Wat is mijn budget?" vraag ik.

"Hoezo?"

"Er zijn goedkope leuke dingen die we kunnen doen, zoals spiegels aan tanks toevoegen, maar als je het kunt betalen, kan een onderwatercomputer voor de meeste soorten een geweldig stuk speelgoed zijn — dat, of in ieder geval een tv buiten de tank. Mijn octopus geniet van allebei."

Wat ik niet vermeld is dat Beaky's favoriete app Tinder is. Hij gebruikt zijn armen om op mijn account op willekeurige gasten naar links en rechts te vegen, maar aangezien ik nog niet klaar ben om te daten, negeer ik alle resulterende berichten en foto's van piemels. Dit laatste is misschien wel waar Beaky naar op zoek is, omdat ze hem misschien aan iets heerlijks doen denken, zoals zwanenhalsmossels.

"Werkt dat bij vissen?" vraagt Rose.

Ik knik. "Op mijn laatste werkplek, was er een Picasso doktersvis die depressief leek te zijn. Nadat ik mijn oude tablet had gedoneerd om in haar aquarium te gebruiken en die had ingesteld om zorgvuldig geselecteerde inhoud in een loop af te spelen, werd ze echt vrolijk. Sommige vissen houden ook van muziek en —"

"Je hebt een behoorlijk budget." Ze draait haar laptop om om me het bedrag te laten zien. "Om verder te gaan dan dit, moet je met dr. Jones praten, aangezien hij uiteindelijk de budgettaire beslissingen neemt."

"Super. Met dat bedrag kan ik beginnen. Zal ik eens

rondkijken om te zien of er al zaken zijn waar ik mee kan beginnen?"

"Perfect." Ze staat op en steekt haar hand uit. "Ik weet zeker dat we fijn samen zullen werken."

Ik geef haar een enthousiaste hand. "Voor ik ga... Wilde ik het met je over mijn octopus hebben."

Ze laat mijn hand los. "Ik neem aan dat Aruba je over het Flipper-Athena-fiasco heeft verteld?"

"Dat heeft ze gedaan, maar ik wil je eraan herinneren dat octopusbestendige verblijven mijn specialiteit zijn. Mijn octopus is nog niet één keer ontsnapt — en geen van de octopussen in de tanks die mijn ontwerpen gebruiken."

Ze kijkt naar haar bureau. "Wat denk je ervan om je zaak aan dr. Jones voor te leggen?"

Karper. Ik dacht dat dit slechts een formaliteit was, maar nu begin ik me serieus zorgen te maken.

"Kun je me in dat geval aan dr. Jones voorstellen? Ik zou hem nu graag willen spreken."

Ze verbleekt. "Dr. Jones is een erg drukbezet man. Je zult een afspraak moeten maken."

Ik zucht. "Met wie kan ik het daarover hebben?"

"HR."

Ik frons. "Ben jij dat niet?"

Ze pantomimes dat ze een hoed opzet. "Nu wel." Ze ploft weer neer en typt wat op haar computer. "Vandaag is hij de hele dag volgeboekt," mompelt ze. "Morgen ook. Ah. Hier. Wat dacht je van elf uur, over twee dagen?"

"Goed," zeg ik, mijn ergernis verbergend.

Dat betekent nog twee slapeloze nachten.

"Geweldig." Ze gebaart naar de deur.

Ik sta op het punt om te gaan als ze haar keel schraapt.

"Omdat ik mijn HR-pet nog steeds op heb, moet ik vermelden dat we een zeer strikt beleid tegen geflikflooi onder werknemers hebben."

Ik zeg haar bijna dat het geen probleem is, omdat ik geen van de jongens leuk vond die ik tijdens de rondleiding heb gezien, maar in plaats daarvan ga ik voor een vrijblijvende wenkbrauwlift.

"Je moet dit beleid vooral in gedachten houden als je met de otters werkt."

"Tuurlijk." Ik verlaat haar kantoor, plotseling door het verlangen overmand om het leefgebied van de otter te gaan bekijken.

Het was de enige stop die tijdens Aruba's rondleiding niet beschikbaar was — en nu denk ik dat er naast de 'otterlijke chaos' een reden voor was.

Yep. Dex is de naam van de man die met de otters werkt, en hij is absoluut leuk. Hij is echter niet mijn type. Hij doet me zelfs enigszins aan de dieren denken die hij verzorgt, om nog maar van hun naaste verwant de wezel te zwijgen.

"IJsblokken met vissen zijn hun favoriete speelgoed," zegt Dex als ik hem naar de huidige verrijking voor de otters vraag. "Wat niet-eetbare dingen betreft, vinden ze het echt leuk om met een frisbee te spelen, zich te laten besproeien met een warmwaterslang en met drijvend plastic speelgoed en holle kokosnootschalen te spelen."

Ik lach. Beaky vindt die laatste ook leuk. "Heb je geprobeerd om een laserpointer te gebruiken om met ze te spelen?"

Hij wrijft met zijn kleine handen over zijn bakkebaarden. "Je bedoelt zoals degene die mensen met katten gebruiken?"

"Ja. Ik heb dat bij mijn laatste werkplek geprobeerd en de otters waren er dol op."

Zijn ogen worden groot. "Dat is een geweldig idee. Ik zal er een gaan halen en het morgen proberen. Ik kan niet wachten."

"Cool. Ik hoop dat ze het leuk vinden. Als je me nu wilt excuseren, dan ga ik de rest van de exposities bekijken."

En nog belangrijker, ik wil niet dat Rose me hier ziet en denkt dat ik die heiligste HR-regel al aan het testen ben.

Dex bedankt me weer voor het idee, en ik maak me uit de voeten. Ik zoek een schaduwrijk plekje, breng mijn zonnebrandcrème opnieuw aan en eet eindelijk mijn lunch als ontbijt.

Ook al voelt het een beetje gek om dit op mijn eerste dag bij Sealand te doen, check ik Octoworld voor nieuwe vacatures. Helaas zijn er geen.

Met een zucht doe ik wat ik hierna vaak doe: ik bekijk de social media pagina's van Octoworlds oprichter (en mijn idool), Ezra Shelby. Ezra is een legendarische zeebioloog en is voor octopussen wat Jane Goodall voor chimpansees is.

Ik frons mijn wenkbrauwen bij Ezra's meest recente educatieve post. Als fan van *Finding Dory* weet ik niet zeker hoe ik me voel over wat er staat:

Allereerst (spoiler alert): Finding Nemo *begint met mannelijke en vrouwelijke anemoonvissen die hun eieren verzorgen, en dan wordt het vrouwtje door een barracuda opgegeten en op één na verdwijnen alle eieren.*

Ik stop even met lezen om op adem te komen. Die scène heeft me psychisch beschadigd en daarom geef ik een grote voorkeur aan het vrolijkere vervolg over Dory.

Laten we het nu hebben over hoe de dingen zouden zijn verlopen als de film op echte zeebiologie was gebaseerd, vervolgd Ezra's post. *Laten we op dit moment vergeten dat mannelijke anemoonvissen beschadigde eieren eten, dus Nemo, met zijn kleine vin, was dan misschien helemaal niet geboren. Maar aangenomen dat hij geboren zou zijn, dan zou Nemo een ongedifferentieerde hermafrodiet zijn geweest, zoals alle jonge leden van zijn soort. Als het vrouwtje weg was en er geen andere anemoonvis in de buurt was, dan zou Nemo's vader een vrouwtje zijn geworden. Dus — nogmaals, als er geen andere anemoonvis in de buurt was — dan zou Nemo als een mannetje opgroeien en dan met zijn vader paren —*

Ik grinnik. Hoezeer ik Ezra ook respecteer, ze moet Pixar met rust laten. Zeedieren praten ook niet met elkaar, het is poëtische licentie. Wel zijn er *Mormyridae*, ook wel olifantvissen genoemd. Ze hebben enorme hersens en ze communiceren via elektrische signalen met elkaar, evenals —

Een video-oproep van Blue licht op mijn telefoon op.

Ze is een van mijn zeslingzusjes.

Ik neem op.

Hoewel onze gezichten identiek zijn, maakt het korte kapsel van Blue het onmogelijk om ons te verwarren zoals mensen dat deden toen we klein waren.

Ze heeft haar kat, Machete, op haar schoot, waardoor ze er als een Bond-schurk uitziet — een vergelijking die ze zou kunnen waarderen, omdat ze een superfan van die franchise is.

"Hé," zegt Blue. "Hoe gaat je eerste dag?"

Ik lach. Blue is momenteel mijn favoriete zus, omdat ze me bij haar heeft laten logeren nadat ik mijn klootzak van een ex had verlaten. Ze heeft er ook voor gezorgd dat hij wel twee keer nadenkt voordat hij nog bij me in de buurt komt.

"Kijk zelf maar." Ik draai mijn telefoon zodat ze de otter en de lamantijn in de verte kan zien. "Ik ben omringd door Florida, ten goede of ten kwade."

Ze grijnst. "Ik neem aan dat je in je eentje een of andere gelukkige fabrikant van zonnebrandcrème in stand houdt?"

Ik rol met mijn ogen. Mijn favoriet zijn betekent niet dat ze me kan plagen en ermee weg kan komen. "Heb je enig idee hoeveel reigers ik heb gezien sinds ik hier ben?"

Haar grijns verdwijnt en ik voel me een klein beetje schuldig. In tegenstelling tot mijn volkomen redelijke vermijding van schade door de zon, is Blue bang voor vogels — zelfs voor de schattigste, zoals pinguïns.

"Hoeveel?" Ze knijpt in haar monsterkat en hij blaast naar haar voordat hij wegspringt. "Een belegering?"

Ik schud mijn hoofd. "Als een belegering is wat jij een stelletje noemt, dan niet. Het waren er maar een paar, en van ver weg. Ik ben er vrij zeker van dat Beaky ze wilde opeten."

"Hoe gaat het met hem?" vraagt ze. "Heb je al een grotere tank voor hem?"

Ik vertel haar dat me dat nog niet is gelukt. Dan vraagt ze naar onze grootouders en ik breng haar op de hoogte.

"Nou, hou me op de hoogte," zegt ze. "Oh, en even een waarschuwing, ik heb van Fabio gehoord dat hij en Lemon binnenkort naar Florida op vakantie gaan. Raad eens waar ze zullen verblijven?"

Karper. Het antwoord is natuurlijk bij mijn grootouders.

Fabio is onze jeugdvriend die toevallig een pornoster is, en Lemon is nog een van mijn zeslingzusjes. Ironisch genoeg, gezien haar zure naam, is ze de zoetekauw van ons allemaal.

"Het klinkt alsof mijn woonruimte op het punt staat om enorm krap te worden." Met een servet veeg ik een zweetdruppel van mijn voorhoofd.

"Jouw woonruimte?" Blue kijkt me doordringend aan.

Ik doe alsof ik naar een geluid in de verte luister. "Heb ik zojuist iemand, 'Van mij, van mij, van mij' horen zeggen?"

Ze krimpt ineen, wat betekent dat ze de verwijzing naar zeemeeuwen heeft begrepen — de reden dat ze *Finding Nemo* nog steeds niet tot het einde heeft gezien.

"Ik kan maar beter gaan," zegt ze.

"Ja, bedankt voor het bellen," zeg ik en hang op, om meteen weer gebeld te worden.

Het is mijn vader, die zonder video belt — als een holbewoner.

"Hoi pap," zeg ik.

"Ding Vijf," zegt hij, zijn bijnaam voor mij gebruikend. "Je staat op de luidspreker. Je moeder is er ook."

"Hoi mam."

"Namaste, zonnestraal," zegt ze. "Hoe voel je je?"

Ik ben blij dat we dit zonder video doen, zodat ze me niet ineen kan zien krimpen. Tussen de breuk met mijn ex en mijn verhuizing naar Florida, ben ik officieel het kind waar mijn ouders zich zorgen over maken.

"Het gaat geweldig." Ik forceer een glimlach op mijn gezicht in de hoop mijn stem vrolijker te maken. "Alles is fantastisch."

Ik weet dat ik als dat nummer uit *The LEGO Movie* klink, maar als ik niet opgewekt genoeg ben, dan zal

41

mama een hoop ongevraagd advies geven, waarvan het meeste aan het orgasme gerelateerd is.

"Goed om te horen," zeggen beide ouders, hoewel mama minder overtuigd klinkt dan papa.

"Wat gebeurt er allemaal bij jullie?" vraag ik, tot Cthulhu biddend dat ze de verandering van onderwerp accepteren.

"Niet veel," zegt pap. "Tenzij... hebben we je verteld dat we ook naar Florida zullen komen?"

"Oh?"

Is er ook iemand in mijn familie die *niet* naar de Sunshine State komt?

"Ja, we gaan bij mijn ouders op bezoek," zegt papa.

Oef. Een ander stel grootouders. Ik hou van mam en pap, maar als ik met hen, Lemon, Fabio, oma en opa onder één dak moet zitten, dan zou ik mezelf met een van opa's geweren neer willen schieten.

"Ik hoop dat jullie een geweldige tijd zullen hebben," zeg ik.

"Ja," zegt mama. "We hebben veel gepland."

Ze delen hun reisschema met me terwijl ik mijn eten opeet.

Nadat ik heb opgehangen, voel ik me als herboren, dus ik breng de rest van de dag door met het leren kennen van de zeedieren bij wie ik binnenkort meer plezier in hun leven hoop te brengen.

Ik zie veel makkelijke overwinningen. Sommige beestjes kunnen baat hebben bij zoiets eenvoudigs als een Mr. Potato Head, terwijl anderen misschien van LEGO-blokjes houden. In enkele gevallen hebben een aantal dieren gewoon een interessantere manier nodig om aan hun voedsel te komen.

Als ik naar huis ga, voel ik me bijna goed over mijn nieuwe baan. Als ik Beaky's lot geregeld krijg, dan zou ik het misschien leuk vinden om hier te werken... zelfs als het niet Octoworld is.

———

Een Tesla blokkeert de oprit als ik aankom. Mijn grootouders hebben vast vrienden voor het avondeten.

Ik parkeer op straat en sluip het huis binnen via de garage. Er zijn stemmen in de keuken die mijn 'vrienden'-theorie ondersteunen.

Op mijn tenen loop ik de logeerkamer binnen, trek iets comfortabels aan en geef Beaky een krab die gevangenzit in een nieuwe puzzel die ik heb ontworpen.

De God-keizer aanvaardt dit offer, priesteres-onderdaan. We zullen de wereld nog een dag om de Tank laten draaien.

Ik wacht om te zien of Beaky de puzzel meteen oplost — iets dat in het verleden is gebeurd.

Nee.

Hij kronkelt eromheen, zijn blik is intens.

"Veel plezier," zeg ik en loop de kamer uit.

Als ik de keuken nader, hoor ik drie stemmen: die van mijn grootouders en een andere, een vaag bekende mannelijke.

Wacht eens even.

Dat kan niet. Ofwel?

Als ik de keuken binnenstap, lijken mijn ogen ongetwijfeld op die van een blaasoog goudvis.

Het is zoals ik dacht.

Om de een of andere ondoorgrondelijke reden zit Aqua-klootzak hier, aan de eettafel.

HOOFDSTUK
Vier

MET OPEN MOND STAAR IK NAAR HEM, terwijl ik het lange, goudgestreepte haar, de brede schouders, die volle, sexy lippen in me opneem...

Was hij laatst *zo* bloedheet? Nee, dat kan niet. Om te beginnen is hij vandaag netter gekleed, in een kaki broek en een wit poloshirt dat de sterke, gebruinde lijn van zijn keel benadrukt en de uitstulping van zijn krachtige biceps accentueert. Ondanks mijn intense hekel aan de man (en hopelijk niet daardoor), wil ik dat hij me de logeerkamer in sleept en me hard neukt, als een dolfijn.

"Wat doet hij hier in godsnaam?" vraag ik aan niemand in het bijzonder.

Oma grijnst naar me. "Je liet me beseffen dat ik een slechte buur was, dus ik heb de situatie rechtgezet."

Ik had het kunnen weten. Er was die glans in haar ogen toen ik het over Aqua-klootzak had.

Over meneer Klootzak gesproken. Hij kijkt op van zijn bord en zijn cyaanblauwe ogen vernauwen zich naar mijn gezicht. "*Dit* is de kleindochter waarvan je zei dat ze met ons mee zou eten?"

Waarom is zelfs *dat* sexy? Bij Cthulhu's machtige vleugels, kan iemand die Olive-aanrandende dolfijn wat Viagra geven?

Voordat ook maar iets van mijn geilheid op mijn gezicht te zien is, wend ik me demonstratief af. "Eet smakelijk. Ik ben weg."

Mijn oma hapt theatraal naar adem, alsof het leven in Florida haar de beroemde zuidelijke gastvrijheid heeft doen eigen maken.

Een schrapend geluid laat me omkijken.

Aqua-klootzak staat nu. "Nee. Zij zou met haar familie moeten eten. Ik zal gaan."

Ik rol met mijn ogen. "*Zij* is er nog steeds."

Opa staat op, zijn gezicht stormachtig. "Gia is de hele dag bezig geweest om dit eten te maken. Jullie zijn volwassen. Kunnen jullie niet tenminste een uur lang doen alsof jullie beleefd zijn?"

Karper. Hij heeft een punt.

Zelfs Aqua-klootzak ziet er afgestraft uit — en dit zijn niet *zijn* grootouders.

Goed dan. Ik zal geen schaaldier zijn. Maar kan ik met deze man dineren zonder op zijn prachtige gezicht te slaan of eraan te likken? Of zonder dat mijn grootouders iets doen waardoor ik van schaamte wil sterven?

Onwaarschijnlijk, maar ik heb geen keus.

"Ik blijf als hij belooft om het niet over mijn octopus te hebben." Ondanks het schuldgevoel komt de zin er kribbig uit.

Aqua-klootzak gaat weer zitten. "Helemaal geen octopussen. We kunnen ook voorkomen dat al het zeeleven wordt genoemd, voor het geval dat je delicate gevoeligheden beledigt."

"Afgesproken," zeg ik. "We kunnen ook vermijden om over hotdogs en tofu te praten."

Hij grijnst. "Hoeft niet. Ik kan het wel aan om over mijn huisdier te praten."

Opa gaat met een zucht weer zitten en mompelt zoiets als 'kinderen'.

Ik reageer niet op opa's steek onder water, omdat mijn geniale tegenargument is, "hij begon." In plaats daarvan glimlach ik vriendelijk naar onze gast. "Hoe zit het met nieuwsberichten?"

De grijns verstomt. "Wat is daarmee?"

"Zou je het aankunnen als ik hier aan de eettafel wat actueel nieuws zou citeren? Het is een familietraditie."

"Nee, dat is het niet," zegt opa.

"Het tegenovergestelde kan wel waar zijn," zegt oma.

"Het is goed." Aqua-klootzak haalt zijn hand door zijn lange, zongebleekte haar. "We kunnen over elk nieuwsbericht praten dat je maar wilt."

Staar ik te veel naar zijn haar? Ik beweeg me snel,

pak mijn telefoon en zoek een paar verhalen op waarmee ik hem kan bespotten.

Net als ik opkijk en mijn mond opendoe om er een paar te citeren, zegt oma iets. "Zullen we eten voordat we praten?"

Alsof ik op dit moment wacht, maakt mijn verraderlijke maag een geluid dat als 'voed me' in walvistaal klinkt.

Goed dan.

Ik scan de tafel op iets om in mijn mond te duwen, iets eetbaars dat geen Aqua-mannelijkheid is, waar mijn wunderpus voor zou kiezen.

Tot mijn grote ergernis is het vandaag de wekelijkse visdag van mijn grootouders — iets wat opa's dokter had aanbevolen. Klote. Ik verlangde naar serieus vlees, maar zoals de naam al aangeeft, betekent Visdag dat ze alleen geroosterde zalm op tafel hebben — nutteloos voor mij, aangezien ik het motto van de haaienondersteuningsgroep van *Finding Nemo* volg: "Vissen zijn vrienden, geen voedsel."

Het goede nieuws is dat oma een aantal van mijn favoriete bijgerechten heeft gemaakt: quinoa met champignons, rijstpilaf met dadels en tortillachips met salsa en guacamole. Er is ook een grote salade, maar die vermijd ik. Het laatste wat ik wil is opa een reden geven om op mijn kosten grappen over olijfolie te maken.

Ik weet niet zeker of Aqua-klootzak me na probeert te doen als een vorm van subtiel plagen, of dat hij gewoon niet van zalm houdt, maar zijn bord heeft allemaal dezelfde items als het mijne.

Als ze me op de chips hoort kauwen, knikt oma goedkeurend. "Brave meid. Laat me jullie aan elkaar voorstellen." Ze gebaart naar Aqua-klootzak. "Olive, maak kennis met onze buurman, Oliver. Oliver, maak kennis met onze kleindochter, Olive."

"Ja, ik weet wat je denkt," zegt opa tegen me voordat ik op de intro kan reageren. "Hij is nog meer olijf dan jij."

Ik kreun, bijna in mijn chips stikkend.

"Ik vind de naam Oliver leuk," zegt oma. "Doet me aan *Oliver Twist* denken, een van mijn favoriete films."

Oh? Ik dacht dat haar favoriete film ondeugende tentakels zou bevatten. Nu ik erover nadenk, iemand die nog nooit van het klassieke verhaal van Charles Dickens heeft gehoord, denkt misschien dat het woord 'Twist' naar een soort bochtige tentakel verwijst.

Olivers cyaankleurige ogen glinsteren van amusement, waardoor ik zou willen dat hij mij kon draaien... in bed.

"Ik ben naar mijn grootvader vernoemd," zegt hij.

Opa kijkt weemoedig. Hij, mijn vader en mijn andere opa zijn allemaal teleurgesteld over het gebrek aan jongens in onze grote familie.

"Een van Olives zussen is naar mij vernoemd," zegt oma. "En Gia's tweelingzus is naar hun andere grootmoeder vernoemd."

"Juist," zeg ik, terwijl ik de bitterheid uit mijn stem probeer te houden. "Terwijl ik en mijn nest zeslingzusjes in een opwelling een naam hebben gekregen."

Olivers ogen worden zo groot als twee meren, maar voordat hij iets kan vragen, grinnikt opa. "Het was geen complete opwelling. Ik meen me te herinneren dat je ouders in de Olive Garden waren toen ze al jullie namen brainstormden. Er zou een dirty martini met een olijf in het spel zijn geweest."

Ik hoop dat het een grap is, hoewel ik me dit gemakkelijk kan voorstellen. Ik heb een zus die Lemon heet, en haar naam had dankzij een glas water dat aan mijn vader werd geserveerd kunnen ontstaan. Honey heeft misschien haar naam gekregen, aangezien mijn moeder dat in haar thee wilde hebben. Pixie, Blue en Pearl zouden hun naam aan een serveerster met een pixiekapsel en blauwe ogen die die dag een parelketting droeg te danken kunnen hebben. Onze beide oudereenheden houden tenslotte van *The Usual Suspects*, vooral het deel waar de omgeving voor inspiratie werd gebruikt.

"Dus... jullie hebben alles bij elkaar acht kleindochters?" vraagt Oliver ongelovig.

Goed voor deze man uit Florida. Hij kan tellen. Minstens tot acht.

"Ja," zegt oma, stralend van trots. "Het paar tweelingen en de hexagon van een zesling."

Moet ze de intelligentie van een man uit Florida testen door mooie woorden met Griekse wortels als 'hex' te gebruiken? En had ze aangezien ze die kant opging niet een 'dyade' moeten zeggen in plaats van 'paar' voor consistentie?

"En jij?" vraagt opa aan Oliver, die eruitziet alsof hij nog steeds de gekheid verteert die mijn familie is. "Broers of zussen?"

Herstellend knikt hij. "Twee broers."

Interessant. Ik vraag me af of ze kaken hebben die net zo gebeeldhouwd zijn als die van hem. En ogen als —

Grr. Verman je. Serieus, waarom verlang ik zo naar deze man? Er zijn tal van andere, meer beleefde vissen in de zee.

Ik stop mijn mond vol met eten en negeer de vervolgvragen van mijn grootouders aan Oliver. In plaats daarvan gluur ik stiekem naar mijn telefoon om wat verhalen over zijn leeftijdsgenoten te lezen. De hoop is dat ze mijn overactieve libido zullen temperen.

"Paashaas slaat man uit Florida in elkaar" — en hier is een video van. "Man uit Florida masturbeert in knuffelbeesten bij Walmart." Enig. Een ander probeerde een puppy neer te schieten, wat al erg genoeg is, maar toen in een twist die puur Florida is, belandde de puppy per ongeluk met een poot op de trekker en schoot in plaats daarvan de man neer. Een andere man stak zijn huis in brand met een bom die hij van een bowlingbal had gemaakt. Een ander stal een ambulance uit een ziekenhuis en reed ermee de modder in. Weer een andere kerel uit Florida sneed de banden van een 88-jarige vrouw door, omdat ze in zijn favoriete bingostoel zat. Maar mijn favorieten zijn: "Man uit Florida beweert trots dat hij de eerste persoon was die met sperma vapete," en "Man uit Florida danst op patrouillewagen om 'aan vampiers te ontsnappen'."

"Wat is er zo grappig?" vraagt oma.

Karper. Betrapt. "Ik las net verhalen over mannen uit Florida." Ik kijk uitdagend in Olivers cyaankleurige ogen — een misrekening, want nu wil ik erin gaan snorkelen.

Oma klapt opgewonden in haar handen. "Hebben ze het erover hoe verbazingwekkend aantrekkelijk ze zijn? Toen we hier voor het eerst kwamen wonen, dacht ik dat er zeker iets in het water moest zitten."

Hé, ze zei tenminste niet dat ze wenste dat ze tentakels hadden.

Ik kijk naar opa op tekenen van jaloezie, maar hij is bezig zijn bord leeg te eten — wat naar ik hoop niet betekent dat ze een open huwelijk hebben.

"Nee," zeg ik. "Deze artikelen gaan over misdaden." Ik reciteer degene die ik net heb gelezen, en dan voeg ik eraan toe, "Oh, en mannen in Florida moeten echt niet van auto's houden." Ik wijs naar mijn scherm. "De een vuurde een musket op hen af terwijl hij verkleed was als piraat, terwijl een andere man naakt was en stenen naar hen gooide." Ik zie Oliver huiveren, dus ik ga verder, "Over naakt gesproken — dat zijn ze vaak, zoals degene die tegen een boom aanreed en vervolgens een hulpsheriff sloeg."

Goed bezig. Nu zie ik de man uit Florida naakt voor me, wat zou resulteren in een verhaal in de trant van: "Onredelijk lekkere man uit Florida trekt kleren uit, alle omliggende eierstokken ontbranden spontaan."

"Het is hier altijd warm." Oliver legt zijn vork neer naast zijn inmiddels lege bord, zijn wenkbrauwen zijn tot een sombere uitdrukking samengetrokken die zijn surfer-looks verloochent. "Maakt de kans groter dat idioten zich uitkleden. Zorgt er ook voor dat mensen meer buiten in het openbaar zijn, wat tot meer criminaliteit leidt. Ik wed dat als het in andere staten koud is — wat meestal het geval is — ze hun kamerplanten droogneuken in plaats van een boom die buiten staat."

Cthulhu vervloek hem. Hij weet er tijdens een debat sexy uit te zien. Ik wil die plooi tussen zijn wenkbrauwen met mijn vinger gladstrijken en dan die vinger likken. "Ik denk niet dat het weer verantwoordelijk is voor het enorme aantal van deze artikelen."

Hij zucht. "Dat heeft meer met de Sunshine Law te maken."

Ik fleur op. "Moeten mensen zonnebrandcrème dragen? Daar zou ik helemaal voor zijn."

"Laat haar niet over zonnebrandcrème beginnen," zegt oma op luide, samenzweerderige fluistertoon tegen Oliver. "Niet als je ooit nog naar huis wilt... of weer in de zon wilt stappen."

Opa grinnikt. "De Sunshine Law is voor transparantie. Het geeft gewone burgers gemakkelijk toegang tot openbare registers."

Oh nee. Als we opa over lokale (of welke) politiek

dan ook laten beginnen, dan zitten we er als Cthulhu wakker wordt nog steeds.

"Dat klopt," zegt Oliver. "Die wet betekent dat luie verslaggevers direct toegang tot arrestatierapporten en politiefoto's hebben."

Wil ik hem meer als hij zelfvoldaan of chagrijnig is?

Ik werp een blik op mijn telefoon. "Had ik het verhaal al genoemd waarin een man uit Florida met een mes zijn denkbeeldige vriendin van een vuilniswagen probeerde te redden?"

Oliver kijkt naar iedereen behalve naar mij. "We zijn ook de op twee na grootste staat, en meer mensen betekent meer misdaad."

"Hangt van de mensen af," zeg ik. "Heb ik al gezegd dat een man uit Florida zijn zus in haar kont schoot met een BB-pistool, omdat ze hem een penisvormige verjaardagstaart had gegeven?"

Oma slaat zichzelf op het voorhoofd. "Ik ben de taart helemaal vergeten."

Ze springt overeind en rent naar de koelkast. Ze haalt een cheesecake tevoorschijn en brengt die plechtig naar de tafel.

Ik help mezelf aan een groot stuk terwijl Oliver de traktatie negeert en zichzelf in plaats daarvan een grote hoop salade serveert.

"Dit heb ik bij de bakker gehaald," zegt opa. "Wat vind je ervan?"

Ik proef de taart. "Jammie. Het is niet zo goed als die je in New York kunt krijgen, maar —"

Oliver kreunt, waardoor we allemaal naar hem

moeten kijken — nog een fout van mijn kant, omdat mijn hormonen dit misschien niet veel langer aankunnen. "Dat is zo'n typisch New Yorker-statement."

Ik kijk hem boos aan, meer om mijn drang om met mijn gezicht tegen zijn baard te snuffelen te verbergen dan omdat ik gek ben. "Is dat zo?"

"We hebben de beste pizza," zegt hij met het meest neppe New Yorkse-accent dat ik ooit heb gehoord. "Ook de beste bagels. En hotdogs. Om nog maar over de musea te zwijgen. Oh, en pizza. Had ik al de beste pizza gezegd?"

"Nou..." Ik snij nog een stukje cheesecake af met mijn vork. "Is het onze schuld dat die dingen eigenlijk superieur *zijn* in New York?"

Terwijl ik de cheesecake in mijn mond prop, vraag ik me af hoe deze cake eruit zou zien als hij de vorm van Olivers Aqua-mannelijkheid zou hebben. Iets zegt me dat er niemand moeilijk over zou gaan doen.

Oliver drinkt zijn glas met water leeg en ziet er daarbij gefrustreerd uit. "Weet je naar welke staat New Yorkers massaal verhuizen?" vraagt hij. "Vijftigduizend vorig jaar."

Ik maak een cirkel met mijn vork. "Ik gok Florida?"

Hij knikt. "En gaan ze ooit terug naar New York? Helaas niet."

"Wij zouden niet teruggaan," zegt oma.

"Absoluut niet," zegt opa.

"Verraders," zeg ik, en het klinkt als hoesten.

Oliver steekt een stuk romaine sla in zijn mond en

bijt erin met het soort enthousiasme dat mensen gewoonlijk voor cake reserveren. "Waar heb je zulke sappige sla vandaan gehaald?" vraagt hij. "Ik zou er graag wat voor Betsy van kopen." Een warme glimlach krult zich om zijn volle, lekkere lippen terwijl hij de naam zegt. "Ze is een slakenner."

Grr. Ik heb al mijn wilskracht nodig om niet te vragen, "Wie is Betsy in godsnaam?" De golf van jaloezie die ik voel is net zo irrationeel als de lust die mijn hersenen benevelt. Toch hoopt een deel van mij dat oma de vraag voor me zal stellen.

Gezien de beperkte informatie die ik heb ontvangen, klinkt Betsy de Slakenner dunner dan ik ben en vaag Frans. Is het verkeerd dat ik al een hekel heb aan haar goed-gevoed-met-vezel ingewanden?

"Je kunt deze sla niet kopen. Ik heb het zelf gekweekt," zegt oma, en ze straalt van exact dezelfde trots als toen ze hem over mijn zussen vertelde. "De truc is de bodem. Je moet gelijke delen veenmos en compost mengen, en dan wat perliet, wormafgietsel en MYKOS toevoegen."

Serieus, oma? Je had alleen maar naar Betsy hoeven te vragen.

De warme glimlach is terug op Olivers gezicht. "Ik weet niet zeker of ik het in de hoeveelheden kan kweken die Betsy lekker vindt, maar bedankt voor de tip. Ik heb mijn compost aan mijn gazon verspild. Misschien wordt het tijd dat ik een tuin aanleg."

Hij composteert? Waarom doet Betsy dat niet? Is

het seksistisch om aan te nemen dat dit betekent dat ze niet samenwonen?

Nu ik erover nadenk, als ze samen hadden gewoond, zou hij haar dan niet mee hebben genomen naar dit diner?

Opa fronst. "Als je een tuin begint, zorg er dan voor dat deze zich achter je huis bevindt, anders krijg je de VvE op je dak."

"Eerlijk?" Oliver legt zijn vork neer. "Vanwege een tuin?"

Nou, dat was een grote fout. Voor wat aanvoelt als een uur, vertellen mijn grootouders om de beurt over het kwaad dat hun VvE is.

Op een gegeven moment profiteert Oliver van een stilte in de VvE-tirade en staat op, ontvouwt zijn lange, gespierde lichaam en laat me opnieuw kwijlen. "Het was een genoegen om met jullie te dineren." Hij kijkt overduidelijk naar mijn grootouders.

Mooi. Hij had net zo goed kunnen zeggen dat het geen genoegen was om met *mij* te eten — en dat is prima. Het gevoel is wederzijds, vooral als je de vochtigheid in mijn slipje negeert.

"Olive, breng Oliver alsjeblieft even naar de deur," zegt oma met ondeugende glinsterende ogen.

Wacht eens even. Is ze ons aan het koppelen?

Yep. Gezien de zelfvoldane blik die ze opa geeft, maakt dit allemaal deel uit van een machiavellistisch plan om achterkleinkinderen te krijgen. Ik wed dat het diep gaat. Misschien was de tentakelporno er zelfs een onderdeel van — een manier om ervoor te zorgen dat ik leuk en geil zou zijn voor dit etentje.

Maar nee. Ik heb haar zelf over deze man verteld. De porno was daarvoor.

Ik spring overeind voordat Oliver iets gemeens zegt, zoals, "Ik kan zelf naar buiten lopen." Het probleem is dat ik in mijn haast over de poot van mijn stoel struikel en begin te vallen, met mijn armen zwaaiend als de opblaasbare Wacky Waving Tube Man.

Sterke handen vangen me op voordat ik mijn hoofd kan openbreken.

Ik ruik verse oceaanbranding.

Wauw. Dat is fijn.

"Voorzichtig," zegt Oliver van een paar centimeter achter me, waarmee hij bevestigt dat hij inderdaad degene is die me gevangen heeft.

Woede schiet door me heen terwijl ik zijn woorden verwerk. Schokkend draai ik me los uit zijn greep. "Vertel me niet wat ik moet doen." Ik adem snel en heb mijn tanden op elkaar.

Bij Cthulhu, het lijkt erop dat ik niet alleen getriggerd word als iemand me vertelt wat ik moet dragen. Wat te doen staat ook op de lijst.

Ugh. Misschien heb ik toch ex-gerelateerde therapie nodig.

"Prima." Oliver draait zijn rug naar me toe. "Ga de volgende keer je gang en val."

Wat een heer.

Ik ga verder met de schertsvertoning om hem naar

buiten te leiden, zo ver dat ik demonstratief de voordeur wijd open houd, als een portier in een hotel.

"Bedankt," zegt hij, en hij stapt naar buiten en stopt naast me. Hij lijkt het te menen.

Met hem zo dichtbij is de geur van de oceaan sterker, en er moet een soort feromoon in zitten — of dat, of iemand heeft stiekem een kwal in mijn slipje gestopt.

Mijn woede vervaagt. Zelfs als mijn naam niet was wat hij is, zou ik een aangeboden olijftak niet negeren.

Ik duw de deur dicht en schenk hem een bijna oprechte glimlach. "Het spijt me als deze hele zaak voor jou net zo transparant was als voor mij."

Zijn ooghoeken krijgen rimpels. "Je bedoelt het gekoppel van je oma?"

"Ja. Dat."

Hij legt een hand op zijn borst. "Ik heb er helemaal niets van gemerkt."

Ik bevochtig mijn plotseling droge lippen, maar het helpt niet. Ik denk dat ik wunderpus-gerelateerde uitdroging ervaar. "Oma bedoelt het goed, maar het is duidelijk dat we de slechtste match ooit zijn."

Hij staart naar mijn lippen. "Duidelijk?"

"Nou, ja." Ik controleer het glazen gedeelte van de deur nog een keer om er zeker van te zijn dat oma niet aan het afluisteren is. "We zijn als twee Siamese kempvissen die een klein aquarium delen."

Hij stapt naar voren en omhult me met meer van zijn naar zee geurende feromonen. "Is het weer toegestaan om over kleine tanks te praten?"

"Zie je wel? Slechtste match ooit." Ik weersta de verleiding om een pluk haar achter zijn oor te stoppen.

Hij buigt zijn hoofd. "Wie probeer je te overtuigen?"

Ik voel me als een vloedgolf naar de kust naar hem toe getrokken worden.

Nee. Echt niet.

Met moeite doe ik een stap achteruit.

Hij kijkt even teleurgesteld, kijkt dan achter me en grijnst.

Ik draai me om en zie oma met haar neus plat tegen het glas van de voordeur staan.

Ugh, ik wist dat ze zou afluisteren.

"Ik moet gaan." Olivers hongerige blik is weer op mijn lippen gericht.

Ik weersta de drang om die lippen te likken en steek mijn hand uit. "Fijne avond."

Met een sexy grijns strekt hij zijn hand uit om hem te schudden.

Bij Cthulhu's dopamine. Als mijn huid zijn eeltige handpalm raakt, schiet er een elektrische schok door mijn hele lichaam. Het doet me denken aan de keer dat ik een sidderaal aanraakte, alleen is het nu genot dat door mijn zenuwuiteinden stroomt in plaats van pijn.

Maar net als bij de aal loopt mijn hart het risico om te stoppen. Maar in tegenstelling tot de aal hebben mijn eierstokken ook problemen.

Op een gegeven moment trekt hij zachtjes zijn hand terug.

Juist. Die is van hem, dus dat snap ik.

In een verdoofd waas zie ik hem naar zijn Tesla lopen, instappen en wegrijden.

Het kost hem drie seconden om op de nabijgelegen oprit te parkeren — bij het huis met de zonnepanelen.

Ik kijk achterom naar de deur alsof ik mijn oma wil vragen wat er net is gebeurd.

Ze grijnst als een gek, duidelijk niet helpend.

"Oh, jongen," zegt ze als ik weer naar binnen stap. "Dat was zielig."

HOOFDSTUK
Vijf

Als oma op mijn zussen lijkt, dan is mijn beste strategie om het te negeren.

"Wat raar," zeg ik. "Waarom heeft Oliver zo'n korte afstand gereden?"

Ze zet haar handen op haar heupen. "Omdat hij rechtstreeks vanuit zijn werk hierheen is gekomen. Leuk geprobeerd om van onderwerp te veranderen."

Stiekeme oma, die het werkgedeelte ertussen gooit. Uit eerdere gesprekken weet ik toevallig dat ze sterk gekant is tegen vrouwen die met mannen uitgaan die geen baan hebben, tenzij 'ze met pensioen zijn, zoals je grootvader'.

Ik doe alsof ik moet gapen. "Hoe laat is het? Ik ben kapot."

Oma positioneert haar kleine lichaam in mijn pad. "Nee. We gaan het over die ramp van een date hebben."

Prima. Ik zal mijn op één na beste strategie om met een zus om te gaan ontketenen — verdediging als aanval. "Een date?" Ik laat de vraag zo verontwaardigd klinken als ik kan. "Wie heeft gezegd dat het oké is om pooier voor me te spelen?"

Oma rolt met haar ogen, en het is griezelig hoeveel ze op dit moment op mijn zussen lijkt. "Alsjeblieft. Ik heb alleen een buurman uitgenodigd voor het avondeten. De dame — en ik gebruik deze term momenteel losjes — protesteert te veel."

Ik kreun theatraal en herinner mezelf er dan aan om mijn ouderen te respecteren.

Ja. Moet de ouderen respecteren, vooral als het moeilijk is om te doen.

"Oma. Hij haat me," zeg ik als ik mijn reflexmatige reacties onder controle heb. "Dat heb je zelf gezien."

Ze klopt op haar witte lokken. "Wat ik heb gezien was dat hij naar je keek zoals je grootvader naar mij kijkt — alsof hij je met slagroom wil bedekken en je de hele nacht wil likken."

Hoe kan hetzelfde beeld zowel schattig als om te kotsen zijn?

"Heb je vandaag iets als aperitief gerookt?" vraag ik. "Ik weet dat ze hier in Florida medische marihuana gelegaliseerd hebben, maar ik wist niet dat je zo hard feestte."

"Ik heb niets gerookt," zegt oma. "Ik heb eerder wat met cannabis doordrenkte esdoorn-chipotle-pinda's gegeten, maar dat verandert niets aan de feiten."

Wauw. Ik maakte maar een grapje. Worden mijn grootouders high? Ik heb het gevoel dat mijn ouders blij zouden zijn.

"Oliver en ik haten elkaar," zeg ik resoluut.

"Ik betwijfel het." Ze gaat eindelijk uit mijn weg. "Maar toch, je kunt hem nog steeds haten en neuken, nietwaar?"

Ik maak me uit de voeten zonder dat laatste beetje waardig te zijn met een reactie.

———

Maar terwijl ik mijn avondroutine doorloop, kronkelt oma's idee in mijn hoofd, als een rondworm in een vis.

Kan ik Oliver haten en neuken? Zou ik het moeten doen? Zou dat mijn lust stillen?

Na lang wikken en wegen besluit ik dat a) het een slecht idee is, en nog belangrijker, b) hij toch niet mee zou willen doen — wat oma ook gezien dacht te hebben. Oh, en c) Betsy is er ook nog. Als hij haar man is en ik hem haat-neuk, dan zal ze me terecht haten, en dat is een rare spiraal van haat waar ik geen deel van uit wil maken.

Wat stom is, is dat ik me helemaal niet slaperig voel, waardoor ik bang ben voor een herhaling van gisteravond.

Misschien kan ik vandaag een voorsprong nemen op de wedstrijd. Ik haal de tentakeldildo uit het nachtkastje. Wordt het als haat-neuken beschouwd als ik mezelf haat, omdat ik Oliver voor me zie terwijl ik masturbeer?

Vanuit mijn ooghoek zie ik Beaky met zijn armen zwaaien.

Ik lach naar hem. "Hé maatje, wilde je een knuffel?"

Beaky wordt wit.

Is de Tank niet het centrum van het heelal? Draait het Universum niet om de Tank? Poepen zeeanemonen niet uit hun mond?

Oh, dat doet me eraan denken: hij heeft gisteravond geen knuffel gekregen. Geen wonder dat hij er zo naar verlangt.

Voorzichtig maak ik de tank los.

Beaky weet wat er gaat gebeuren en zwemt naar de oppervlakte.

Ik steek mijn hand uit.

Hij omhult het met twee van zijn armen. Het voelt als een kriebelende kus als hij zijn zuignapjes over mijn huid strijkt.

Octopussen kunnen met de tweehonderdtachtig zuignappen op elk van hun armen aanraken, proeven en ruiken. De zuignappen zijn ook behoorlijk gevoelig, daarom probeer ik alleen voor het slapengaan met hem te knuffelen, als ik schoon ben en geen onaangename chemicaliën zal introduceren. Mijn laatste ex noemde deze avondroutine obsceen, maar ik zie geen verschil tussen dit en iemands hond die hun hand likt.

Beaky's intelligente ogen zijn hypnotiserend.

Ik grijns als ik me herinner hoe groot zijn hekel aan die ex was. Ik neem tenminste aan dat hij daarom bij elke kans die hij kreeg koud water naar de klootzak spoot.

Met nog twee armen begint Beaky me in het koude water van de tank te trekken.

"Sorry, jongen," zeg ik terwijl ik me terugtrek. "Hoe graag ik ook zou willen, ik kan niet onder water leven."

Hij realiseert zich dat ik het hele niet-verdrinken serieus meen, laat me met een van de armen gaan en strekt die dan snel uit naar het nachtkastje.

"Wacht, nee!" gil ik, maar het is te laat.

Beaky zit al op de bodem van de tank met de tentakeldildo in zijn greep.

"Geef dat terug." Ik steek mijn hand in het water.

Beaky wordt helemaal zwart en maakt zichzelf groot — een agressievertoning waardoor hij op de cape van een vampier lijkt.

Ik trek mijn hand weg. Diezelfde zuignappen die mijn armen zachtjes 'kusten' tijdens het knuffelen, hebben het potentieel om hard genoeg vast te grijpen om op zijn best een blauwe plek achter te laten of in het slechtste geval een oog eruit te plukken.

Hoewel ik betwijfel of Beaky me dit ooit aan zou doen, heeft hij een snavel waar hij mee kan bijten en giftig speeksel af kan geven.

"Goed dan. Houd het maar," zeg ik tegen hem.

Deze onbeschoftheid is de reden waarom we de zon elke dag laten opkomen, hoe groot je hekel eraan ook is.

Ik schud mijn hoofd terwijl Beaky bedenkt hoe hij de vibratie van de dildo moet inschakelen, en dan verandert hij in een caleidoscoop van kleuren terwijl hij deze nieuwe ontwikkeling onderzoekt.

"Wen daar maar niet te veel aan," zeg ik. "De batterij zal uiteindelijk doodgaan."

Maar aan de andere kant, misschien kan ik iets

maken dat de batterij zou opladen? Omdat hij waterdicht is, laadt de dildo op via een kabel met een magneet erop, dus het enige wat ik nodig heb is —

Ik stop mezelf en grijns. Het lijkt erop dat Beaky en ik misschien net een nieuwe — zij het enigszins wenkbrauwverhogende — vorm van octopus-entertainment hebben uitgevonden. Ik kan me alleen maar voorstellen wat de mensen van Octoworld ervan zouden vinden, of de mensen van Sealand.

Aan de andere kant is het hergebruiken van speelgoed geen nieuw concept voor me. Veel kinder- en hondenspeelgoed vormt de basis voor mijn uitvindingen. Ik heb me echter nooit zo ver buiten het boekje gewaagd om op die manier aan menselijk seksspeeltjes te denken... maar nu misschien wel.

Sterker nog, nu ik erover nadenk, nepvagina's hebben veel potentieel. Hun textuur zou heel goed alle koppotigen kunnen aanspreken, niet alleen octopussen.

Ik sluit de tank heel voorzichtig weer af. Dit deksel is de creatie waar ik het meest trots op ben. Octopussen hebben geen botten, dus zelfs een exemplaar van driehonderd kilo kan zichzelf door een opening ter grootte van een kwartje persen. Kortom, als de snavel past, dan zal de rest van de octopus ook passen.

Ik kijk toe hoeveel plezier Beaky met de dildo heeft, en een deel van mij vraagt zich af of hij hem misschien gebruikt zoals een mens zou doen — om te masturberen.

Het is mogelijk, maar onwaarschijnlijk en niet omdat Beaky een mannetje is.

De reproductie van octopussen is even fascinerend als vreemd. Ten eerste zijn er hun vreemde leidingen. In plaats van een penis heeft een mannelijke octopus een gespecialiseerde arm, de hectocotylus. Tijdens het paren gaat deze arm in een van de twee sifons op de mantel van een vrouwtje — de opening die ook verantwoordelijk is voor de ademhaling, het verdrijven van afval en het wegspuiten van water wanneer de octopus wil zwemmen of mijn ex-vriend wil irriteren.

Ten tweede is er het seksuele kannibalisme — dat vaak door de grotere vrouwtjes wordt gedaan. Soms worden mannetjes tijdens de seksuele daad gewurgd, soms kort daarna. Sommige mannetjes kiezen er zelfs voor om hun hele parende arm aan het vrouwtje op te offeren om weg te komen. Over naar rechts swipen gesproken.

En hé, als ik een octopus was geweest en groter dan mijn ex zou zijn, dan zou ik hem ook hebben gewurgd, omdat hij me vernederde en me vertelde wat ik moest dragen — hoewel ik hem niet zou hebben opgegeten. Aan de andere kant zwem ik niet de hele tijd verhongerd rond.

Met zijn armen om de dildo geslagen, zet Beaky de vibratie uit en weer aan.

Hij ontdekt dan de pulsmodus en houdt die aan.

"Veel plezier," zeg ik. "Ik ga slapen."

Weet dat dit laatste offer ons zeer behaagt, priesteres-

onderdaan. Dit is hoe het omarmen van Cthulhu's machtige
hectocotylus zou voelen, gezegend zij zijn vleugels.

Het belangrijkste eerst: kijken of ik de ochtendzon door het raam kan weren. Nee. De gordijnen zijn meer decoratief dan functioneel. Prima. Ik smeer zonnebrandcrème op mijn gezicht en nek, doe dan het licht uit en ga onder de deken liggen.

Hmm. Nu de dildo ontbreekt, heb ik nog maar één keuze: ouderwets rommelen.

Met een wilskracht verdrijf ik Oliver uit mijn gedachten en schuif mijn hand onder de deken.

Karper.

Terwijl ik mezelf aanraak, komen er regelmatig beelden van Olivers vingers — en Aqua-mannelijkheid — bij me binnen, waardoor het hele proces heter aanvoelt. Ik geloof dat ik het leuk vind dat ik een ondeugend, vies meisje ben dat doet wat ze niet zou moeten doen.

Pas nadat ik eindelijk klaar ben gekomen, vervloek ik mijn verraderlijke verbeeldingskracht.

Het ergste is dat ik, ondanks het orgasme, niet kan slapen. Het dreigende gesprek met Davy — ik bedoel dr. — Jones is weer in de voorhoede van mijn gedachten.

Grr. Ik had voordat ik naar bed ging wat lichaamsbeweging moeten doen om mezelf te vermoeien. Blijkbaar is mezelf haat-neuken niet genoeg.

Wanhopig begin ik in mijn hoofd octopussen te

tellen en drijf op een gegeven moment na dertienhonderd weg.

———

Ik ben suf als ik de volgende dag naar mijn werk ga.

Om mezelf wakker te maken, denk ik na over de grootste uitdaging van mijn carrière: entertainment voor zeesterren.

Ik krab op mijn hoofd.

Wat kan leuk zijn voor een wezen dat geen bloed heeft, met kleine buisvoetjes beweegt en eet door zijn maag door zijn mond te duwen?

Om te beginnen zou ik de ene helft van de zeestertank donker kunnen maken, terwijl de andere helft aan het licht wordt blootgesteld. Deze wezens hebben ogen aan de uiteinden van hun armen, en ik denk dat als je ogen hebt, je visuele prikkels vermakelijk kunt vinden.

Ik ben halverwege mijn projectje als iemand haar keel schraapt.

"Hé," zeg ik tegen Aruba terwijl ik opkijk. "Ik zat net aan verrijking voor stervissen te denken."

Aruba trekt haar neus op. "De juiste term is 'zeester'."

Ik zucht. Het is waar dat zeesterren niet echt vissen zijn. Ze hebben geen kieuwen enzovoort. Toch snap ik niet de behoefte om zo'n voorstander van terminologie te zijn. Walvissen zijn ook geen vissen, maar niemand probeert ze 'zeewallen' te noemen.

"Zien de dolfijnen er vandaag niet een beetje verveeld uit?" vraag ik.

Ze schudt hevig met haar hoofd. "Mevrouw Aberdeen heeft me gevraagd om je te zoeken. Ze heeft een dringende taak voor je van dr. Jones zelf."

De eerbiedige manier waarop ze dr. Jones zegt, doet me ineenkrimpen.

"Bedankt," zeg ik. "Ik kom er zo aan."

Met een tevreden knikje draait ze zich op haar hakken om en stapt naar buiten.

"Ik ben zo terug," zeg ik tegen de zeester en loop naar het kantoor van Rose.

———

"De lamantijnen moeten je hoogste prioriteit hebben," zegt Rose in plaats van hallo als ik haar kantoor binnenkom.

"Oh?"

"Dr. Jones denkt dat ze zich op het randje van een depressie bevinden en onze gebruikelijke verrijking lijkt niet te werken."

Ik stel me de kwieke dr. Jones als Davy Jones voor, terwijl hij zijn octopusbaard streelt, zijn uitdrukking streng wanneer hij de stand van zaken bij de lamantijnen ontdekt.

Ik strijk met mijn handen over mijn kaki korte broek. "Wat doe je momenteel voor hen?"

Ze overhandigt me een uitdraai. "Het staat daar allemaal op. Mijn favoriet was toen we boerenkool in een uitgehouwen pompoen hadden gedaan en die aan een metalen buis hadden bevestigd. Dat vonden ze geweldig, net als een koker waar broccoli uitstak."

"Het stimuleren van voedsel zoeken is geweldig." Ik ga door de lijst. "Laat me eens kijken of ik dingen naar een ander niveau kan tillen."

"Geweldig," zegt ze. "Dat zal je helpen als je morgen met dr. Jones gaat praten. Hij is een enorme fan van lamantijnen."

Ik grinnik. "Dus ik moet hem meegaander maken door over lamantijnen te praten?"

Ze ontmoet mijn blik, haar uitdrukking serieus. "Je hebt alle hulp nodig die je kunt krijgen. Aruba heeft zojuist een e-mail gestuurd met het voorstel om een gedenkteken voor Flipper te maken, wat dr. Jones ongetwijfeld aan die vreselijke zaak heeft herinnerd."

Karper. En ik was degene die Aruba aan dat incident herinnerde door naar octopussen te vragen.

Ik spring overeind. "Oké, ik ben bij de lamantijnen als je me nodig hebt."

Ze zwaait en ik loop naar de tentoonstelling, terwijl ik onderweg opnieuw zonnebrandcrème aanbreng.

Mijn telefoon tingelt.

Ah. Een bericht van Lemon — en ik kan raden wat ze zal zeggen.

Hey stortbak, hoe gaat het met de tieten?

Grijnzend schrijf ik terug:

Het gaat prima met mijn tieten, bedankt voor het vragen, maar ik word niet graag met een stortbak of andere grote voorwerpen vergeleken.

Het antwoord is direct:

Funky auto-erotische verstikking.

Ik gnuif. Mijn autocorrectie deed ook raar, maar die van haar lijkt zijn best te doen om kwaadaardig te zijn.

Bedoelde je 'verdomde autocorrectie klootzak?'"

Ze antwoordt met een duim omhoog en voegt eraan toe: *ik wilde je vertellen dat Fabulous en ik vanavond klaar zullen komen.*

Het wordt alleen maar beter en beter.

Bedoelde je met Fabulous Fabio... en met klaarkomen, bedoelde je aankomen in Florida?

Fabio is homo, dus het is onwaarschijnlijk dat hij ergens in de buurt van haar of een vrouw klaar zou willen komen.

Ze antwoordt met een niet te ontcijferen reeks vloeken gericht op haar autocorrectie, waarvan sommige automatisch in wartaal worden gecorrigeerd.

Het klinkt alsof ik je zie als je hier bent.

Ik leg mijn telefoon weg en kijk om me heen.

De tank van de lamantijnen is enorm, zoals het hoort. Deze vriendelijke reuzen wegen meer dan een ton en hebben de ruimte nodig.

Ik zoek een schaduwrijk plekje en bekijk ze steeds gefascineerder. Hoewel ik geen psychiater ben zoals Rose, lijken deze dieren me niet depressief te zijn, maar verveeld. Ze amuseren zich met vatenrollen en bodysurfen — het meest schattige aanzicht afgezien van mijn octopus die van kleur verandert.

Ik pak mijn telefoon en vul wat ik al weet over deze

wezens aan met wat online onderzoek, waarbij ik me specifiek op deze tak van de familie richt: de Caribische lamantijnen of *Trichechus manatus latirostris*. Het zijn natuurlijk zeezoogdieren. In feite zijn ze een verre neef van olifanten, wat gaaf is.

Misschien kan ik wat olifantenverrijking bij de lamantijnen proberen? Olifanten spelen bijvoorbeeld graag met banden en gigantische ballen.

Wat nog meer? Oh, hier hebben we het. Ze eten tien procent van hun enorme lichaamsgewicht in zeesalade. Cool. Dat biedt talloze mogelijkheden om hun eten leuker te maken — iets wat de mensen hier al hebben ontdekt. Sommige artikelen verwijzen naar lamantijnen als 'zeekoeien' — wat een beetje klinkt als bodyshaming, hoewel het misschien meer een verwijzing is naar al het grazen dat ze doen, en naar hun zachtaardige karakter. Een handig feitje is dat ze van warm water houden.

Misschien kan ik een apparaat maken dat ze met een straal extra warm water zou besproeien als ze op een knop drukken? Beter nog, zouden we een jacuzzi voor ze kunnen bouwen? Klinkt prijzig, maar als dr. Jones ze zo leuk vindt, geeft hij dan misschien het geld ervoor uit?

Nog een handig weetje: ondanks hun relatief kleine ogen en oren hebben ze een uitstekend zicht en gehoor. Zouden ze het leuk vinden om tv te kijken? Ik wed dat ze dat leuk zouden vinden, vooral als ik met interessante inhoud kom, zoals een zeegerelateerd natuurprogramma, een salade-georiënteerde kookshow of die video van 'Gangnam Style' op herhaling. Nogmaals, de prijs kan een probleem zijn. Een klein tablet zou het bij wezens van dit formaat niet redden. We zouden waarschijnlijk een 85-inch tv waterdicht moeten maken en in de tank moeten laten vallen.

Sommige feiten over lamantijnen zijn fascinerend, maar onbruikbaar. Mijn favoriet is hoe ze soms met zeemeerminnen verward worden. Omdat ik zelf graag een zeemeermin wil zijn, word ik bijna jaloers.

Christopher Columbus had zich aan die verwisseling schuldig gemaakt — niet verwonderlijk voor een man die Noord-Amerika voor India aanzag. Toen hij drie lamantijnen in de buurt van de Dominicaanse Republiek zag, dacht hij zeemeerminnen te zien en beschreef ze als 'niet half zo mooi als ze zijn geschilderd'. Hé kerel, arme lamantijnen moeten niet worden beoordeeld op de onbereikbare schoonheidsnormen in de veertiende-eeuwse kunst. Ik bedoel, vrouwen in die tijd plukten hun haar om die zeer begeerlijke superhoge voorhoofden te krijgen waarvoor ze tegenwoordig naar een haargroeimiddel zouden zoeken.

Godzijdank zijn moderne vrouwen niet gek genoeg om hun haarlijn te scheren. We scheren gewoon waar de natuur het bedoeld heeft: oksels, benen, bikinilijn, vingers en tenen.

Maar terug naar de lamantijnen. Lamantijnen hebben teennagels op hun vinnen. Misschien kunnen we ze een pedicure geven? Nee, gaan we weer met de schoonheidsnormen.

Ze staan ook bekend als extreem toegewijde moeders. Hmm. Misschien betekent dat dat ze graag met speelgoed voor een lamantijnkalfje willen spelen? Het is mogelijk, ervan uitgaande dat ik waterdicht speelgoed in de juiste maat kan vinden.

Ik noteer deze ideeën en kom gedurende de rest van de dag op meer ideeën.

Als ik die avond thuiskom, kijk ik eerst in de keuken of Oliver er niet weer is.

Nee. We gaan deze keer gewoon met z'n drieën eten — en ik weet niet zeker of ik opgelucht of teleurgesteld ben.

Als we klaar zijn met eten, begin ik me al van tevoren zorgen te maken over nog een slapeloze nacht — dat wil zeggen, totdat ik me mijn idee herinner om te sporten om mezelf moe te maken.

Ja. Ik ben al een aantal dagen in Florida, maar ik heb nog steeds geen kans gekregen om te zwemmen. Wat nog belangrijker is, ik heb mijn zeemeerminkostuum nog niet gebruikt — een jeuk waar ik nog meer zin in heb na het werken met de zeemeerminachtige lamantijnen.

Hoe meer ik erover nadenk, hoe meer ik van dit idee hou. De zon is onder, dus ik heb alleen een klein laagje zonnebrandcrème nodig. En niemand zou nu op het strand moeten zijn, dus ik hoef dat van de zeemeermin niet uit te leggen.

Zodra het eten voorbij is, trek ik mijn bikini aan, doe er een omslagdoek over en stop mijn zeemeerminnenstaart in een speciale draagzak — een herbestemde gitaarkoffer. In een staart lopen is te hardcore, zelfs voor een zeemeermin-professional zoals ik.

"Kappertje," zegt opa streng als ik de garagedeur open.

"Waar ga je heen?"

Ik kijk naar mijn nauwelijks bedekte zwemkleding. "Het strand."

"Ik zie het," zegt hij. "Ik ga met je mee."

"Nee." Ik maak mijn punt duidelijk door hevig met mijn hoofd te schudden. Ik ben er nog niet klaar voor om als zeemeermin voor mijn familie te verschijnen.

Hij haalt ergens een geweer vandaan. "Neem in dat geval deze dan mee."

Ik knipper een paar keer met mijn ogen. "Opa, ik ga naar een privéstrand in een privé-gemeenschap."

Hij vernauwt zijn ogen tot spleetjes. "Neem het mee, of ik verbied je om te gaan."

"Je kunt het me niet verbieden. Ik ben volwassen."

Zijn wenkbrauwen trekken zich samen. "Je gedraagt je niet zo."

"Omdat ik weiger om mensen te doden met een jachtgeweer?"

Hij zucht. "Wat als ik het met beanbag-kogels laad?"

Ik houd mijn hoofd schuin. "Wat?"

Hij haalt de kogels uit het pistool en vervangt ze in één snelle beweging door een andere set. "Beanbag-kogels zijn een speciale niet-dodelijke munitie. Het is wat de politie tijdens rellen gebruikt. Ze zullen je aanvaller uitschakelen, maar ze in leven laten. Normaal gesproken."

Ik kijk naar het stomme wapen. "Is het legaal voor me om dit bij me te dragen?"

Hij duwt het ding in mijn handen. "Wie kan het iets schelen? Er zal niemand op dat strand zijn om je in de problemen te brengen."

"Wat is het nut van een wapen als er niemand is?" mopper ik, maar hij is al weg.

Met een zucht stop ik het jachtgeweer in mijn zeemeerminstaartdrager en vertrek. Een korte wandeling later sta ik op het strand, dat zo leeg is als ik had gehoopt. Het water is woelig vanavond, maar ik ben een goede zwemmer en er zijn hier zelden muistromingen.

Zeemeerminzwemmen, hier kom ik.

ZOALS VAAK GEBEURT ALS IK DIT GA DOEN, voel ik een opgewonden gefladder in mijn maag die me eraan herinnert hoe hongerige piranha's zich gedragen als je ze een sappig stuk rauw vlees geeft.

Ik hou van zeemeerminzwemmen, maar er zijn twee redenen waarom ik het niet vaker doe. Het voor de hand liggende is dat niet iedereen het hele dragen-van-een-staart begrijpt, en het minder voor de hand liggende is dat ik om de een of andere reden geil word als ik dit doe. En ik bedoel *heel* geil — bijna net zo erg als toen ik laatst Oliver zag. Ik heb geen hoe dit komt, en ik ben niet bereid om naar een therapeut te gaan om erachter te komen.

Ik glijd uit mijn teenslippers en draag ze in mijn hand, terwijl het nog warme zand aangenaam tussen mijn tenen sijpelt. Ik stop ver genoeg van de beukende branding om ervoor te zorgen dat mijn spullen niet wegdrijven, ik doe de omslagdoek af en haal de staart tevoorschijn.

Verdorie. Zou ik een nog grotere mafketel kunnen zijn? Alleen al mijn benen in de waterdichte stof van de staart schuiven is een buitengewoon sensuele ervaring, zoals het aantrekken van sexy lingerie, maar dan keer duizend.

Ik negeer mijn libido, maak mijn staart vast en bedenk hoe ik het beste in het water kan komen. Mijn opties zijn om te springen, kruipen of met kleine stapjes te lopen zoals iemand die op het punt staat om in zijn broek te poepen. Toen ik een zeemeermin-zwemles volgde, was het in een zwembad, dus kropen we het water in vanwege veiligheidsproblemen. In dit geval, aangezien het zachte zand mijn val zal breken als ik mijn evenwicht zou verliezen, besluit ik om te springen, omdat ik dan sneller op mijn bestemming ben.

Ik spring één keer, twee keer. Bij de vierde sprong voel ik de koele nattigheid van de Atlantische Oceaan door mijn staart. Dat is wanneer een golf me laat struikelen en ik regelrecht in het water plons.

Giechelend hervind ik mijn evenwicht en begin te zwemmen, terwijl ik mijn buikspieren gebruik zoals me is geleerd, met mijn staart en armen tegen het water duwend.

Daar gaan we. Ik voel me gewichtloos en vrij, en doet me aan mijn kindertijd denken... tenminste, als ik negeer hoe waanzinnig opgewonden ik ben.

Als ik eenmaal genoeg beweging heb gekregen, zou

ik misschien de staart een beetje naar beneden kunnen trekken en wat quality time met mijn wunderpus door kunnen brengen. Niemand zou het weten.

Wacht. Wat is dat geluid?

Ik kijk naar de kust.

Er lijkt niemand te zijn. Maar misschien bewaar ik het poetsen van mijn parel toch voor als ik in bed lig. Voor nu zwem en zwem ik, totdat mijn buikspieren pijn doen.

Oké. Genoeg. Ik keer terug naar de kust, het maanlicht verlicht mijn weg. Als het water ondiep genoeg is, stap ik op mijn staart en spring, maar een golf slaat me omver.

Goed dan.

Ik begin half te zwemmen, half te kruipen, en ik ben gedeeltelijk uit de branding als er een nieuwe golf komt, die *iets* mee draagt.

Ik knijp mijn ogen samen en inventariseer in gedachten alle haaiensoorten die in Florida voorkomen.

Oef.

Het is geen haai. Terwijl het water zich terugtrekt, zie ik een surfplank met een man erop.

En niet zomaar een man.

Oliver.

In niets anders gekleed dan een zwembroek.

HOOFDSTUK
Zeven

De tijd vertraagt als ik naar elke verrukkelijke groef van Olivers in het maanlicht glinsterende spieren staar. Ik stel me voor dat Poseidon er zo uit zou kunnen zien, oprijzend uit de zee, zijn lange, natte haar tot op zijn krachtige schouders vallend. Of Aquaman. Ja, zeker Aquaman. De gelijkenis is zo sterk dat ik half verwacht dat de surfplank onder hem in de Karathen zal veranderen.

Hij ziet mij ook, een geschrokken blik flitst over zijn gezicht.

Mijn hartslag verdubbelt. Ik heb geen idee wat ik moet doen, dus ik blijf waar ik ben, waardoor mijn staart onder water verborgen blijft.

"Hallo," zegt hij, terwijl hij over de branding naar me toe glijdt, of om te horen wat ik ga zeggen of om te zien of mijn eierstokken bij hem in de buurt zullen ontploffen — wat zou kunnen gebeuren.

"Gewoon blijven zwemmen."

Ja, dat flapte ik er net uit. In mijn verdediging, ik had het al heet van de zeemeerminnenstaart. Tel daar de introductie van zijn bijna naakte schoonheid bij op, dan is het een wonder dat mijn hersenen voldoende functioneren om mijn strottenhoofd te bewegen.

Hij stopt op likafstand, het maanlicht danst in zijn ogen. Zijn stem is laag en diep. "Wil je dat ik wegga?"

Ik schud mijn hoofd en dwing mijn hersenen om te functioneren. "Nee. Sorry. Ik denk dat ik *Finding Dory* te vaak heb gezien."

Een grijns krult om zijn sexy lippen. "Ik snap het... kelpkoppie."

Heilige makreel, dat is een Dory-referentie. Nu *moet* ik hem neuken. En hem ook niet alleen haat-neuken — niet als hij een mede-*Finding Dory*-enthousiasteling is.

"Dus." Hij schuift zijn plank zijwaarts en komt steeds dichterbij. Amusement glinstert in zijn ogen, samen met iets anders. Iets dat me aan de staart doet denken die ik draag en hoe ik me daarbij voel. "Hoe verhoudt deze plek zich tot de stranden in New York?"

Ik word zo afgeleid door de sensaties die door mijn lichaam gaan dat het me even kost om zijn woorden te verwerken. Zodra ik besef wat hij zegt, verstijft mijn ruggengraat.

Als hij terug is op het hele New York-versus-Florida-gedoe, dan kan het toch haat-neuken zijn.

"De stranden in Far Rockaway zijn geweldig, vooral om te surfen." Het was de bedoeling dat de woorden er scherp uit zouden komen, maar in plaats daarvan klinken ze buiten adem. Ik ga met mijn tong over mijn lippen en proef het zout van de oceaan.

Hij staart naar mijn lippen, zijn neusvleugels gaan open. "Zijn ze niet meestal met sneeuw bedekt?"

Mijn hartslag versnelt en ik voel de vloedgolf naar hem toe trekken, net als op de veranda van mijn grootouders. Mijn stem is nog ademlozer. "Sneeuw of niet, je vindt er surfers, indien nodig in wetsuits. In vergelijking met hen zijn Florida-surfers watjes."

Over nattigheid en pakken gesproken, het is een wonder dat mijn zeemeerminnenstaart niet spontaan van mijn lichaam is gegleden.

Hij leunt naar voren en zijn stem wordt dieper. "Zo'n New Yorker."

Dat is het. Ik kan het niet langer uithouden.

Ik pak zijn achterhoofd vast en trek hem naar me toe.

Onze monden botsen als twee beukende golven. Ik verdrink in de sensaties, een klein schip in een orkaan. Zijn lippen zijn zacht, heerlijk, zijn baard een beetje ruw. De geur van hem is onlosmakelijk met die van de oceaan verbonden, en net zo bedwelmend. Zijn grote, warme handen dwalen over mijn rug terwijl ik mijn handpalm langs zijn buikspieren laat glijden en ik zijn natte haar kneed en mijn nagels over zijn hoofdhuid schraap. Kreunend verdiept hij de kus, zijn tong met de mijne duellerend, gretig elke centimeter van mijn mond verkennend.

Ik ben nog nooit zo gekust. Het is alsof ik verslonden word. Geconsumeerd. En ik consumeer hem, de hitte in mij wordt intenser totdat ik het gevoel heb dat de oceaan om ons heen zou kunnen koken.

Hij gromt laag in zijn keel en rukt zijn lippen weg. Zijn adem is ruw, zijn stem schor. "Wat zijn we aan het doen?"

Ademloos, duizelig van verlangen, doe ik waar ik vanaf het moment dat ik hem voor het eerst zag al van droom. Ik laat mijn hand in zijn broek glijden en wikkel mijn vingers om een keiharde en indrukwekkend dikke Aqua-mannelijkheid. Mijn stem is net zo hees als de zijne. "Frustratie loslaten?"

Zijn schacht springt in mijn greep, hoe onmogelijk ook nog verder verstijvend, en zijn stem daalt nog een octaaf. "Heb je bescherming?" Hij duwt zijn broek naar beneden en onthult een erectie waar zelfs de machtige Cthulhu trots op zou zijn.

Telt een jachtgeweer met niet-dodelijke munitie als bescherming?

Verdwaasd schud ik mijn hoofd. "Ik ben schoon en aan de pil."

Mijn staart voelt alsof hij mijn wunderpus verstikt en mijn benen bij elkaar houdt, terwijl ik ze uit elkaar wil hebben. Zonder na te denken, begin ik uit de staart te wiebelen.

Een deel van mij maakt zich zorgen dat dit een soort machiavellistische plot is die Oliver heeft verzonnen. In plaats van me te overtuigen om Beaky te verkopen, heeft hij misschien besloten om *mij* gewoon te pakken. Getrouwde mensen delen immers alles, zelfs octopussen.

Wacht. Getrouwd? Wat ben ik —

"Ik ben ook schoon," zegt hij met een zware stem. Dan verschuift zijn blik naar mijn onderlichaam, onthuld door een terugwijkende golf, en zijn mond valt open. "Wat de fuck?"

Oh shit. Ik was niet van plan om voor *hem* als een zeemeermin uit de kast te komen. Het is nu te laat. Ik hef mijn kin op. "Wat? Heb je nog nooit een zeemeerminnenstaart gezien?" Eindelijk lukt het me om me eruit te wurmen, ik gebruik alle kracht in mijn armen om het op de kust te gooien, net buiten het bereik van de golven.

Hij kopieert mijn actie met zijn broek en duwt zijn surfplank in dezelfde richting om hem uit de golven te krijgen. "Waarom?"

"Lang" — ik schuif mijn hand op en neer over zijn pik — "verhaal. Weet je zeker dat je wilt praten?"

Zijn antwoord is weer een verslindende kus die mijn adem steelt en het koele, natte zand onder mijn kont als magma aan doet voelen.

Slimme man.

Hij regent hete, bijtende kusjes over mijn nek en sleutelbeen.

Zei ik slim? Ik bedoelde geniaal.

Hij trekt mijn bikinitopje omhoog en zijn lippen gaan naar mijn borsten, zijn hete, natte tong strijkt de een na de ander over mijn tepels. Ik heb het gevoel dat ik gek ga worden. Ik adem zwaar en rol boven op hem. De harde delen van hem drukken tegen de zachte delen van mij, en ik heb nog nooit zo graag iets in me willen hebben. Mijn tepels zouden door staal kunnen boren, en er zit genoeg bloed in mijn clitoris om het zo hard als een parel te maken — mijn favoriete eufemisme ervoor.

"Klaar?" zeg ik hijgend als ik omhoog leun zodat ik hem erin kan schuiven waar ik hem nodig heb.

"Fuck, ja," gromt hij, maar dan verstijft hij, zijn ogen worden groot.

Karper. Heb ik zijn lul gekrabd? Bezorgd rol ik van hem af terwijl hij als een gek begint te vloeken.

"Wat is er aan de hand?"

Hij rolt zich op zijn buik en wijst naar zijn strakke kont. "Het brandt."

Zijn kont *brandt*? Het klinkt alsof hij een proctoloog nodig heeft.

Dan zie ik het.

Een grote kwal.

"Dat is een schijfkwal," zeg ik dringend. "Giftig."

"Fuck." Hij kijkt over zijn schouder. "Je hebt gelijk."

Ik spring overeind, ren naar mijn zeemeerminstaartdrager en rommel erin op zoek naar iets dat ik kan gebruiken om hem te helpen.

Niets.

Nou, bijna niets. Er is het jachtgeweer. Ik pak het en ren terug.

Zijn gepijnigde uitdrukking verandert in een verwarde. "Ben je van plan om me neer te schieten?"

Ik rol met mijn ogen. "Ja. Ik dacht dat ik je maar beter uit je lijden kon verlossen." Ik stap dichterbij. "Ik wil de loop gebruiken om de kwal weg te duwen voordat je nog meer gestoken wordt, en om eventuele tentakels te verwijderen als ze vast zitten. Is dat goed?"

Hij knikt en trekt een grimas, en ik koppel daden aan woorden.

"Er kunnen nematocysten in je huid zitten, dus raak die niet aan," zeg ik als ik zeker weet dat de kwal hem geen kwaad meer zal doen.

"Dus wat moet ik doen?"

"Zullen we je uit het water halen, voor het geval er nog een kwal opduikt?" Ik help hem naar de kust te kruipen. "Laat me even kijken."

Ik hurk over zijn kont en kijk. Oh jeetje. Zijn linkerbil ziet er helemaal niet goed uit.

Niet zeker wat ik moet doen blaas ik er voorzichtig op. "Is dat beter?"

Hij klemt zijn tanden op elkaar. "Nee, maar als je een sigaret hebt, dan denk ik dat je zou kunnen proberen om rook in mijn reet te blazen."

Ik kijk om me heen naar zijn tas, maar ik zie hem niet. "Heb je een telefoon bij je?"

"Nee." Met een grom duwt hij zich op zijn ellebogen. "Heb je azijn?"

Ik zorg ervoor dat mijn wapen van hem af wijst om de verleiding te weerstaan om het te gebruiken. "Is dat een steek onder water over mijn naam?"

"Waar heb je het verdomme over?"

Ik vernauw mijn ogen tot spleetjes. "Je weet wel. Olijfolie en azijn gaan goed samen."

Hij kijkt me boos aan. "Ik ben op dit moment niet geïnteresseerd in grappen of in het maken van een salade. Ik heb gehoord dat azijn bij dit soort steken kan helpen."

"Oh. Sorry. Ik heb geen azijn. Jij?"

"Alleen mijn surfplank." Hij trekt weer een gezicht. "Ik heb ook gehoord dat de ammoniak in urine kan helpen. Maar misschien is het een fabeltje."

Ik ga achteruit. "Ik ben er vrij zeker van dat dat een fabeltje is, maar als je het wilt proberen, dan kijk ik wel de andere kant op."

Hij schraapt zijn keel. "Ik kan niet echt op mijn eigen kont plassen."

Wacht, wat?

Ik kijk hem ongelovig aan. "Wil je dat *ik* op je plas?"

HOOFDSTUK

Acht

"Willen gaat misschien iets te ver," gromt Oliver. "Ik wil gewoon dat de pijn ophoudt."

Karper op een cracker. Mijn gezicht voelt roodgloeiend aan. Aan de ene kant is hij duidelijk gewond. Aan de andere kant zijn we nog niet in het stadium van de gouden douche.

In honkbalmetaforen voor seks zouden we van bijna naar het vierde honk rechtstreeks naar het tiende gaan... op een regenachtige dag.

"Oké," verbaas ik mezelf door dat te zeggen. "Maar geniet er niet van."

Hij kijkt me boos aan. "Er is hier niets om van te genieten."

Ik ga langzaam naar hem toe. "Goed. Kijk me niet aan als ik het doe, en we zullen het er daarna nooit meer over hebben."

"Afgesproken." Hij gaat plat liggen en verbergt zijn gezicht in zijn over elkaar geslagen armen.

Ik nader voorzichtig. "Doe ook je oren dicht. Ik wil niet dat je het gekletter hoort."

Hij kreunt. "Wat dacht je ervan als ik hardop ga zingen, om het geluid te overstemmen?"

"Ja." Ik stap uit mijn bikinibroekje en hurk boven zijn kont. "Dat kan."

Oliver begint in een lage, soepele bariton te zingen en ik herken de tekst van het favoriete Led Zeppelin-nummer van mijn vader, "When the Levee Breaks."

Geweldig. Ik ben er vrij zeker van dat dit exact het nummer is dat mijn ouders speelden toen we met z'n zessen zindelijk werden gemaakt.

Ach ja. Laat de genezing beginnen.

Er is maar één probleem: ik kan het niet op commando.

Ik span me in, maar er komt niets uit. Ik blijf me afvragen wat we zouden zeggen als iemand op dit moment het strand op zou lopen. Ik weet ook niet zeker hoe goed ik de stroom kan sturen. Het is al erg genoeg dat ik op zijn kont ga plassen, maar wat als iemand —

Nee. Moet geen stressvolle gedachten denken, of ik zal nooit kunnen gaan.

Ik adem diep in en luister naar de branding, maar dat helpt niet.

Ik stel me watervallen voor, stromende kranen, stromende rivieren...

Gewoon blijven zwemmen. Gewoon blijven zwemmen.

Eindelijk begint het — en komt het gelukkig ongeveer terecht waar het zou moeten.

Ik herinner me ineens Betsy, de slaliefhebber. Ik kan niet geloven dat ze in het heetst van de strijd niet in mijn gedachten is gekomen. Zou Betsy zo voor hem plassen? Zou haar vitaminerijke plas beter werken dan de mijne?

Olivers lied wordt luider en er kan een hysterisch randje aan zitten.

Aan mijn kant bedank ik Cthulhu dat ik vandaag geen asperges heb gegeten. En goed gehydrateerd ben gebleven. Tenzij... is mijn urine te verdund om goed te werken?

Ik denk dat we het zullen ontdekken.

Als ik klaar ben, realiseer ik me dat ik geen papier heb. Ineenkrimpend loop ik naar de oceaan en maak mezelf schoon met zeewater. Ik voel me vaag geschonden, ook al was het Oliver waar overheen werd geplast.

Over Oliver gesproken, hij zingt nog steeds.

Merkt hij niet dat ik gestopt ben?

Ik haast me terug en trek mijn bikinibroekje aan. "Hé. Voel je je al wat beter?"

Hij blijft zingen.

Ik por hem zachtjes met een teen.

Hij stopt met zingen. "Ben je klaar?"

"Ja. Ik neem aan dat je je niet anders voelt?"

Hij heft zijn hoofd op. "Voelt nog steeds als een brandwond door zuur."

Karper bijt me. "Misschien is mijn urine te verdund? Dat of dit hele gedoe is toch een fabeltje."

Hij klemt zijn tanden op elkaar, duwt zich op

handen en voeten en ik help hem opstaan.

Zelfs gewond en onder geplast, ziet hij er in zijn naaktheid glorieus uit, en hoewel Aqua-mannelijkheid niet hard meer is, is hij nog steeds behoorlijk groot.

"Ik ga gewoon naar huis en zal wat azijn gebruiken," mompelt hij.

"Slim." Ik pak zijn broek en geef het aan hem.

Hij trekt een gezicht als hij er naar kijkt. "Dat kan ik niet."

Ik knipper met mijn ogen. "Kan niet wat?"

"Het zou te veel pijn doen als de stof het aanraakt."

Ik sla mezelf bijna op het voorhoofd met zijn broek. "Natuurlijk… maar wat is het alternatief?"

"Dat ik zo naar huis loop."

"Naakt?" roep ik. Met gedempte stem vraag ik, "Zul je niet gearresteerd worden?"

Hij haalt zijn schouders op. "Het is donker en ik loop van een privéstrand naar een privé-gemeenschap."

Ik adem uit. "Juridische problemen zijn het laatste wat je nu nodig hebt. Wat dacht je hiervan: jij houdt de broek aan de voorkant vast, en ik verberg je achterkant met de surfplank."

Hij grijpt de broek. "Oké. Laten we gaan."

Ik pak mijn natte staart en stop hem samen met het jachtgeweer in de gitaarkoffer. Ik hang de koffer over mijn schouder, pak de surfplank op en houd hem voor me uit. We gaan op deze manier terug, terwijl ik hem van achteren bedek en mijn best doe om niet naar zijn stevige, gespierde bilspieren te staren terwijl hij loopt — wat een uitdaging blijkt te zijn.

Als we dicht bij onze bestemming zijn, bid ik tot Cthulhu en al zijn mede-Grote Ouden dat mijn grootouders me niet betrappen als ik met een naakte man naar huis loop. Ze zullen er nooit over ophouden.

Eindelijk zijn we naast zijn garagedeur.

Hij draait zijn achterste van me af en houdt zijn broek omhoog om zichzelf te bedekken. Zijn toon is nors. "Bedankt hiervoor."

Ik zet de surfplank op de grond. "Hulp nodig bij het aanbrengen van de azijn?"

"Het lukt me zo wel." Alsof hij beseft dat de woorden er te hard uitkwamen, schenkt hij me een geforceerde glimlach. "Je bent te aardig."

Ik grijns. "Voor een New Yorker, bedoel je?"

Zijn glimlach wordt wrang. "Sorry daarvoor. Ik ga er nu vandoor, als je het niet erg vindt."

Oh, tuurlijk. Ik weerhoud hem van pijnverlichting.

Ik zou me gewoon om moeten draaien en weg moeten gaan, maar de woorden vloeien als vanzelf. "Kun je me een berichtje sturen als je je beter voelt?"

Anders ga ik me de hele nacht zorgen om hem maken.

"Tuurlijk," zegt hij. "Wat is je nummer?"

Ik vertel het hem, en hij herhaalt het een paar keer om het in zijn geheugen op te nemen. Hij draait zich om, typt een toegangscode in op een bedieningspaneel bij de garagedeur, en als de deur opengaat, zwaait hij en verdwijnt naar binnen.

Onrustig, maar toch vreemd opgetogen, ga ik ook naar huis.

HOOFDSTUK
Negen

TERWIJL IK DOUCHE EN MIJN AVONDROUTINE DOORLOOP, speel ik alles in mijn hoofd nog een keer af van wat er is gebeurd.

Ik had bijna seks met Oliver — een hoofd-ontploffende gebeurtenis.

Ik heb op hem geplast — een hoofdbrekende gebeurtenis.

Netto resultaat: ik ben geiler dan een stel tienerjongens op een pornoconventie.

Ach, masturbatie is al mijn slaaphulpmiddel geworden, dus dat is er ook nog. Een orgasme dat groot genoeg is, zou mijn angst voor de ontmoeting van morgen met dr. Jones misschien tot bedaren kunnen brengen — en vragen laten rusten zoals, "Wat zal er de volgende keer gebeuren als ik Oliver zie?"

Over Oliver gesproken, hoe zal het met hem gaan?

Ik zoek mijn telefoon en zie een bericht van een nieuw nummer.

Hoi, het is Oliver. De azijn heeft gewerkt. Bedankt voor je hulp vandaag.

Ik sla zijn nummer op en antwoord met:

Geen dank. Welterusten.

Ik voel me zweverig als ik me realiseer dat ik hem morgen weer kan appen — gewoon om te vragen hoe hij zich voelt, natuurlijk, maar als het tot iets leidt...

Oké, ik moet zeker wat van deze seksuele energie kwijtraken, anders zou ik hem *vanavond* misschien nog kunnen bellen. Er zijn tenslotte genoeg posities waar zijn kont geen gevaar loopt.

Hmm. Dat kwam er een beetje verkeerd uit.

Voordat ik voor mezelf ga zorgen, ga ik naar Beaky om te knuffelen.

Huh. Hij zit om zijn dildo gewikkeld, maar het ding trilt niet meer.

"Als je hem teruggeeft, dan zal ik hem voor je opladen," zeg ik terwijl ik de tank open. "Ik heb nog geen idee hoe ik hem in de tank moet opladen."

Ik weet niet zeker of hij het begrijpt, of dat hij het speelgoed inmiddels zat is, maar hij gooit het uit de tank zodra het deksel open is.

Breng het leven terug naar de Scepter, priesteres-onderdaan, of voel de volledige macht van onze verschrikkelijke toorn.

"Ik zal het na het knuffelen doen," zeg ik terwijl ik me naar hem uitstrek.

Beaky 'kust' me zoals gewoonlijk met zijn zuignappen en deze keer steelt hij niets. Tenminste niet dat ik weet.

"Morgen weet ik of je een tankupgrade krijgt," zeg ik tegen hem terwijl ik zijn tank opnieuw verzegel.

Ik zie hem naar de dildo op de grond staren, dus ik pak de oplader, bevestig de magneten aan het speeltje en plaats het bij de tank zodat hij weet dat het bijna binnen zijn bereik is.

De dildo begint te pulseren met een blauw LED-lampje, wat aangeeft dat hij wordt opgeladen. Beaky kijkt toe alsof hij gehypnotiseerd is en laat dan een van zijn armen blauw worden.

Oké. Nu voor wat Ik-tijd. Ik doe de lichten uit, maar voordat ik mijn pyjama uit kan trekken, gaat de bel.

Mijn hartslag gaat omhoog.

Is Oliver voldoende hersteld om langs te komen en af te maken waar we aan begonnen zijn?

Dan weet ik het.

Lemon had gezegd dat zij en Fabio vandaag zouden komen. Verkrampte karper. Hoe kan ik het vergeten zijn?

Ik doe het licht weer aan, trek een badjas over mijn pyjama aan en loop de kamer uit.

Yep. Oma kust Fabio op de wang terwijl opa Lemon omhelst.

"Je had me jullie op moeten laten halen," zegt opa terwijl hij mijn identieke zus loslaat en Fabio's hand schudt.

"Ik ben blij dat je dat niet hebt gedaan." Lemon knuffelt oma. "Onze vlucht was vertraagd."

Als hij me ziet, gnuift Fabio. "Nog een? Welke ben jij?"

Ik rol met mijn ogen. "Olive. Je weet wel, degene die je heeft verteld dat ze een baan in Florida had aangenomen?"

Oma tsk-tskt naar Fabio. "Ik dacht dat je beste vrienden met al mijn kleindochters was."

Fabio haalt theatraal zijn hand door zijn weelderige haar. "Dat ben ik, maar dat betekent niet dat ik ze allemaal op wat voor manier dan ook in het olijfje kan houden."

Ik kreun. Als Fabio geen grappen vertelt die ouder zijn dan mijn grootouders, dan maakt hij graag grapjes over onze namen. Op de middelbare school was het zo erg dat ik make-up op poederbasis gebruikte om mijn voorhoofd mat te houden in de hoop om grappen over 'olijfolie' te vermijden. En, althans ergens, denk ik dat ik mijn maagdelijkheid ben kwijtgeraakt om de variaties op 'extra virgin' te stoppen.

"Hebben jullie honger?" vraagt oma.

"We hebben in het vliegtuig gegeten," zegt Fabio.

Oma kijkt naar opa. "Hebben we nog cheesecake? Je weet hoeveel kleine Lemon van haar zoetigheid houdt."

Opa grijnst om de een of andere reden naar Fabio. "Sorry. We hebben geen *olijfje* meer over."

Onze kreunen negerend, geven de twee mannen elkaar een high-five.

Lemon pruilt. "Ik ben net zo dol op zoetigheid als ieder ander meisje."

"Tuurlijk. Net zoals Popeye's vriendin" — Fabio

knikt naar me — "net zoveel van octopussen houdt als elk ander meisje."

Ik sla mijn armen op mijn borst over elkaar. "Heel erg grappig. Popeye's vriendin, Olijfje. Je bent hilarisch."

"Sorry." Fabio tekent een hartje in de lucht. "Olive you."

Dat doet het. Ik knijp in zijn biceps, waardoor hij gilt.

Oma schudt haar hoofd. "Stop met je als kinderen te gedragen en beslis wie waar slaapt."

"Het bed in de logeerkamer is van mij," roepen Lemon en Fabio in koor.

Ik grijns als de Grinch. "Dus... je vindt het niet erg om de kamer met mijn octopus te delen?"

"De bank is van mij," roept Fabio.

Lemon laat haar schouders hangen. "Ik denk dat ik het opklapbed neem."

"Sorry," zegt opa. "Je briljante vader is er, de laatste keer dat hij en je moeder op bezoek kwamen, op de een of andere manier in geslaagd om het te breken terwijl hij me een ongevraagde massage gaf."

Oké. Er is veel aan die verklaring wat niet duidelijk is. Ik ben gewoon blij dat opa papa niet heeft neergeschoten voor die massage.

"Volgens mij gaan de zusjes Hyman een slaapfeestje hebben," zegt Fabio, en hij stapt nadrukkelijk uit de knijpafstand. "Als het leven je citroenen geeft en zo."

Lemon mept naar hem, maar mist.

"Kun je nog iets zuurder kijken?" vraagt Fabio.

Lemon kreunt. "Serieus?"

Fabio negeert haar en kijkt me aan. "Doe je nog steeds je zonnebrand-ding?"

Ik houd mijn hoofd schuin. "Zie dit niet als een bedreiging, maar opa heeft me vandaag een pistool gegeven."

Fabio trekt een onschuldig gezicht. "Ik wilde net zeggen dat je er wat van aan Lemon moet geven. Anders zal haar huid op een schil gaan lijken."

Lemon springt op hem af en hij rent gillend weg.

"Ik ben in de logeerkamer," roep ik tegen niemand in het bijzonder.

Oma en opa wensen me een goede nacht, en ik ga terug naar de kamer en ga naar bed.

Lemon komt even later ook binnen. Ze kruipt tegen me aan aan de rechterkant van het bed en blijft zo ver mogelijk bij Beaky's tank vandaan.

"Slaap lekker," zeg ik terwijl ik het licht uitdoe.

"Welterusten, zus."

Ik zucht en sla op mijn kussen.

Dat was het dan voor mijn orgasme.

HOOFDSTUK
Tien

Iᴋ ᴡᴏʀᴅ ᴡᴇᴇʀ ᴡᴀᴋᴋᴇʀ ᴍᴇᴛ ᴅᴇ ᴢᴏɴ ɪɴ ᴍɪᴊɴ ɢᴇᴢɪᴄʜᴛ.

Verdomde Sunshine State. Ik ben helemaal vergeten om voor het slapengaan zonnebrandcrème aan te brengen.

En waar is Lemon?

Ik spring overeind en ga naar de badkamer om een driedubbele beschermingslaag aan te brengen voordat ik me voor mijn werk aankleed.

Vandaag ontmoet ik dr. Jones.

Als ik de logeerkamer verlaat, hoor ik bekende muziek uit de woonkamer komen, dus ik ga erheen.

Oma en Lemon zitten voor de tv naar ballet te kijken. Als ik op de muziek af moet gaan, dan is dit *het Zwanenmeer*. Ik herken het van die film met Natalie Portman.

Mijn zus Blue heeft geluk dat ze niet hier is om het te zien. Mensen die zich als vogels voordoen zouden er zeker voor zorgen dat haar hersenen uit haar oren zouden sijpelen.

Ze zitten samen aan het ontbijt. Oma kauwt op een bagel terwijl Lemon ontbijtgranen verslindt die verdacht veel op chocoladekoekjes verdronken in chocolademelk lijken... allemaal met poedersuiker bestrooid.

"Is dat hem?" Oma wijst naar een mannelijke balletdanser op het scherm.

"Ja," zegt Lemon dromerig en slikt haar kwijl in. "Ik noem hem de Rus."

Een *Sex and the City*-referentie natuurlijk. Ze houdt nog meer van die show dan van snoep — aangezien ze op het punt staat om diabetes te krijgen of om een van de elfjes van de kerstman te worden.

Oma gromt goedkeurend. "Ik zie de aantrekking."

Ik ook. De man heeft sterke kenmerken en het grootste paar benen in de geschiedenis van aanhangsels. Maar nog beter is die bobbel in zijn panty. Ik vraag me bijna af of dit niet een vorm van porno is.

Hé, ik zie oma liever hiernaar kijken dan naar paarse tentakels.

Ik schraap mijn keel. "Goedemorgen."

Lemon draait mijn kant op. "Hé, slaapkop. Ik heb je door elkaar geschud toen ik wakker werd, maar je was van de wereld."

Oma lacht ondeugend. "Ongetwijfeld over de buurman aan het dromen."

Lemon pauzeert het ballet. "Degene die gisteravond naakt rondliep?"

Oh, karper. "Hoe weet je dat?"

Oma's glimlach wordt breder. "Gepensioneerden zijn nieuwsgierig. Je werd door een dame gezien die haar hond uitliet, en zij vertelde het aan een vriendin, die het mij vertelde."

"Een naakte man achterna jagen." Lemon gebaart met haar lepel. "Je bent zo'n Samantha."

"Ik zat niet achter hem aan, en het is niet wat je denkt." Binnensmonds mompel ik, "Helaas."

"Wat denken we dan?" vraagt oma.

"Ik heb honger," zeg ik. "En ik mag niet te laat komen op het werk."

"Juist. Laat me je voeden." Oma haast zich naar de keuken, en Lemon en ik volgen.

Als er een omelet voor me wordt neergezet, vertel ik ze een versie van de gebeurtenissen van gisteravond zonder de zeemeerminnenstaart.

Lemon staart me met grote ogen aan. "Heb je hem een gouden douche gegeven?" Dan verzuurt haar uitdrukking. "Zoals toen Carrie met die politicus aan het daten was."

Oma kijkt haar streng aan. "Er wordt in dit huis niet aan kink shaming gedaan."

Ik kijk ze allebei boos aan. "Het was geen kink. Hij had pijn."

Lemon grijnst. "Tuurlijk. Tuurlijk. Dat zeggen ze altijd. 'Oh nee, mijn blauwe ballen. Oh nee, de kwallensteek.'"

Om te voorkomen dat ik iets onaardigs zeg, stop ik mijn mond vol met eieren en neem ik een lange minuut om te kauwen en te slikken, terwijl oma Oliver met bijvoeglijke naamwoorden als 'heerlijk' en 'slipjes-bevochtigend heet' aan Lemon beschrijft.

"Waarom ben je zo vroeg wakker?" vraag ik Lemon, in de hoop van onderwerp te veranderen.

"We gaan naar het strand," zeggen Lemon en oma in koor.

"Ah. Lekker vroeg terwijl de UV-index nog laag is. Slim." Ik pak mijn zonnebrandcrème en leg het op tafel. "Zorg ervoor dat je dit gebruikt. Jullie allebei."

Lemon opent de tube en ruikt eraan. "Gatver. Stinkt te erg."

Oma en ik kijken elkaar geamuseerd aan. Het reukvermogen van Lemon is in onze familie legendarisch — het zou honden en varkens in haar schaduw laten staan. Het wezen dat niet genoeg lof krijgt voor zijn verbazingwekkende reukvermogen is de haai. Vooral citroenhaaien kunnen zelfs de kleinste hoeveelheid bloed in het water detecteren — een feit waarmee ik mijn lieve zus op een geschikt moment zal plagen.

"Waar is Fabio?" vraag ik. "En opa?"

Lemon rolt met haar ogen. "Ze zijn naar de schietbaan gegaan."

"Heeft Fabio geen hekel aan wapens?" Ik duw het laatste deel van de omelet in mijn mond.

Ze zucht. "Niet als hij met opa is."

Opa? Wat betekent dat in hemelsnaam?

Oma grinnikt. "De jongen is een beetje verliefd.

Maar aan de andere kant, kun je het hem kwalijk nemen?"

Iew. Ik staar ze aan. "Ja, ik kan het hem zeker kwalijk nemen. Het is onze opa!"

"Het is ook echt om te kotsen," fluistert Lemon. "Ik zou zweren dat er termen als 'IJsbeer' en 'Pappie' in verwijzing naar opa werden genoemd."

Ik sta op. "Uit liefde voor Cthulhu, leg alsjeblieft niet uit wat dat betekent."

———

Het is een wonder dat ik op weg naar mijn werk geen snelheidsbekeuring krijg. Aan de positieve kant, ik kom niet te laat voor mijn afspraak met dr. Jones. Ik ben echter zo bezweet van de hitte en de angst dat ik andere kleren nodig heb.

Ik heb een paar minuten voor de afspraak, dus ik ren naar het kantoor van Rose en vraag een nieuw uniform aan.

"Hier." Ze geeft me een stapel. "Dat zijn er nog vijf."

Ben ik zo bezweet dat ze denkt dat ik er zoveel nodig heb?

"Bedankt," zeg ik.

"Succes," zegt ze, maar op zo'n manier dat ik me nog meer zorgen maak over de ontmoeting met de grote baas.

Met een haastig bedankje ren ik het damestoilet binnen en kleed me om. Dan, met nog maar een minuut te gaan, klop ik op de deur van het kantoor van dr. Jones.

"Juffrouw Hyman?" vraagt een gedempte stem bij de deur.

"Aanwezig."

Karper, waarom zei ik dat? Hij is niet de aanwezigen tijdens de les aan het opnemen.

"Kom binnen, alsjeblieft."

Ik stap het kantoor binnen, mijn knieën een beetje wiebelig.

"Jij?" roept een bekende mannenstem. "Wat doe jij hier?"

Het licht dat de gelaatstrekken van dr. Jones weerkaatst, komt mijn netvlies binnen en wordt door de fotoreceptorcellen geabsorbeerd. Dan gaat er een elektrochemisch signaal in een draaimolen totdat het zichtcentrum van mijn hersenen registreert wat niet waar zou moeten zijn.

Mijn mond wordt droog als mijn hartslag de stratosfeer in schiet.

Dr. Jones is de man met wie ik vannacht bijna naar bed ben geweest.

Dr. Jones is Oliver.

HOOFDSTUK
Elf

HIJ KIJKT ME MET EEN EVEN GESCHROKKEN BLIK AAN.

In tegenstelling tot de andere keren dat ik hem heb gezien, zit zijn lange haar in een mannenknot, maar er is geen twijfel mogelijk.

Als je eenmaal op iemands kont hebt geplast, dan vergeet je zijn gezicht nooit meer. Of hun kont.

Hij draagt ook dezelfde outfit als tijdens het etentje met mijn grootouders: een wit poloshirt en een kaki broek. Wat, nu ik erover nadenk, bijna identiek lijkt aan mijn uniform, alleen met een lange broek in plaats van een korte broek. De broek moet een baasding zijn — waardiger, zij het minder praktisch in de hitte van Florida. Aan de andere kant zouden ze moeten helpen om zijn benen tegen de zon te beschermen. Hij hoeft daar niet zo vaak opnieuw zonnebrandcrème aan te brengen.

Wacht, waarom denk ik aan zijn broek?

Dit is een ramp.

Ik ben bijna met de grote baas naar bed geweest.

En ik heb hem herhaaldelijk Man uit Florida genoemd.

En op hem geplast.

Omdat hij gewond was.

Karper. Dat moet de reden zijn waarom hij aan zijn bureau staat in plaats van zit — dat of hij is gewoon een van die mensen die vanwege een optimale gezondheid proberen om niet te veel te zitten. Zijn bureau is tenslotte van het zit-naar-sta-type, wat de laatste theorie ondersteunt.

Voordat ik er beter over na kan denken, flap ik eruit, "Hoe voel je je?"

Hij knijpt in de brug van zijn neus, haalt diep adem en blaast hem langzaam weer uit. Hij laat zijn hand vallen en pint me vast met een koele, cyaankleurige blik. "Ik heb het gevoel dat de situatie met de lamantijnen nijpend wordt en ik zou graag je ideeën willen horen. Ik heb over een uur weer een vergadering, dus we kunnen maar beter ter zake komen."

Huh, oké. Ik snap wat er gebeurt. Hij heeft besloten om de olifant in de kamer te vermijden door zich op zijn werk te concentreren en over de neef van de olifant, de lamantijn, te praten. Dat, of hij houdt zoveel van de lamantijnen, dat alle andere onderwerpen in vergelijking triviaal zijn. En hé, ik begrijp het. Van de miljoen zorgen die ik nu heb, zoals of ik deze baan wel of niet mag houden, is de belangrijkste wat deze onthulling voor Beaky's grote tank zal betekenen.

Wacht eens even. Beaky. Dit moet de reden zijn waarom hij hem wilde kopen — om hem hierheen te brengen, waar hij een beter leven zou hebben. Ik voel me ineens stom, omdat ik gemeen ben —

"Juffrouw Hyman." Hij kijkt me fronsend aan. "Zul je in staat zijn om je taken uit te voeren, of —"

"Sorry." Ik schud mijn hoofd om de resterende shock en de stiekeme hormonen kwijt te raken die ervoor zorgen dat ik die plooi tussen zijn wenkbrauwen met mijn tong glad wil strijken. "Ik was even mijn gedachten op een rijtje aan het zetten. Ik heb zoveel ideeën voor het entertainment van de lamantijnen dat ik niet weet waar ik moet beginnen."

Hij trekt een wenkbrauw op. "Zo veel?"

Ik knik met mijn hoofd. "Wil je dat ik met de goedkoopste of de meest effectieve begin?"

"Effectieve."

Ik doe een beroep op al mijn professionaliteit en begin, te beginnen met het idee van de tv in de tank. Hij luistert met ultrafocus en stelt uiterst intelligente vragen — en ik voel me des te dommer, omdat ik me niet realiseerde dat hij een collega-zeebioloog was.

Ter verdediging, we hadden tijdens het diner met mijn grootouders afgesproken om niet over het zeeleven te praten, en we kregen op het strand niet echt de kans om te praten.

"Dank je," zegt hij als ik mijn lijst af heb. "Ik zou graag willen dat je je ideeën in volgorde van effectiviteit gaat implementeren, te beginnen met de tv.

De situatie is nijpend. Betsy heeft vanmorgen niet gegeten."

Ik onderdruk een hysterisch gegiechel. "Betsy is een lamatijn?"

"Nou, ja." Zijn frons keert terug. "Was je gisteren niet de hele dag met ze bezig?"

Ik haal mijn schouders op. "Ik heb hun namen niet geleerd. Ik had het te druk met —"

Met een zucht geeft hij me een creditcard. "Gebruik dit om de tv te kopen."

Terwijl ik de kaart pak, raken onze vingers elkaar aan, en een vlaag van seksuele energie husselt mijn synapsen weer door elkaar. Oliver laat geen teken zien dat hij er last van heeft en fixeert zijn blik op zijn monitor.

Karper neuk me. "Er is eigenlijk nog één ding dat ik wil bespreken."

Hij wendt zijn blik af van de monitor. Zijn cyaankleurige ogen zijn samengeknepen. "Als het over gisteravond gaat —"

"Mijn octopus," flap ik eruit. "Ik wil hem hier hebben."

Ik kan zien dat hij het niet over gisteravond wil hebben, en ik kan het hem niet kwalijk nemen. Ik zou het ook graag willen wissen, maar helaas heb ik geen tijdmachine.

Hij kijkt op zijn horloge. "Mijn volgende vergadering is —"

"Je hebt zijn huidige tank gezien," zeg ik met verhoogde urgentie. "Je hebt het er zelf al over gehad.

Hij heeft een veel grotere nodig."

Hij zucht. "Het probleem is niet zo eenvoudig."

"Waarom niet?"

Hij trommelt met zijn vingers op zijn bureau. "Om te beginnen heb je hem zojuist *jouw* octopus genoemd. We laten hier geen huisdieren toe."

Ik zie waar hij hiermee naartoe wil. De moed zakt me in de schoenen, maar ik dwing mezelf het te zeggen. "Als het de enige manier is om een grotere tank voor hem te krijgen, dan mag hij van jou zijn."

"Sealand zou hem bezitten, niet ik."

"Is dat niet hetzelfde?"

Hij schudt zijn hoofd. "Sealand is een bedrijf — een juridische en fiscale entiteit die ik niet ben. En dat is goed. Als mij iets zou overkomen, dan zou Sealand doorgaan en zou je octopus een thuis blijven hebben."

Mijn hart krimpt ineen bij het idee dat Oliver iets kan overkomen. En dat ik gescheiden zal worden van Beaky. Maar dit is het beste voor hem.

"Oké," zeg ik. "Sealand zou hem bezitten."

"Wat ook betekent dat hij hier permanent zou wonen, ongeacht je werkstatus."

Ik besef dat ik al die tijd heb gestaan en dat mijn benen moe zijn. Ik loop naar de stoel voor zijn bureau en ga zitten. "Bedankt voor de opheldering," zeg ik met een flinke dosis bitterheid in mijn stem. "Ik begrijp het. Beaky zal niet meer van mij zijn."

Is dat een glinstering van vriendelijkheid in zijn ogen? "We zullen goed voor hem zorgen, dat beloof ik."

Ik denk dat het nu geen goed moment is om hem

eraan te herinneren wat er met de laatste octopus is gebeurd die onder Sealands zorg is geplaatst, dus ik zeg, "Ik zal het deksel voor zijn tank ontwerpen. Het laatste wat ik wil is dat hij ontsnapt en gewond raakt."

"Geweldig idee. Maak daar een prioriteit van nadat je de lamantijnen hebt geholpen."

Ik sta op. "Bedankt."

Zijn blik verwarmt een fractie. "Bedankt dat je de situatie met de lamantijnen zo serieus neemt."

Deed ik dat? Ik deed gewoon mijn werk. Ik hou wel van deze blik in zijn ogen. Het is zoveel beter dan het koele, verre, grote baasmasker dat hij het grootste deel van deze vergadering heeft gedragen.

Er wordt op de deur geklopt.

Moet zijn volgende afspraak zijn.

"Dag," zeg ik.

"Dag," antwoordt hij, zijn uitdrukking weer onleesbaar.

Ik ruk mijn blik weg van zijn verrukkelijke gezicht en verlaat het kantoor.

HOOFDSTUK
Twaalf

Buiten staat een onbekende man te wachten en ik vertel hem dat dr. Jones klaar is om hem te zien.

Voordat ik kan verwerken wat er net is gebeurd, loop ik Rose tegen het lijf.

"Hoe is je gesprek verlopen?" vraagt ze.

Ik vertel haar over Beaky en de creditcard.

"Je moet Dex meenemen als je naar de elektronicawinkel gaat", zegt ze. "Een grote tv is te zwaar om te dragen."

Wat ze lijkt te zeggen zonder het te zeggen is: "Als zijne majesteit dr. Jones wil dat het gedaan wordt, doe het dan *nu*."

Prima. Een klein uitstapje kan ervoor zorgen dat ik me misschien geen zorgen meer over mijn aanstaande scheiding van Beaky maak — en gek word van het feit dat Oliver dr. Jones is.

Ik bedank haar en loop naar Otteraction, waar ik

mijn ottereske collega mijn behoefte aan een shoppingtrip uitleg.

Dex grinnikt. "Een tv voor zeekoeien? Nu heb ik alles gehoord."

Ik besluit zijn gebruik van het z-woord niet te corrigeren. "Wil je me helpen?"

"Tuurlijk. We kunnen de bedrijfswagen nemen. Er is een winkelcentrum in de buurt."

———

Een lid van de Geek Squad helpt ons bij het kiezen van de tv.

"Hij is voor buiten ontworpen en hij heeft een IP66-waterdichtheid," zegt hij over een robuust ogend model.

"Dat is een goed begin," zeg ik. "Hoeveel kost hij?"

De prijs die hij citeert, is hoger dan het voor een gewone tv van dit formaat zou zijn, maar de waterdichtheid is het waard. Het is bovendien niet mijn geld dat ik uitgeef.

"Gooi er waterdichte luidsprekers bij die ook in een zwembad werken en dan hebben we een deal," zeg ik.

Hij moet het met zijn manager regelen, maar we krijgen uiteindelijk een behoorlijk goede deal, aangezien ik de luidsprekers sowieso had gekocht.

"Kun je het in onze wagen zetten?" vraag ik wanneer de transactie is voltooid.

Het is niet nodig dat Dex en ik ons onnodig inspannen.

De jongens van de Geek Squad helpen ons. Vervolgens gaan Dex en ik naar de ijzerhandel, waar ik afdichtmiddel, glasvezelhars, buizen om de draden in te omhullen en een heleboel andere componenten koop waarmee ik de tv en de luidsprekers verder waterdicht kan maken. Ik haal ook alles wat ik nodig heb om de tv in de tank te monteren en de kijkhoek naar behoefte aan te passen, plus een paar goedkope dingen om me te helpen een aantal van mijn andere, eenvoudigere ideeën te implementeren, waaronder een stel grote borstels voor een krabpaal.

Terwijl Dex ons terugrijdt, maak ik mezelf klaar om iets te vragen waar ik over na heb bedacht vanaf dat ik hoorde dat Oliver de grote baas is.

"Dex," zeg ik zo nonchalant mogelijk, "hoe streng is het HR-beleid met betrekking tot daten?"

"Waanzinnig streng." Hij wendt zijn wezelachtige ogen van de weg en bekijkt me van top tot teen. "Hoe verleidelijk het ook zou zijn, ik zou het risico niet durven nemen."

Ik rol met mijn ogen. "Gast. Ik was je niet aan het versieren. Ik vroeg het me gewoon af, in het algemeen."

Hij ziet eruit als een otter wiens rivierkreeftjes net zijn weggelopen. "Ben je voor het andere team? Aruba *is* heet... Tenzij je ze ouder leuk vindt, in welk geval R—"

"Hou maar op," zeg ik. "Ik heb het gevoel dat je op dit moment het HR-beleid overtreedt."

Over HR-beleid gesproken, hoeveel regels heb ik gebroken toen ik op de grote baas plaste?

"Sorry," zegt Dex, terwijl hij zijn volle aandacht weer op de weg richt. "Ik hou van mijn baan, dus ik denk niet eens over dat soort dingen na. Het beleid kwam helemaal van bovenaf."

Ik trek een wenkbrauw op. "Van dr. Jones zelf?"

Dex knikt plechtig. "Het gerucht gaat dat hij Sealand met zijn vriendin heeft opgericht. Toen ze uit elkaar gingen, ging de zaak bijna ten onder — en sindsdien is hij gevoelig als het om relaties op het werk gaat."

"Huh," is het meest intelligente wat ik kan bedenken.

Verklaart dat waarom hij zo vreemd deed toen hij zich realiseerde dat ik voor hem werk?

Aan de andere kant, *deed* hij echt zo raar?

Voordat Dex kan uitvogelen waarom ik dit allemaal vraag, stuur ik het gesprek naar mijn ideeën voor otterverrijking. Uiteindelijk hebben we geen ottergerelateerde dingen meer om te bespreken, dus ik richt mijn aandacht op de oceaan in de verte en laat de teleurstelling over me heen komen.

Er kan tussen mij en Oliver niets gebeuren.

De redenen zijn legio en vele hebben niets met de openbaring van vandaag te maken. Alleen al het feit dat ik me tot hem aangetrokken voel, is bijvoorbeeld het bewijs dat hij waarschijnlijk een klootzak van de eerste orde is.

Een straatverbod ligt dan waarschijnlijk in mijn toekomst.

Nee, dank je. Dat heb ik al meegemaakt. Het is

waarschijnlijk maar goed dat Oliver mijn baas blijkt te zijn. Tussen het HR-beleid en zijn verleden, zou elk beetje geflikflooi ertoe leiden dat ik deze baan zou verliezen en daarmee mijn toegang tot Beaky.

We draaien de ingang van Sealand in, Dex parkeert het busje en we tillen samen de tv uit de vrachtwagen.

Wauw. Dit ding is zwaar. Rose had gelijk toen ze erop stond dat ik iemand mee zou nemen om te helpen.

Naast het gewicht is er nog een ander probleem. Onze huidige positionering heeft onze gezichten veel te dicht bij elkaar gebracht — ongemakkelijk dus, vooral gezien ons gesprekje over het HR-beleid.

Ach ja. Ik doe mijn best om mijn rug niet te belasten en mijn blik weg te houden van zijn otterachtige ogen.

"Zet dat neer," gromt een bekende diepe stem achter me.

We zetten de tv op de grond en laten het verdomde ding bijna vallen.

Ik draai me om.

Yep.

Het is Oliver. Om de een of andere reden kijkt hij naar Dex alsof de arme kerel een zeeotter is en Oliver een orka — het enige roofdier waar beschermde soorten zich zorgen over hoeven te maken.

Is een van de dieren die Dex moet verzorgen in de problemen gekomen, terwijl we weg waren?

Olivers stem blijft grommend. "Wat is dit?"

"Ik was alleen maar met de tv aan het helpen," zegt Dex een beetje stotterend.

Oliver kijkt hem boos aan. "Dan zou je hem zelf moeten dragen."

"Hé!" Ik knijp mijn ogen tot spleetjes naar Oliver. "Ik ben niet een of andere zwakke jonkvrouw."

Het is mijn beurt om aan de ontvangende kant van zijn boze blik te staan. "Je had de winkel dit moeten laten bezorgen."

Ik recht mijn rug. "Je had gezegd dat Betsy's situatie nijpend was, dus ik dacht dat je de haast wel zou waarderen."

Zijn neusgaten gaan open voordat hij zich weer naar Dex wendt. "Ga terug naar je werkplek."

Dat hoeft Dex niet twee keer verteld te worden. In een oogwenk is hij weg.

Zonder nog een woord te zeggen, loopt Oliver naar de tv en pakt hem zelf op, waardoor het er moeiteloos uitziet.

Ik weet dat ik boos zou moeten zijn, maar ik kan de versnelling van mijn hartslag niet ontkennen als ik kijk hoe zijn rugspieren zich in zijn shirt aanspannen. Grr. Het is duidelijk een rudimentair holbewonersinstinct dat zijn kracht waardeert, een instinct dat in de moderne wereld net zo nuttig is als een verlangen naar vettig voedsel en snoep.

Ik slik mijn kwijl in en volg hem tot we de lamantijnen bereiken. Dan zet Oliver de tv voorzichtig neer en draait zich naar me toe. "Als je klaar bent om dit in de tank te laten zakken, kom me dan halen."

En zomaar ineens is hij weer weg.

Ik staar hem na en voel me vreemd onrustig. Wat

was dat? Toch zeker geen jaloezie? Mijn ex was een jaloerse klootzak, dus ik ken die karakterfout heel goed. Maar Oliver — dr. Jones — heeft geen reden om zich op deze manier te gedragen. We zijn niets voor elkaar. En zelfs als we dat wel waren, dan was er met Dex niets aan de hand.

Misschien dacht hij dat ik mijn rug zou bezeren en Sealand aan zou klagen?

Ik heb een seconde nodig om alles op een rijtje te zetten en breng mijn zonnebrandcrème opnieuw aan. Het is al een heel uur geleden, dus het is een noodgeval.

Als ik eenmaal veilig ben voor de dodelijke stralen, onderzoek ik het bord met de namen van de lamantijnen om erachter te komen op welke ik jaloers was.

Het duurt niet lang voordat ik Betsy heb gevonden — een klein en relatief mager exemplaar van haar mollige soort.

Ik bestudeer het bord. Betsy is in een zeeaquarium in Miami geboren — een vrij zeldzame gebeurtenis — wat betekent dat ze geen kandidaat voor vrijlating in het wild is. Ik wed dat dat een deel van de reden is waarom Oliver zo aan haar gehecht is. Ze woont hier al het grootste deel van haar leven en ze zal dat nog vele jaren blijven doen. Ze is in haar tienerjaren en deze dieren kunnen wel vijfenzestig jaar oud worden.

"Ik zal ervoor zorgen dat je je hier niet zult vervelen," zeg ik tegen haar.

Ze kijkt me nors aan. *Geweldig, bedankt, maar ik zou veel gelukkiger zijn als je je vuile flippers uit de buurt van mijn mens zou houden. Ik ben meer een zeemeermin dan jij ooit kunt hopen te zijn — en geen zielige nepstaart zal dat ooit veranderen. Oh, en zelfs met mijn huidige dieet heb ik rondingen waar jij alleen maar van kunt dromen.*

Met een zucht ga ik aan het werk. Ik maak de tv en de speakers verder waterdicht, wat zo lang duurt dat ik halverwege moet lunchen. Als ik klaar ben, app ik Oliver dat ik hulp nodig heb om de tv in de tank te krijgen. Terwijl ik wacht, installeer ik de speakers. Ze zijn licht, dus ik hoop dat Oliver geen woedeaanval krijgt, omdat ik ze met mijn nietige vrouwelijke spieren heb opgetild.

Als de laatste spreker erin zit, is Oliver nog steeds nergens te bekennen.

Prima. Ik bevestig een deel van de beugel aan de tv, zodat er minder te doen is als de grote baas zich verwaardigt om te verschijnen. Als ik geen vooruitgang meer kan boeken met de montage, app ik hem opnieuw:

Luister, als je het druk hebt, dan vraag ik Dex wel om hulp.

Misschien dat dat hem een beetje opjaagt? Voor nu heb ik de tv opgezet met wat eerste inhoud: een natuurshow over de Sargassozee. In tegenstelling tot andere zeeën heeft deze geen landsgrenzen en bevindt het zich in plaats daarvan in een oceaanwervel, een systeem van roterende stromingen. Ik hoop dat de lamantijnen zullen genieten van het kijken naar de grote hoeveelheden *Sargassum* — een soort zeewier — waar de Sargassozee om bekend staat. Het is tenslotte net een onbeperkt zeewierbuffet en het zou voor Betsy en de bende net zo leuk moeten zijn als dat *Sjakie en de chocoladefabriek* voor Lemon is.

Ik schrik van een geluid en ik draai me om en kijk in Olivers heerlijke gezicht.

Nee. Hij is de baas. Zijn gezicht en andere delen zijn verboden terrein.

"Bedankt dat je tijd hebt vrijgemaakt," zeg ik. Misschien is sarcastisch zijn tegen de baas een slecht idee, maar het is moeilijk om te weerstaan.

Hij pakt de tv. "Waar wil je hem hebben?"

Huh. Geen sarcastische opmerking terug.

Ik laat hem zien hoe hij alles moet bevestigen voordat hij de tv in de tank onderdompelt.

"Ze kijken ons gefascineerd aan," fluistert Oliver.

Ik kijk, en inderdaad, de ogen van de lamantijnen zijn op ons gericht. "Als ze mensen dit soort dingen willen zien doen, dan kunnen we HGTV voor hen opzetten."

Hij grinnikt, betrapt zichzelf en trekt weer een streng gezicht. "Wat nu?"

Als antwoord zet ik de tv aan en start de Sargassozee-show.

Betsy is de eerste die ernaar toe zwemt om de nieuwe ontwikkeling te bekijken, en de andere lamantijnen zwemmen haar met nieuwsgierige uitdrukkingen op hun bebaarde snoeten achterna.

We wachten een paar minuten om het zeker te weten, en dan benoem ik het. "Ze kijken er zeker weten naar."

"Ja," zegt Oliver eerbiedig. "Goed gedaan, Olive."

Wauw. Piranha's hebben een vleesetend feest in mijn buik en ik kan het niet helpen om te grijnzen. "Bedank me als ze uit hun roes komen."

Hij knikt. "De voeding is over een paar uur. Laten we zien hoe het gaat."

"Oké," zeg ik. "In de tussentijd heb ik de hardware gehaald om meer goodies voor hen te maken, dus ik kan er net zo goed aan beginnen."

Hij kijkt op zijn horloge. "Ik heb nog een vergadering."

"Bedankt voor de hulp," zeg ik, en dan maak ik me zorgen dat hij misschien denkt dat ik weer sarcastisch ben, ook al meen ik het deze keer.

Met een zwaai vertrekt hij.

Grr. Ik kan niet geloven dat ik het leuker vond toen hij confronterend was.

Whatever.

Ik pak de borstels die ik eerder heb gekocht en bevestig ze aan een paar aluminium planken om een krabpaal voor de lamantijnen te maken. Daarna zet ik nog een paar dingen in elkaar, waarbij ik de tijd uit het oog verlies. Als ik opkijk, zijn Aruba, Dex, Rose, Oliver en een paar mensen wiens namen ik niet heb onthouden er. Ze zijn allemaal sla naar de lamantijnen aan het gooien.

In het begin merken Betsy en de anderen, dankzij de tv, het eten niet eens op. Dan rukken ze hun blikken weg en beginnen ze enthousiast te eten.

Heeft de natuurshow hun eetlust gestimuleerd, of

komt het gewoon doordat ze een beter humeur hebben?

"Wauw," zegt Aruba met tegenzin. "Geweldige resultaten. En zo snel."

Rose maakt zich groot. "Mijn wervingsvaardigheden falen nooit."

Dex draait mijn kant op. "Kun je dit voor de otters doen?"

"De dolfijnen zijn eerst," zegt Aruba.

Oliver wendt zich af van de lamantijnen. "Iedereen zal aan de beurt komen, maar voorlopig richt Olive zich eerst op de lamantijnen en de octopus die zich bij ons zal voegen."

Hij praat over Beaky's verhuizing alsof het een uitgemaakte zaak is. Ik weet dat ik dankbaar moet zijn, maar het enige wat ik voel, is verlatingsangst.

"Een octopus?" Aruba's stem klinkt als de fluitjes en klikken van een geile dolfijn. "Waarom?"

Het gezicht van Rose wordt streng. "Omdat het aan dr. Jones is om dat te beslissen. Niet aan jou."

Oliver kijkt Aruba koel aan. "Is er een probleem?"

Ze knippert. "Niet als deze in zijn tank blijft zitten."

"Daar zal ik voor zorgen," zeg ik. "Sterker nog, als het mag, dan zou ik graag aan dat project beginnen."

Oliver knikt heerszuchtig naar me. "Rose, kun je Olive de tank laten zien?"

"Kom mee." Rose pakt me bij de elleboog en sleept me een nabijgelegen gebouw in.

"Dit is het." Ze wijst naar een gigantische tank die

bijna alle ruimte in de grote kamer in beslag neemt. "Wat vind je ervan?"

Ik fluit. "Ik wed dat ik daar zelf zou kunnen wonen en zo gelukkig als een schelpdier zou zijn."

Rose grijnst. "Het heeft temperatuurregelaars en alle toeters en bellen."

"Wauw." Ik glimlach, maar mijn hart doet pijn. Afscheid nemen van Beaky zal moeilijk zijn.

Rose legt een hand op mijn schouder. Ze is duidelijk niet zomaar een vissenpsycholoog. Ze weet ook het een en ander over hoe ze een mens op moet vrolijken. "Je octopus zal hier gelukkig zijn, dat weet ik zeker."

"Ik weet het." Ik haal diep adem. "Daarom doe ik dit. Nu moet ik dit ding alleen nog octopusbestendig maken, zodat hij niet de benen neemt om de dolfijnen te voeren."

"Ik zal je aan het werk laten gaan," zegt Rose.

Ik wuif haar gedag en bekijk de tank.

Het is een wonder dat de vorige octopus er zo lang over heeft gedaan om te ontsnappen. Veiligheidsgaten — letterlijke gaten — zitten overal op het deksel.

Ik recht mijn schouders.

Ik ga pas naar huis als ik dit ding Beaky-proof heb gemaakt.

HOOFDSTUK
Dertien

HET KOST ME UREN. Ik moet lasapparatuur huren en drie ritjes naar de ijzerhandel maken, maar uiteindelijk acht ik de tank octopus-veilig.

Nadat ik het vuil van mijn handen heb gewassen, check ik op mijn telefoon hoe laat het is.

Karper. Het is voorbij mijn bedtijd — en Lemon, Fabio en mijn grootouders hebben me appjes gestuurd, omdat ik niet op ben komen dagen voor het avondeten.

Ik laat ze allemaal weten dat ik naar huis kom en stap in mijn auto.

Als ik de oprit van het huis van mijn grootouders oprijd, zijn de lichten uit, wat waarschijnlijk betekent dat iedereen slaapt. Ik had onderweg een broodje moeten halen. Ik heb honger.

Het blijkt dat niet iedereen slaapt. Opa zit in de garage op me te wachten, een noodzakelijk jachtgeweer in zijn sterke handen.

"Niet schieten," zeg ik met een grijns.

Zijn borstelige wenkbrauwen komen in het midden van zijn voorhoofd bij elkaar. "Kappertje, weet je wel hoe laat het is?"

Ik leg uit dat ik tot laat moest werken — nieuwe baan en zo.

"Dit is niet New York," zegt opa. "Mensen die hier langer dan van negen tot vijf werken, zorgen ervoor dat iedereen er slecht uitziet."

Ik gaap. "Ik zal er rekening mee houden."

Hij doet de deur van het huis voor me open en ik loop op mijn tenen naar de keuken om de koelkast te plunderen voor etensresten.

Lemon snurkt als ik de slaapkamer binnensluip. Ik gebruik mijn telefoon als zaklamp, aai Beaky, geef hem de nu opgeladen dildo terug en gooi wat eten in zijn tank.

"Binnenkort heb je een tank waar alle andere octopussen jaloers op zullen zijn," fluister ik.

Verheug je, trouwe priesteres-onderdaan, want je hebt onze toorn vermeden. Nu we herenigd zijn met de Scepter, laten we de wereld rond de Tank draaien. Ga zo door en onthoud: wanneer Cthulhu ontwaakt, zal de vrome eerst worden verslonden.

"Olive?" zegt Lemon met een slaperige stem. "Ben jij dat?"

"Sorry als ik je wakker heb gemaakt," fluister ik terug. "Stil maar. Ik ga slapen."

Ze antwoordt niet, dus smeer ik mijn gezicht in met zonnebrandcrème en kruip onder de dekens.

Weer een dag waarbij weer een masturbatiesessie wordt overgeslagen.

Als dit zo doorgaat, dan kunnen mijn eierstokken de volgende keer dat ik Oliver zie blauw worden.

———

Als ik wakker word, ligt Lemon niet in bed.

Ik maak me klaar en verlaat de logeerkamer. Ik vind Lemon en oma in de woonkamer waar ze weer ballet kijken, alleen zijn opa en Fabio er deze keer ook.

Ik weet niet zeker welk ballet dit is. Misschien *Doornroosje*? De reden waarom het aan staat is echter duidelijk. Lemons liefje, de Rus, verschijnt op het podium, grijpt een ballerina en gooit haar net zo moeiteloos in de lucht als gewone mensen met baby's doen.

"Hoe tragisch het ook is, die man is *geen* homo," zegt Fabio, die met ongegeneerde waardering naar Lemons obsessie staart.

Lemon ziet eruit alsof ze van opwinding zou kunnen verdrinken. "Weet je het zeker?"

Fabio onderzoekt zijn nagels. "Zure lieverd, mijn homoradar is zo nauwkeurig als een micrometer."

"Dat is een geluksvogel," mompelt opa terwijl hij naar de Rus kijkt die praktisch met de ballerina's aan het jongleren is. "Door zoveel prachtige vrouwen omringd zijn."

Lemon fronst haar wenkbrauwen en oma trekt een wenkbrauw op terwijl ze zich tot haar man wendt.

"Ik zeg niet dat ik niet blij ben met de geweldige vrouw die ik heb," zegt opa snel. "Ik was gewoon —"

"Olive!" roept Lemon uit als ze me ziet. "Hoe laat ben je gisteravond thuisgekomen?"

"Zullen we tijdens het ontbijt praten?" zegt oma.

Ik lach naar iedereen. "Ontbijt klinkt geweldig."

"Geef me een minuutje," zegt oma en ze haast zich weg.

Ik neem haar plek in en kijk van Fabio naar Lemon. "Wat gaan jullie vandaag doen?"

"Ziggy en ik gaan vissen," zegt Fabio, opa bewonderend aankijkend.

Ik frons met mijn wenkbrauwen — deels omdat ik er niet van hou dat vissen voor de sport worden geslacht, en deels vanwege 'IJsbeer' en 'Pappie'.

"Maak je geen zorgen," zegt opa. "We zullen ze vangen en loslaten."

"Daardoor voel *ik* me niet beter," mompelt Lemon.

Ik ook niet. Opa geniet duidelijk van de kleinzoon die hij nooit heeft gehad, maar ik wil er niet aan denken wat Fabio uit deze regeling haalt.

De deurbel gaat.

"Ik ga wel." Opa loopt naar de voordeur.

Binnen een paar seconden komt hij terug, maar hij is niet alleen.

Oliver stapt de kamer binnen, gekleed in zijn Sealand-uniform van een wit poloshirt en kaki broek. Tenminste, ik denk dat dat is wat er gebeurt. Het is mogelijk dat mijn onthouding van masturbatie ervoor

128

zorgt dat ik natte dromen heb, en dit het begin van een hele vreemde is, aangezien er vrienden en familie in de buurt zijn.

Fabio en Lemon staren naar mijn baas alsof ze nog nooit een hete man hebben gezien, terwijl mijn lichaam in de war raakt, mijn huid rood wordt en mijn longen samentrekken tot ik slechts oppervlakkig kan ademen. Ik heb al mijn wilskracht nodig om niet te kwijlen, hoewel de vloeistof die ik in mijn mond weet te onderdrukken er in mijn slipje uit lijkt te komen.

"Hoi, Oliver," zegt oma over haar schouder bij het fornuis. "Je bent net op tijd voor het ontbijt."

Oliver schudt zijn hoofd. "Dank je, maar ik ben gekomen om Olive te helpen om Beaky naar zijn nieuwe huis te vervoeren. Het was niet mijn bedoeling om een samenzijn van familie te onderbreken."

Dat verklaart veel — en ik weet niet zeker hoe ik me daarbij moet voelen. Ik weet niet of hij aardig is of ervoor zorgt dat ik niet onder onze overeenkomst uit kan komen.

"Onzin," zegt opa. "Eet mee, of je beledigt ons."

Een berouwvolle glimlach vormt zich om Olivers lippen. "Het laatste wat ik wil, is mijn buren beledigen."

"Dat is dan geregeld," zegt oma. "Wil je havermout, omelet of pannenkoeken?"

"Havermout zou geweldig zijn," zegt Oliver. "Bedankt."

Oma stelt dezelfde vraag aan alle anderen, en ik antwoord als laatste. Ik ga voor pannenkoeken, met een tiende van de siroop waar Lemon op de hare om vraagt.

"Dus," zegt Fabio kribbig. "Gaat *iemand* ons nog voorstellen?"

Opa slaat op zijn voorhoofd. "Waar zijn mijn manieren? Dit is Oliver, het vriendje van Olive."

"Nee, dat is hij niet," zeg ik geschrokken, net op het moment dat Oliver zegt, "Dat ben ik niet."

Hé, hij hoeft het niet zo heftig te ontkennen.

Doen alsof hij het niet heeft gehoord, zegt opa, "Oliver, dit is Fabio, een jeugdvriend van Olive. En zoals je kunt zien, is Lemon" — hij knikt naar mijn zus — "een van Olives vele identieke zussen."

Fabio steekt zijn hand uit en Oliver schudt hem.

"Wist je überhaupt wel wie Olive en wie Lemon was?" fluistert Fabio samenzweerderig.

Oliver kijkt me aan. "Ik kan het zien."

De stomme piranha's in mijn buik moeten even chillen.

"Ga zitten, mensen," zegt oma.

We gehoorzamen en ze haalt het eten voor iedereen tevoorschijn voordat ze bij ons komt zitten met een kom havermout voor zichzelf.

Ik hou Oliver in de gaten terwijl hij gaat zitten om te zien of de kwallensteek hem ineen doet krimpen.

Nee. Hij moet volledig hersteld zijn.

"Dus Oliver," zegt opa als we beginnen te eten, "je had het al eerder over je twee broers. Wat doen zij?"

"En is een van hen homo?" fluistert Fabio luid.

Oliver houdt zijn lepel bij zijn lippen. "Ze zijn allebei hetero, sorry. De ene is een NASCAR-chauffeur en de andere is een surfinstructeur... voor honden."

Ik gnuif. "Hoe erg Floridiaans."

Oliver laat niet zien dat hij me heeft gehoord. "Hoe zit het met jouw familie? Wat doen de zusjes Hyman?"

"Onze zus Blue is een soort spion," zegt Lemon opgewonden, en gaat dan verder met hem over de anderen te vertellen — ongetwijfeld met opzet zichzelf overslaand. Aan het eind zegt ze, "En je weet waarschijnlijk dat je niet-vriendin een zeebioloog is. Ze is net aan een nieuwe baan bij een aquarium in de buurt begonnen."

Oliver kijkt me verward aan. Hij vraagt zich waarschijnlijk af waarom ik niemand heb verteld dat ik voor hem werk. De waarheid is dat ik de kans niet heb gehad. Als ik dat had gedaan, dan hadden mijn grootouders hem misschien niet uitgenodigd om te blijven ontbijten.

"Over banen gesproken," zegt Fabio tegen me. "Is het je nog gelukt bij Octoworld?"

Oliver trekt een wenkbrauw op. "Octoworld?"

Ik maak een hand over de keel snijdend gebaar, maar Lemon merkt het niet.

"Ja, dat is het enige waar ze over praat," zegt ze. "Ze heeft haar huidige baan als opstapje aangenomen, maar wat ze echt wil doen is met al die octopussen werken."

Nee. Hou je mond. Hij heeft al genoeg redenen om me te ontslaan. Waarom zou je hem nog meer geven?

"Ik ben heel blij met mijn nieuwe baan," zeg ik iets te snel en een tikje defensief.

"Is dat zo?" Lemon giet nog ongeveer een kopje siroop op haar pannenkoeken. "Hebben ze octopussen?"

Serieus, waarom snapt ze niet hoe graag ik wil dat ze haar mond houdt? Ik vraag hier niet om spookachtige 'tweelingtelepathie' — zie gewoon de afschuw op mijn gezicht.

"Sealand *krijgt* een octopus," zegt Oliver met een niet te ontcijferen uitdrukking op zijn gezicht. "Dus misschien houdt dat Olive tevreden?"

"Dat zal het," zeg ik resoluut.

"Slechts eentje?" zegt Lemon hoofdschuddend. "Ik dacht dat er duizend nodig zouden zijn." Ze draait zich naar me om. "En hoe zit het met je verliefdheid op Ezra Shelby? Ze is nog steeds de eigenaar van Octoworld, toch?"

"Ezra Shelby," herhaalt Oliver langzaam.

"Volgens mij heet ze zo," zegt Lemon. "Ze is die — "

"Oh, ik ken haar," zegt Oliver. "Ik wil gewoon — "

"Oliver is de eigenaar van Sealand," flap ik eruit. "Ze gaan waarschijnlijk in het weekend met elkaar om."

Lemon wordt bleek en stopt eindelijk met praten.

"Wacht," zegt Fabio. "Je vriend is je baas?"

Ik kijk opa scheel aan. "Oliver is mijn vriendje niet."

"We zijn collega's," zegt Oliver.

Voor nu. Als dit gesprek nog veel langer doorgaat, dan ben ik zeker werkloos.

"Wat een kleine wereld," zegt oma. "De ene avond

breng je hem naar huis terwijl hij naakt is en het volgende moment werk je voor hem."

Serieus, waarom? Waarom? Voor je het weet, zal Lemon iets zeggen als, "Wacht, dus hij is degene aan wie je een gouden douche hebt gegeven?"

In een wanhopige poging om voor eens en voor altijd van onderwerp te veranderen, ratel ik, "Weet je, jongens, Oliver is een geboren Floridiaan, dus hij heeft misschien wat leuke ideeën voor jullie vakantie."

"Het is waar," zegt Oliver. "Geboren en getogen."

Ik denk dat hij net zo gretig is als ik om te stoppen met over de naakte wandeling te praten.

Lemon trekt haar neus op alsof er een vieze geur hangt — en met haar griezelige reukvermogen heeft ze misschien net Tofu ontdekt die scheten laat in Olivers huis. "Ik dacht dat het woord 'strand' al het plezier samenvatte dat je hier kunt beleven."

Oh, tuurlijk. Lemon is een veel grotere New Yorkse snob dan ik ooit zou kunnen hopen te zijn. Ik denk dat het een bijwerking kan zijn van te veel naar *Sex and The City* kijken.

"De stranden hier zijn geweldig," zegt Oliver. "Maar er is nog veel meer te doen, vooral als je bereid bent om een paar uur te rijden."

Lemons oogrol is subtiel, maar ik kan zien dat hij er is dankzij jarenlange ervaring met gezichten zoals die van haar. "Ik ben niet geïnteresseerd in vissen of naar een schietbaan gaan," zegt ze.

Oliver klemt zijn kaken op elkaar. Mensen die slecht over Florida praten is duidelijk een ergernis.

Maar hé, hij is in ieder geval niet meer boos op mij. Hopelijk. Aan de andere kant, boos zijn op Lemon zou hem kunnen conditioneren om boos op iemand met mijn gezicht te worden, dus misschien moet ik Fabio aansporen om Oliver kwaad te maken?

"Hoe zit het met Disney World?" vraagt Oliver. "Mensen komen met hun families van over de hele wereld hierheen om dat te zien."

Lemon krabt aan haar kin. "Daar had ik niet aan gedacht."

"Je zou de Everglades kunnen bezoeken," zegt Oliver. "En Universal Studios, het Kennedy Space Center, Dry Tortugas National Park, het Salvador Dali-museum, de historische wijk van St. Augustine, Legoland — ik zou de hele dag door kunnen gaan."

"Hmm." Lemons neus wordt weer normaal. "Welke zijn het dichtst in de buurt?"

Oliver ziet er triomfantelijk uit en geeft haar en Fabio een reisschema waar een reisbureau trots op zou zijn.

Mijn telefoon gaat en iedereen kijkt me aan.

"Sorry," zeg ik. "Ik heb een wekker gezet om me eraan te herinneren dat ik naar mijn werk moet."

Oliver legt zijn lepel neer. "Juist. We kunnen allebei maar beter gaan."

Ik sta op. "Laten we Beaky gaan halen."

Oliver voegt zich bij me en terwijl we de logeerkamer binnenlopen, hoor ik gegrinnik en toespelingen van mijn 'vriend' en 'ondersteunende familie'.

Als we de kamer binnenkomen, realiseer ik me dat ze een goede reden hadden om te plagen. Ik voel me plotseling extreem bewust van het bed voor ons — dat wil zeggen, voordat ik mezelf begin te vervloeken dat ik het vanmorgen niet heb opgemaakt.

Hé, er zijn tenminste geen onnoemelijke dingen die rondslingeren... tenzij je de tentakeldildo meetelt die Beaky in zijn armen houdt — precies datgene waar Oliver met een verbijsterde uitdrukking naar staart.

"Inventief," zegt hij.

"Wees geen gladde aal," flap ik eruit.

Karper. Hoewel het gewoon de naam van een vis is, kan 'gladde aal' nog steeds als een belediging worden gezien en is zeker niet iets dat je tegen je baas moet zeggen.

Tot mijn opluchting zijn er rimpeltjes in de ooghoeken van Oliver te zien. "Waarom maakt het geven van complimenten mij een lid van de *Halichoeres bivittatus*-soort?"

Ik grijns. "Alleen een collega-zeebioloog zou dat antwoord geven."

Zijn ogen glanzen. "Ik ben gewoon blij dat je me geen hermafrodiet hebt genoemd."

Hoofdschuddend word ik me weer hyperbewust van het bed dat in de buurt staat. Oliver heeft het nu over reproductie — gladde aal-reproductie, maar toch. Hermafrodiete vissen beginnen hun leven als vrouwtjes, maar worden later mannetjes, wanneer er een reproductieve behoefte is. Als ik een gladde aal was, en als geilheid die geslachtsverandering teweeg kon brengen, dan zou ik nu een lul laten ontkiemen.

"Als ze me irriteren, noem ik mijn broers slijmkoppen," zegt Oliver.

Ik knik goedkeurend. "*Hoplostethus atlanticus*. Wordt ook wel oranje zaagbuikvis genoemd, maar dat is niet zo'n leuke naam om een broer te noemen, tenzij hij van zelfbruining houdt."

Oliver fronst zijn wenkbrauwen. "Oranje zaagbuikvis is slechts een hernoeming, zodat het smakelijker klinkt als het in restaurants wordt geserveerd. Het maakt niet uit dat deze vis honderden jaren kan leven. Dat soort hernoeming is hoe draadvinnige elft, witvis is geworden, de everlipvis in koningsmakreel is veranderd, de diepzeeheek werd plotseling Chileense zeebaars, het modderwezen veranderde in een rivierkreeft, lophiidae veranderde in zeeduivel, en erger nog, goudmakreel werd mahi-mahi."

Ik houd mijn hoofd schuin. "Je eet geen zeedieren, ofwel?"

Hij zucht. "Hoe weet je dat?"

"Ik maak geen grapje. Ik eet ze ook niet. 'Vissen zijn vrienden, geen voer.'"

Hij stapt mijn persoonlijke ruimte binnen en kijkt me aan. "Ik ben het volkomen met je eens... *kelpkoppie*."

Bij Cthulhu's eileiders word ik weer in Olivers baan getrokken — net als pas geleden op de veranda en op het strand.

Dezelfde onheilige magie lijkt hem ook in zijn

greep te hebben. Hij begint zijn hoofd naar beneden te buigen, zijn ogen halfgesloten.

Heilige koolvis.

Als de geschiedenis een voorspeller van de toekomst is, dan staan we op het punt om te zoenen.

HOOFDSTUK
Veertien

IK SLIK HOORBAAR.

Met dat bed in de buurt kan er maar één uitkomst zijn als we elkaar kussen — en dat zou het einde van mijn carrière betekenen. Om nog maar over mijn hoop op Beaky's nieuwe thuis te zwijgen.

Alsof hij paranormaal begaafd is — en hé, je weet maar nooit — zet Beaky zijn vibrator aan.

Het geluid laat ons allebei schrikken.

Oliver trekt zich terug en schraapt zijn keel. "Ben je van plan om hem dat speeltje te geven als hij in zijn nieuwe bak zit?"

Ik ga ook achteruit. "Vind je dat een probleem?"

"Nee," zegt hij. "De meeste mensen zullen niet eens beseffen wat het is. Waarschijnlijk."

Terug naar de kwestie waar het om gaat. Oké. Ik pak de afstandsbediening en zet de tank in beweging.

Beaky wordt opgewonden rood.

Ja. Ja. De almachtige Cthulhu wil dat Leonardo — de

schildpad waarop de Tank rust — opnieuw in hemelse beweging komt.

Terwijl de tank rolt, loopt Oliver er zwijgend naast — hij bedenkt ongetwijfeld de meest politieke manier om me te ontslaan.

We bereiken de keuken en tegen de tijd dat opa in de tank kijkt, is Beaky al in een rots veranderd.

Ik voel een pijn in mijn borst. Dit is de laatste grap die Beaky ooit met opa uit zal halen... tenzij opa hem in Sealand bezoekt.

Ik voel me kribbig en negeer nadrukkelijk de wellustige wenkbrauwen van Lemon en oma.

"Gaat hij echt weg?" vraagt Fabio, naar de schijnbaar lege tank kijkend.

Ik knik.

"Misschien kan ik dan eindelijk een paar octopusmoppen vertellen zonder voor mijn leven te vrezen," zegt hij.

Ik knijp mijn ogen tot spleetjes naar Fabio, maar hij is al bezig. "Hoe maak je een octopus aan het lachen?"

Ik rol met mijn ogen. Deze hoorde ik al in de eerste klas.

"Hoe?" vraagt Lemon theatraal.

"Je geeft hem tien kietels onder zijn tentakels."

Kreunde Oliver net?

"Ze hebben geen tentakels," zegt oma. "Dat zijn armen."

Wauw, ze heeft opgelet tijdens de les.

Opa grinnikt. "Octopussen zijn slim, omdat ze zo goed bewapend zijn."

Dat gebeurt er als opa te veel tijd met Fabio doorbrengt.

"Hoe noem je een bijeenkomst van octopussen?" vraagt Fabio.

"Ze zijn asociaal, dus daar is geen naam voor," zegt Oliver. "Hoewel ik de term 'school' heb horen gebruiken."

"Fout," zegt Fabio. "Het juiste antwoord is: octoposse."

Ha. Dat klinkt als de bijnaam die ze me achter mijn rug om noemen: Octopussy.

"We komen te laat op het werk," zeg ik.

"Wie was Oedipus?" vraagt Fabio.

"Wie?" vraagt oma, duidelijk geïntrigeerd.

"Een octopus die met zijn eigen moeder naar bed ging."

"Dat werkt niet," zeg ik om een onwillig gegrinnik te verbergen. Op de een of andere manier heb ik die nog niet gehoord. "Kinderen krijgen is een van de laatste dingen die een vrouwelijke octopus in haar leven doet. Haar zoon zou niet op tijd volwassen worden."

Fabio schudt zijn hoofd. "Laat het aan Olive over om volkomen onschuldige incest in necrofilie om te zetten."

Gaat oma hem de les over kink shaming lezen?

Nee.

Opa lacht onevenredig hard en zegt dan, "Deze jongen maakt me altijd aan het lachen."

Daarmee geven ze elkaar een high-five, en ik kreun.

"Klaar?" vraag ik Oliver voordat dit nog verder kan gaan.

Hij knikt heel enthousiast, dus ik rol de tank de garage in terwijl Oliver afscheid neemt, door zijn tanden bijtend zegt hij dat "het erg leuk was om iedereen te ontmoeten."

Op de oprit staat de Sealand-bus waar Dex gisteren in reed.

Was het attent of machiavellistisch van Oliver om het meteen te brengen?

"Eén seconde," zegt hij en hij zet de loopplank achter in het busje op.

"Bedankt." Ik begeleid de tank de loopplank op en ga naar binnen om hem vast te zetten.

Oliver loopt de loopplank op. "Helemaal klaar?"

Ik knik. "Rij langzaam, alsjeblieft."

"Natuurlijk. Kom."

Ik klim uit de achterkant van het busje en Oliver doet het passagiersportier voor me open.

"Bedankt," zeg ik, terwijl ik instap.

Hij voegt zich bij me en begint langzaam te rijden, zoals ik had gevraagd.

We rijden een paar seconden in stilte, wat voor mij nog veel ongemakkelijker wordt door een overweldigend bewustzijn van zijn geur van de oceaanbranding, zijn sterke handen die het stuur vastgrijpen, zijn —

"Dus," zeg ik, wanhopig om mezelf af te leiden voordat ik hem bespring. "Waarom lamantijnen?"

Hij tuit zijn lippen, waardoor ik eraan wil

knabbelen. "Dit is Florida, dus het waren dat of alligators." Hij glimlacht en laat witte tanden zien. "Lamantijnen zijn een bedreigde diersoort en ik ben altijd al bezig geweest met natuurbehoud, dus het heeft zo moeten zijn." Hij kijkt me even aan. "Waarom octopussen?"

"Ik weet het eerlijk gezegd niet. Ik hou al van ze zolang ik me kan herinneren. Mijn ouders beweren dat ik een foto van een van hen in een kleurboek zag staan en verliefd werd. Ze beweren ook dat het mijn eerste woord was, maar ik ben sceptisch."

Hij stopt voor een rood licht. "Ik vind dat niet zo moeilijk te geloven."

"En hoe zit het met Sealand?" vraag ik.

Hij pakt het stuur steviger vast. "Wat is daarmee?"

Oh, tuurlijk. Dex had gezegd dat er een ex-vriendin-gerelateerde puinhoop was geweest, dus ik moet voorzichtig zijn.

"Waarom wilde je zeedieren een thuis bieden?" vraag ik. "Komt dat vanwege je interesse in lamantijnen?"

Hij schudt zijn hoofd. "De lamantijnen kwamen later. Ik denk dat het allemaal begon toen ik nog een kind was. Mam had een levende kreeft mee naar huis genomen, maar ik liet haar die niet koken. Eerst hield ik de kreeft in de badkuip, en toen gaf ik haar een aquarium."

Ik grijns. "Ik vind dat niet zo moeilijk te geloven."

"Clawdia is er eerlijk gezegd nog steeds," zegt hij. "Je kunt haar bij het Kreeftachtigen Station zien."

Klinkt logisch. Als ze niet worden gemolesteerd, dan kan een Amerikaanse kreeft wel honderdveertig jaar oud worden.

Over molestering gesproken: tijd om te kijken of ik mijn baan nog heb nadat ik dat bijna bij mijn baas had gedaan. "Wat is de verrijkingssituatie op het Kreeftachtigen Station?" vraag ik. "Heb je hulp nodig?"

Hij draait de weg op die naar de parkeerplaats van Sealand leidt. "Ze hebben geen prioriteit, maar als je de kans krijgt, neem dan een kijkje. Momenteel kopiëren we wat andere aquaria doen, maar ik weet niet zeker of iedereen waardeert hoe slim deze dieren zijn." Hij werpt een blik op me. "Ik heb het gevoel dat ze baat zullen hebben bij jouw unieke aanpak. Dat geldt voor al mijn dieren."

Een piranha-bloedbad is in volle gang in mijn buik — en niet alleen omdat hij het laat klinken alsof ik niet ontslagen word.

Nou ja, in ieder geval nog niet. Als ik gehoor geef aan mijn sterke drang om mijn baas te likken, dan kan dat veranderen.

Hij parkeert en ik haal Beaky's tank eruit.

Ik verwacht half dat Oliver vertrekt, maar hij staat erop met ons mee te gaan om 'Beaky zich te laten settelen'.

"Ik had een idee dat ik met je wilde bespreken," zeg ik terwijl we beginnen te lopen.

Hij verzamelt zijn losse haar in de mannenknot, een gebaar dat niet opwindend zou moeten zijn, maar het wel is. De spieren in zijn armen spannen zich terwijl hij het knotje met een dunne zwarte scrunchie vastmaakt. "Wat is er?"

"Ik zat te denken om deze mobiele tank hier te laten zodat Beaky kan gaan wandelen, zoals hij deed toen hij bij mij woonde."

Hij knikt. "Als hij het leuk vindt, zie ik niet in waarom niet."

Oef. Misschien is het niet zo erg om Beaky hier te hebben. Het is duidelijk een enorme upgrade voor Beaky zelf.

Toch — en ik weet dat ik egoïstisch ben — zal ik hem missen als ik 's ochtends wakker word.

"Het is oké als je extra tijd met hem door wilt brengen," zegt Oliver zacht, alsof hij mijn gedachten kan lezen.

Ik draai zijn kant op. "Onder werktijd?"

Hij lacht. "Beaky blij en vermaakt houden is net zo goed jouw taak als kreeften en lamantijnen tevreden houden. Gezien het feit dat Beaky op het punt staat om naar een nieuwe plek te verhuizen, zal hij gestrest zijn, dus zal hij extra aandacht nodig hebben."

Ik werp een blik op Beaky en zijn opgewonden rode kleur. Op de een of andere manier krijg ik het gevoel dat als hij eenmaal in zijn enorme nieuwe huis komt, zijn drie harten een manier zullen vinden om veel beter met de scheiding om te gaan dan mijn enkele hart zal kunnen.

"Bedankt," zeg ik tegen Oliver als we het gebouw binnenstappen waarin Beaky's nieuwe huis is gehuisvest.

"Zie je dat?" zeg ik tegen de mobiele tank. "Dat is allemaal van jou."

Beaky wordt wit.

We zijn onder de indruk, priesteres-onderdaan. De tank is de wereld, maar deze nieuwe tank is een heel universum. Prijs Cthulhu, de theorie van het multiversum had misschien altijd al gelijk gehad, wat betekent dat Leonardo misschien niet de enige schildpad is die een tank op zijn rug draagt. Misschien zijn er meer, zoals Raphaël, Donatello en Michelangelo. Onze negen hersenen zijn omver geblazen. Alles draait niet alleen om een enkele tank, maar om twee of drie of vier. Gezien de ernst van deze prestatie, door de macht die ons door Cthulhu zelf is verleend, promoveren we priesteres-onderdaan tot Hoge Priesteres... en we zullen God Heerser van de Tanks zijn. Met een 's' aan het einde, zoals in het meervoud.

Oliver kijkt gefascineerd toe terwijl ik hem de veiligheidsvoorzieningen laat zien die ik gisteravond heb geïmplementeerd. Vervolgens ontgrendel ik de mobiele tank en verplaats ik Hulk en de andere beestjes naar de nieuwe plek voordat ik de VIP zelf pak.

Zodra ik hem vastzet in de grote tank, begint Beaky gretig zijn nieuwe leefgebied te verkennen. Als hij gestrest is, dan is dat niet te zien.

"Over je werk van gisteravond gesproken," zegt Oliver, terwijl hij me uit mijn octopusobservatie haalt. "Ik begrijp waarom je laat bent gebleven, maar werk in de toekomst alsjeblieft redelijke uren."

Dat klinkt alsof hij om mijn welzijn geeft. Dat of

Beaky's overplaatsing heeft mijn hersenen te veel door elkaar geschud om helder te kunnen denken.

"Is het niet beter voor je als ik gratis overwerk?" vraag ik.

Zijn cyaankleurige ogen glinsteren zacht, waardoor mijn adem stokt en mijn kern begint te tintelen. "Ik wil niet dat je een burn-out krijgt. Je hebt nog te veel belangrijk werk te doen."

"Afgesproken," weet ik uit te brengen. "Ik zal niet te laat werken. Wat nog meer? Wil je dat ik minder klusjes doe bij mijn grootouders?"

Dat herinnert me eraan... Ik zou in ieder geval het vuilnis voor ze buiten moeten zetten of zoiets.

Zijn telefoon gaat. Hij rukt zijn blik van me af en kijkt op het scherm. "Ik heb een vergadering. Ik moet ervandoor."

En zomaar ineens, ben ik alleen met Beaky.

Aangezien mijn baas had gezegd dat het goed was, breng ik de halve dag met Beaky door en bedenk ik een dozijn ideeën voor puzzels die ik in zijn nieuwe tank kan stoppen, waarvan sommige alleen mogelijk zijn gezien de grotere ruimte.

Daarna bezoek ik de lamantijnen opnieuw en implementeer nog een paar van mijn ideeën voordat ik wat tv-content uitprobeer om te zien of ze iets anders dan documentaires over zeewier zullen waarderen.

Rose komt net op het moment dat *Aquaman* op het scherm in de tanks verschijnt.

"Hun eetlust is veel beter," zegt ze nadat we elkaar hebben begroet. "Ze Jason Momoa laten zien, is op dit moment misschien overdreven."

Ik grijns. Rose heeft haar HR-pet niet op, dat is zeker. "Er zit veel water in die film, dus —"

"Oh, ik vertrouw je." Rose geeft me een bundel kleding — beige en blauw deze keer. "Je zult dit morgen moeten dragen."

Mijn goede humeur verdwijnt. Mijn ex heeft me echt verklooid als het om mensen gaat die me vertellen wat ik moet dragen.

"Ik weet hoe je je voelt," zegt Rose. "Ik haat het om de rondleidingen te doen, maar we moeten allemaal ons steentje bijdragen."

Ik frons. "Rondleidingen?"

Ze kijkt me met een verwarde uitdrukking aan. "Hebben we je niet over de rondleidingen verteld?"

Ik schud mijn hoofd.

"Nou," zegt ze. "Het is precies zoals het klinkt. Er komt een groep naar Sealand, je loopt met ze rond en laat ze alles zien. Morgen is je eerste."

"Wat moet ik ze vertellen?"

Ze gebaart naar het noorden. "Aruba staat op het punt om haar rondleiding te doen, dus waarom schaduw je haar niet."

Geweldig. Die arme groep staat op het punt om een lading TMI over dolfijnen te krijgen.

"Dat ga ik doen," zeg ik.

"Succes," zegt Rose.

Als ik naar de menigte loop die zich rond Aruba heeft verzameld, kijk ik niet-begrijpend naar vier individuen: Fabio, Lemon, oma en opa.

"Verrassing," zegt Lemon als ze me zien. "We hebben besloten om je werkplek te bekijken."

"Juffrouw Hyman," roept Aruba naar me voordat ze Fabio bewonderend aankijkt. "Ken je deze mensen?"

Goh, iemand met een gezicht als het mijne was niet duidelijk genoeg? Moet ik haar ook vertellen dat Fabio seksueel nog minder in haar geïnteresseerd is dan een van haar dolfijnen zou zijn? Nee. Dat zou geen gepast gesprek voor op het werk zijn.

Als ik Aruba aan mijn familiekwartet voorstel, wordt het duidelijker dat ze gewoon Fabio's naam wilde weten. Ze herhaalt het met smaak en vraagt hem of hij familie van *die* Fabio is.

"Fabio is mijn voornaam," zegt hij. "En die van hem. Waarom zouden we verwant zijn?"

Ik wil Aruba niet verdedigen, maar er is enige gelijkenis, gezien de hoekige gelaatstrekken en het lange haar van mijn vriend, hoewel het lang niet zo lang is als dat van Oliver. Of van de originele Fabio. Om nog maar te zwijgen van het feit dat onze Fabio niet gezien zou willen worden terwijl hij op de omslag van een roman een vrouw vasthield.

Aruba giechelt koket. "Je bent zo grappig."

Oh nee. Ik hoop dat hij dat niet als een excuus ziet om grappen te maken.

Tot mijn opluchting doet hij dat niet. Hij moet de

aantrekkingskracht van Aruba voor hem hebben opgepikt en willen dat deze rondleiding zo snel mogelijk eindigt. Een opgewonden vagina — of welke vagina dan ook — is Fabio's ergste nachtmerrie. Hij vindt het leuk om op te scheppen dat hij een baby is die via een keizersnede geboren is en zo zelfs tijdens zijn geboorte een vagina heeft kunnen vermijden.

De rondleiding begint.

Zoals ik al vermoedde, van haar tien feiten over zeedieren, gaan er negen over dolfijnen.

"Aanbiddelijk," zegt Fabio als we Otteraction bereiken. "Jammer dat je geen wolven of twinks hebt."

Aruba schuift zo dicht naar hem toe dat ik half verwacht dat ze aan hem gaat ruiken.

"Wacht maar tot je de dolfijnen ziet," zegt ze verleidelijk.

Kan ze niet zien dat zijn opmerking over Dex ging, niet over de otters?

De rondleiding gaat verder en ik merk dat Aruba niet de moeite neemt om Beaky aan iemand te laten zien. Maar, in haar verdediging, hij is net vandaag aangekomen, dus misschien weet ze niet dat hij hier is.

"En nu het beste deel," zegt Aruba als we de dolfijnen bereiken. Ze spreekt sneller dan een zeilvis zwemt en ze overlaadt iedereen met feiten zoals "de marine traint dolfijnen om onderwatermijnen te ruimen" en "Amazonrivierdolfijnen zijn roze" en "dolfijnen drinken nooit water — zeewater zou ze ziek maken, zoals wij er ziek van zouden worden," en last but not least, "ze kunnen met een snelheid van honderdzestig kilometer per uur lucht uit hun blaasgaten blazen".

Ik neem aan dat we tijdens de rondleiding 'blaasgat' mogen zeggen. Goed om te weten.

"Hebben jullie orka's?" vraagt Fabio.

Wat denkt hij in vredesnaam? Aruba ziet eruit alsof ze elk moment tegen hem aan kan gaan wrijven.

"Die hebben we niet." Ze likt verontrustend vaak over haar lippen. "Maar wist je dat het eigenlijk dolfijnen zijn?"

Dat is waar. Orka's zijn de grootste leden van de dolfijnenfamilie, en in tegenstelling tot hun 'kijk naar mij, ik ben schattig' kleinere broeders, doen ze zich niet anders voor dan de moordmachines die ze zijn.

De rondleiding gaat verder, maar zelfs wanneer we de lamantijnen bereiken, legt Aruba alles in dolfijntermen uit, inclusief dat "lamantijnen waterzoogdieren zijn, zoals dolfijnen," en "ze slapen met een half brein tegelijk, zoals dolfijnen, en voor dezelfde redenen: ze moeten ademen en zouden anders verdrinken als ze tijdens het slapen bewusteloos waren." Ze besluit alles met, "In tegenstelling tot dolfijnen gebruiken lamantijnen geen echolocatie en zijn ze herbivoren."

Lamantijnen doden hun pasgeboren baby's ook niet, zoals haar kostbare dolfijnen dat doen. Ook doen lamantijnen niet aan 'agressief hoeden', dat is wanneer mannetjes vrouwtjes in het nauw drijven en ze niet laten vertrekken totdat ze paren. Deze activiteit klinkt in mijn menselijke oren behoorlijk veel als een verkrachting, en alle beweringen die mensen over dolfijnen doen die hen seksueel aanvallen, helpen niet. #MeTuna.

Ik houd mijn gedachten echter voor mezelf en bereid mentaal het script voor dat ik zal gebruiken als ik dit morgen doe. Het zal veel minder dolfijntrivia hebben, dat is zeker.

Na de rondleiding ga ik met mijn familie lunchen, waar ik het grootste deel van de maaltijd vragen over Oliver ontwijk. Tegen het einde laten Fabio en Lemon me weten dat ze vanavond niet thuis zullen zijn. Ze gaan op reis naar Orlando en slapen daar in een hotel.

Als de lunch voorbij is, hervat ik mijn Sealand-taken tot sluitingstijd, ga dan naar huis in een Uber en ga dan met mijn grootouders dineren. Ze bevestigen dat het morgen vuilnisophaaldag is, dus ik besluit nuttig te zijn en de vuilnis buiten te zetten voordat ik naar bed ga.

Ik open de garagedeur, rijd de zware bak de oprit af en zorg ervoor dat het deksel met een speciale stropdas vastzit — vanwege wasberen. Ik sta op het punt om me om te draaien en terug naar het huis te gaan als een blaf me doet opspringen.

Geschrokken draai ik me om en kijk in de ogen van niemand minder dan mijn baas en zijn worstje.

HOOFDSTUK
Vijftien

"HÉ," flap ik er zo onprofessioneel als maar kan uit. Hongerig neem ik zijn uiterlijk in me op: dezelfde mouwloze tanktop als de eerste keer dat ik hem zag, korte broek, lang, los haar wat in de war zit, op een manier die me aan seks doet denken. Natuurlijk doet alles aan Oliver me aan seks denken.

"Hallo," zegt hij, veel formeler. Zijn hond geeft echter geen vliegende karper om de toon van zijn baas. Tofu's staart lijkt op een Slim Jim, en hij kwispelt er zo snel mee dat het een wonder is dat zijn kont niet opstijgt.

Een onwillige glimlach vormt zich om Olivers lippen. "Hij vindt je leuk."

Ik hurk en aai Tofu's hoofd terwijl hij verwoed probeert om me te likken. "Voor iemand die naar smakeloos eten vernoemd is, heeft hij een geweldige smaak."

Oliver gnuift. "Smakeloos? Je hebt duidelijk nog nooit mijn zoetzure tofu geproefd."

Ik kijk hem knipperend aan. "Eet je tofu?" Wat nog belangrijker is, waarom loopt mijn mond ineens vol met speeksel?

Zijn glimlach wordt breder. "Was de naam van mijn hond geen aanwijzing voor je?"

Me beseffend dat mijn gehurkte houding mijn gezicht precies op het niveau van zijn Aqua-mannelijkheid brengt, fixeer ik mijn blik op de hond. "Mijn octopus heet Beaky, maar ik eet geen snavels."

"Goed om te weten," zegt hij. "Ik eet constant tofu."

Een gesprek met zijn piemel hebben, leidt me te veel af, dus ik sta op, waardoor Tofu van teleurstelling begint te janken. "Ben je een vegetariër?" vraag ik, terwijl ik mijn hand laat zakken om Tofu eraan te laten likken.

Ik dacht dat Oliver net zoals ik gewoon zeevruchten vermeed — een manier van eten die eigenlijk geen speciale term heeft... tenzij het omgekeerde pescotarisme is?

"Ik ben veganist," zegt hij. "Ik eet geen zuivel, eieren of vlees."

Wauw. Hoe is het hem gelukt om dit niet eerder te vermelden? Zoals een van Fabio's grappen luidt: "Hoe weet je of iemand veganist is? Ze vertellen het je zodra je ze ontmoet."

Ik bijt op mijn lip en laat mijn blik over Olivers duidelijk omlijnde spieren gaan. "Je ziet er niet veganistisch uit."

Hij trekt zijn wenkbrauwen op. "Waarom niet?"

Karper. "Je ziet eruit alsof je veel vlees eet," zeg ik simpelweg.

Geweldig gedaan. Straks ga ik het nog over zijn mannenvlees hebben.

Oliver zucht. "Elke keer dat iemand een veganist ontmoet, verandert hij in een voedingsdeskundige. Als ik een dollar zou krijgen voor elke keer dat iemand me vraagt waar ik mijn eiwitten vandaan haal, dan zou ik miljonair zijn."

"Maar... waar *haal* je het vandaan?" Ik maak maar half een grapje.

Hij rolt met zijn ogen. "Waar halen gorilla's die van hen vandaan?"

"Gorilla's?" Ik kijk naar Tofu voor het geval hij het antwoord weet. Hij weet het niet.

"Gorilla's zijn gespierde herbivoren met DNA dat erg op dat van mensen lijkt."

Ik grijns. "Noem je jezelf een gorilla?"

"Ik zeg dat plantaardig voedsel veel meer eiwitten bevat dan de meeste mensen beseffen."

"Oké. Ben je altijd veganist geweest, of heb je het recentelijk ontdekt?"

"Ben een paar jaar geleden overgestapt."

"Waarom?" vraag ik. "Probeer je paranormale krachten te krijgen, zoals die man uit *Scott Pilgrim vs. The World*?"

Hij houdt zijn hoofd schuin. "Weet je zeker dat je het wilt weten? Ik wil niet prekerig klinken."

"Vertel het maar."

Hij kijkt me vlak aan. "De vlees- en zuivelindustrie is slecht voor het milieu."

Oh. Ik dacht dat er een verhaal zou zijn, zoals dat kreeftenverhaal van hem. "Dat is een serieuze inzet voor het milieu. De zonnepanelen, en nu dit."

Hij haalt zijn schouders op. "Mijn impact is misschien klein, maar alle kleine beetjes helpen."

Ik kijk naar Tofu. "Mogen veganisten met hotdogs omgaan?"

"Alleen als het tofu-hotdogs zijn." Hij grijnst naar zijn kleine metgezel.

Waarom voel ik me zo zwijmelend?

Gevaar. Gevaar. Dit is mijn baas.

Ik schraap mijn keel. "Ik kan jullie maar beter verder laten gaan met jullie wandeling."

Ik draai me om om te vertrekken, maar Oliver zegt, "Wacht." Alsof hij bang is dat zijn woorden niet genoeg zijn, raakt hij mijn elleboog aan en mijn hele lichaam schokt door de impact van zijn aanraking. Mijn adem stokt en de hitte stroomt door mijn aderen als ik me naar hem omdraai, mijn hart gaat als een gek tekeer in mijn borstkas.

"Wat?" lukt me om met een semi-vaste stem te vragen.

Zijn ogen glinsteren in de snel donker wordende schemering. "Mag ik je om een gunst vragen?"

"Wat dan?"

Is het verkeerd dat ik hoop dat hij een seksuele gunst wil? En is het een gunst als ik het ook wil? We moeten er alleen voor zorgen dat we het niet hier op straat doen, anders zullen onze nieuwsgierige buren ons zien. Het goede nieuws is dat Lemon vanavond niet in de logeerkamer is en dat er altijd zijn huis is. Het is alleen —

"Tofu telt mensen," zegt Oliver, koud water op mijn overactieve libido gooiend.

Ik probeer mijn teleurstelling te verbergen en kijk naar het schattige worstje. "Hij wat?"

"Zo noem ik het. Hij noteert in gedachten hoeveel mensen hem uitlaten, en als dat aantal afneemt, raakt hij erg van streek." Op mijn nog steeds verwarde uitdrukking legt Oliver uit, "Vorige week waren mijn broers hier, en we zijn met zijn drieën met Tofu gaan wandelen. Een van hen ging weg en Tofu merkte dat zijn menselijke telling niet klopte. Hij begon te jammeren en weigerde uiteindelijk om te lopen. Ik heb hem terug naar huis moeten dragen."

"Denk je dat Tofu mij als een van zijn mensen beschouwd?" De betere vraag is: verzint Oliver dit onwaarschijnlijke verhaal om meer tijd met me door te brengen?

"Ja," zegt hij. "De dag dat we elkaar voor het eerst hadden ontmoet, nadat we uit elkaar gingen, werd hij boos omdat hij jou had geteld."

Hmm. Tofu keek me die dag wel droevig aan.

"Dus... jullie willen dat ik met jullie meeloop?"

Oliver knikt. "Dat zou ik zeer op prijs stellen."

"Oké," zeg ik nonchalant, alsof mijn hartslag niet van opwinding alle kanten opgaat. "Ik zal je gezelschap nog wat langer verdragen, voor Tofu."

Oliver lacht naar me. "Tofu waardeert je opoffering."

We beginnen te lopen en ik merk dat Tofu af en toe omkijkt en duidelijk controleert of zijn aantal mensen nog klopt.

"Dus, wonen je ouders in deze gemeenschap?" vraag ik.

Oliver schudt zijn hoofd. "Toen ze met pensioen gingen, zijn ze naar de Keys verhuisd."

Ik grinnik. "Ik denk dat als een Floridiaan ergens heen wil waar het warmer is, dat het dan dat of Death Valley in Californië is."

Tofu probeert aan hertenpoep te ruiken, dus Oliver trekt aan zijn riem. "Ik denk dat mijn ouders naar de Keys zijn verhuisd voor de stranden waar kleding optioneel is — en die zijn er in Death Valley niet zo overvloedig."

Ik gnuif. "Vertel *mijn* ouders nooit over die naaktstranden, anders verhuizen ze ook naar de Keys."

Wat zeg ik allemaal? Hij zal nooit — en ik bedoel nooit, maar dan ook nooit — mijn ouders ontmoeten.

Oliver grijnst. "Waar wonen je ouders nu?"

"Ze hebben een boerderij in het noorden van New York."

Hij vraagt naar de boerderij en ik vertel hem over alle exotische dieren die mijn ouders in de loop der jaren hebben gered, waaronder onze gordelmol en dikdiks.

Hij trekt zijn wenkbrauwen op. "Dikdiks?"

"Kleine antilopen. Wil je een dickpic zien?"

Lachend stemt hij in, dus ik pak mijn telefoon en laat hem een foto zien. "Dat zijn Bean en Buzz."

"Heel schattig," zegt hij. "Wie is wie?

"Buzz is de geile met hoorns — in elke zin van het woord."

Zijn ogen krijgen rimpeltjes in de hoeken. "Je moet je liefde voor dieren van je ouders hebben gekregen."

"Ik heb er nooit over nagedacht, maar misschien heb je gelijk."

Terwijl ik praat en naar zijn gezicht kijk, voel ik dat we weer naar elkaar toe getrokken worden. Mijn ademhaling versnelt, mijn huid prikkelt van de hitte, en het kost me moeite om niet naar hem toe te zwieren.

Oliver lijkt een soortgelijke strijd in zichzelf te voeren, maar dan redt Tofu de dag door een scheet te laten. Heel hard. Dan, voor het geval dat nog niet genoeg was, gaat hij voor een grote boodschap.

Hé, dat is beter dan een koude douche.

Oliver bukt zich en pakt het met een zakje op, waardoor ik me de wijze woorden van Jerry Seinfeld herinner: "Honden zijn de leiders van de planeet. Als je twee levensvormen ziet, waarvan de een poept en de ander het voor hem draagt, wie denk je dan dat de leiding heeft?"

"Dit hier is de reden waarom octopussen honden als de beste vriend van de mens zouden moeten vervangen," zeg ik als Oliver weer begint te lopen, met de poep achter zich aan.

Hij haalt zijn schouders op. "Houdt me nederig."

"Goed punt. Misschien zou de wereld een betere

plek zijn als meer mannen door hun worstjes werden vernederd."

Hij lacht. "Nou, nu Tofu heeft bereikt wat we wilden doen, kunnen we maar beter naar huis gaan."

Ik ben het ermee eens en we keren terug.

"Ik heb gehoord dat je morgen een rondleiding gaat geven," zegt hij.

Ik knik. "Ik vind het eerlijk gezegd een beetje eng. Zou je me willen vertellen wat je van het script vindt dat ik heb bedacht?"

"Tuurlijk. Ga je gang."

Terwijl ik hem vertel wat ik van plan ben om te zeggen en in welke volgorde ik de exposities zal laten zien, bereiken we het huis van mijn grootouders.

"Dat is perfect," zegt Oliver. "Goed gedaan."

Mijn borst wordt helemaal zweverig en de piranha's in mijn buik gaan er weer tegenaan.

"Ik denk dat we hier gedag zeggen," zeg ik, terwijl ik slik en naar hem staar, naar zijn volle, zachte lippen in die warme, goedkeurende glimlach. Ik wil ze met mijn vinger aanraken, dan die vinger likken en dan mijn eigen lippen gebruiken om —

Nee. Moet tegen de aantrekkingskracht vechten.

"Ja." Zijn blik is op dezelfde manier aan mijn mond gekluisterd. "Veel succes, morgen."

Een verblindende straal van een zaklamp raakt mijn ogen.

"Kappertje, valt iemand je lastig?" roept opa vanaf de voordeur.

"Nee!" schreeuw ik terug. "Ik ben gewoon met Oliver aan het praten."

Opa komt dichterbij en ik realiseer me dat hij ook een jachtgeweer heeft.

"Dit is mijn teken om te gaan," zegt Oliver, terwijl hij behoedzaam naar het wapen kijkt.

Ik werp hem een berouwvolle grijns toe. "Welterusten."

"Tot later, kelpkoppie." Oliver pakt Tofu op en loopt naar zijn huis.

Ik haast me naar een verontschuldigend kijkende opa.

"Het was niet mijn bedoeling om je vriendje weg te jagen," zegt hij. "We hebben net een bericht van Blue gekregen en —"

Ik blijf waar ik ben. "Wat voor bericht?"

"Je kunt beter zelf met haar praten."

"Prima." Ik haast me terug naar binnen en zoek mijn telefoon.

Ik heb twee gemiste videogesprekken en een app van Blue:

Brett heeft een kaartje naar Florida gekocht. Zijn vlucht is morgen, en het vliegveld is naar mijn smaak te dicht bij Palm Pilot.

Fuck. Brett is mijn vreselijke ex, en Palm Pilot is hoe Blue Palm Islet noemt, de stad waar ik ben.

Tegen de hoop in dat ik iets verkeerd begrepen heb, videobel ik mijn zus terug.

"Hé," zegt ze. "Heb je mijn bericht ontvangen?"

"Ja. Hoe weet je dat hij hierheen vliegt?"

Ze vermijdt het om naar de camera te kijken. "Ik houd hem in de gaten sinds ik dat straatverbod namens jou heb ingediend."

Als ze denkt dat ik boos ben over de bemoeienis, dan heeft ze het mis. De klootzak had Blue voor mij aangezien toen hij dronken was en hij had haar fysiek aangevallen. Gelukkig eindigde het ermee dat hij een schop onder zijn kont had gekregen en met de politie in aanraking was gekomen. Dat hij gewelddadig was geworden, was voor mij geen grote verrassing. Toen we samen waren, was de mishandeling psychologisch geweest, maar tegen de tijd dat ik hem verliet, had ik het vermoeden dat hij tot veel erger in staat was.

"Zal je het weten als hij het straatverbod overtreedt?" fluister ik.

Ze knikt, haar ogen glinsteren. "Vergeet dertig meter. Als hij ook maar binnen vijftien kilometer van je komt, dan laat ik het je meteen weten."

"Bedankt." Ik hang de telefoon op, vertel opa dat ik met Blue heb gesproken en ga naar de logeerkamer.

Ik weet niet zeker of het het nieuws is over mijn ex of het ontbreken van Beaky in de kamer, maar ik heb weer moeite met slapen.

HOOFDSTUK
Zestien

Na een onrustige nacht word ik laat wakker en moet ik me haasten om niet te laat te komen voor de rondleiding.

Halverwege Sealand realiseer ik me dat ik mijn telefoon thuis heb laten liggen.

Higgins oogparelmossel! Als ik nu terug zou gaan, dan zou ik de bezoekers zeker teleurstellen, en dat kan gevolgen hebben voor het werk. In plaats van om te draaien, trap ik het gaspedaal in.

Als ik bij de ontmoetingsplek aankom, staan de gasten voor de rondleiding al ongeduldig op me te wachten.

"Hallo, mensen," zeg ik zo opgewekt mogelijk. "Sorry voor de kleine vertraging. Laten we naar onze octopus gaan. Hij is gisteren pas bij Sealand gekomen, dus jullie zullen de eerste groep zijn die hem ziet."

Beaky's nieuwheid zorgt ervoor dat sommige gezichten opfleuren, en dat is waar ik op hoopte.

"Waar kom jullie vandaan?" vraag ik terwijl we lopen. Iedereen beantwoordt de vraag om de beurt en ze worden nog enthousiaster tegen me, wat eens te meer bewijst hoe graag mensen over zichzelf praten.

Als we Beaky's leefgebied binnengaan, lijkt hij opgewonden te zijn om me te zien — zo interpreteer ik zijn felrode kleur en gespreide armen tenminste.

Zijn deze aanbidders hier om ons te eren, Hogepriesteres, of zijn ze amusement?

"Wat een griezelig wezen," zegt een dame met een kleine Yorkshire terriër in haar handen.

"Ja," mompelt haar vriend. "Lelijke klootzak."

Ze waaiert zichzelf theatraal wat koelte toe. "Hij wil Nacho opeten."

"Nee, dat wil hij niet," lieg ik. Als kleine Nacho een duik in de tank zou nemen, dan zou hij binnen drie hartslagen in Beaky's snavel terechtkomen.

"Ik weet deze dingen," zegt ze. "Ik ben een helderziende voor huisdieren."

Oh, tuurlijk. Tijdens de introductie had ze gezegd ze dat zij en haar vriend uit Cassadaga, Florida kwamen, wat 'de helderziende hoofdstad van de wereld' is.

Beaky kijkt van de hond naar zijn baasje.

Heidenen. Alleen de machtige Cthulhu heeft paranormale krachten, niet zomaar een vleeszak zoals jij. Als je echt onze gedachten zou kunnen lezen, dan zou je die lekkere hap in de Tank gooien en smekend voor ons buigen.

Ik dwing mezelf om naar het Cassadaga-paar te glimlachen en in mijn verhaal over te gaan met, "Je krachten moeten erg sterk zijn. Een octopus heeft negen geesten om te lezen."

Iedereen behalve de paranormaal begaafde dame en haar vriend grinnikt, en ik praat over octopussen tot ik een paar ogen zie die glazig worden.

"De otters zijn nu aan de beurt," zeg ik, en dat wordt enthousiast begroet.

Als we bij Otteraction aankomen, is Dex daar die taco's aan het eten is voor de lunch. Terwijl ik de toespraak voor de rondleiding begin, blijft hij respectvol stil, waardoor ik het verhaal kan sturen.

"Otters zijn zo schattig," zegt de helderziende dame als ik vraag of iemand nog vragen heeft. Ze legt een vinger op haar slaap à la Professor X. "Ze sturen me hun gedachten." Haar stem klinkt hoger als ze aankondigt, "'We willen met Nacho spelen.'"

"Ik ben bang dat ze Nacho eerder op zullen eten dan met hem spelen," zeg ik.

"Maar Nacho wil met *hen* spelen," zegt ze.

Dex schraapt zijn keel. "Houd uw hond alstublieft uit de buurt van de otters. Het zijn roofdieren en ze eten alles wat ze kunnen overweldigen, inclusief bevers, wasberen, bijtschildpadden, slangen en zelfs kleine alligators. Nacho zou voor hen zijn zoals deze taco voor mij is." Hij hapt in zijn taco, en de helderziende dame verbleekt.

"Zullen we de dolfijnen gaan bezoeken?" zeg ik snel.

Ik erger me er een beetje aan hoe goed die ontwijking werkt. Bij het woord 'dolfijnen' lichten de ogen van iedereen opgewonden op, zelfs die van Nacho.

Aruba is er niet als we bij de dolfijnenpoel komen, bedankt Cthulhu.

Ik begin met het voorstellen van de dolfijnen, en als ik bij Hopper, de favoriet van Aruba, aankom, springt hij tot ieders vreugde uit het water.

Ik geef het niet graag toe, maar dolfijnen maken mijn werk als gids heel gemakkelijk. Mijn lezing gaat heel goed... tenminste, totdat er een luid geblaf klinkt, gevolgd door een plons.

"Help," roept de helderziende dame. "Nacho is in het water gesprongen!"

HOOFDSTUK
Zeventien

ANTENNEBAARSJE KLOOTZAK. De hond is gewoon met de dolfijnen aan het zwemmen — en als niemand iets doet, dan slaapt hij misschien binnenkort met de vissen.

Voordat ik een zet kan doen, springt het vriendje van de helderziende in het water.

Waarom, Cthulhu, waarom? De kop van morgen zal zijn: "Man uit Florida snijdt de maag van een dolfijn open om overleden hond terug te halen" — en het zal onder mijn hoede gebeurd zijn.

Hopper tjilpt luid en zwemt in de richting van de hond.

"Hij wil Nacho opeten," roept de helderziende dame hysterisch.

"Ze zijn goed gevoed," zeg ik, in de hoop dat ik gelijk heb. "Ik betwijfel dat ze —"

Mijn punt valt in het niet als de man de hond grijpt en hem aan zijn vriendin overhandigd.

Oef. Een tragedie afgewend.

Of misschien niet.

Terwijl het vriendje naar de ladder zwemt die uit het zwembad komt, torpedeert Hopper naar voren en grijpt hem bij zijn broek.

Serieus, Cthulhu?

"Ze ruikt een piemel in het water," roept de helderziende. "Blijf uit de buurt van mijn man!"

Gaat dat niet om haaien en bloed? Hoe dan ook, ik ben bang dat ze niet ver van de waarheid zit, en de kop waar ik bang voor ben, wordt: "Dolfijn bestijgt man in Florida tijdens Sealand-rondleiding" — een nog erger ding om onder mijn hoede te gebeuren.

"Het is goed! Hopper wil gewoon zijn riem," roept Aruba. Ze moet net terug zijn van de lunch.

De riem, die door de dolfijn van de broek is losgemaakt, zakt naar de bodem, maar de dolfijn trekt weer aan de broek. De broek en het ondergoed dat de arme man draagt, glijden uit, waardoor zijn bleke, puistige kont te zien is.

Oh, karper.

Staat de dolfijn op het punt seksueel agressief te worden?

Het lijkt er wel op. Hopper duikt niet naar de riem. Hij wil duidelijk nog iets van de mens.

"Ze heeft een piemel!" roept de helderziende, verwoed naar Hopper wijzend.

Cthulhu help ons. Dat enorme ding waar ze naar wijst, is inderdaad de penis van de dolfijn. Vrouwelijke dolfijnen hebben echt labyrintische voortplantingsorganen, dus de mannetjes hebben een zogenaamde 'grijppenis'. Zeer handig, hij kan draaien, grijpen en tasten als een menselijke hand. Dolfijnen copuleren voor hun plezier (zoals mensen) en kunnen meerdere keren per uur ejaculeren (in tegenstelling tot iedereen, op een paar zeer gelukkige mensen na).

Wat moet ik doen?

Misschien kan Aruba een van de vrouwelijke dolfijnen overhalen om het over te nemen? Of een mannelijke? Dat doen ze soms.

Mijn verwoede blik valt op een drijflichaam en ik pak het vast.

"Hier." Ik gooi het naar de man, die in paniek naast de dartele dolfijn ligt te spartelen. "Pak vast en laat je niet door hem mee onder water slepen."

"Dat zou Hopper nooit doen," roept Aruba uit en ze blaast boos op haar fluitje.

Er gebeuren twee dingen tegelijk. De man grijpt het apparaat en zwemt verwoed naar de ladder, en Hopper zwemt naar Aruba, door de belofte van een traktatie afgeleid van wat hij op het punt stond om te doen.

Aruba beweegt als een ninja en gooit Hopper een vis toe terwijl ik de trillende man uit het zwembad help.

Hopper, die zijn vis eet, ziet er zo gelukkig uit als een zwanenhalsmossel. Ik denk dat hij honger had. Nacho heeft geluk gehad. Dat geldt ook voor het arme vriendje van de helderziende. Gezien wat er had kunnen gebeuren, zou de dolfijn de naam Wipper moeten krijgen, maar ik hou dit voor mezelf, anders zou Aruba mij naar hem kunnen gooien in plaats van de volgende vis.

"We gaan weg," zegt de helderziende dame verontwaardigd. "En we komen nooit meer terug."

Aruba en ik wisselen blikken in een voor ons zeldzame overeenstemming. "Opgeruimd staat netjes," mompelt ze binnensmonds.

Ik hervat de rondleiding en de dingen zijn gelukkig rustig totdat we bij de lamantijnen komen, en dat is wanneer Oliver zich bij ons voegt.

Karper. Is hij hier om me vanwege het dolfijnendebacle te ontslaan? Het was niet mijn schuld, maar —

"Let niet op mij," zegt Oliver tegen de menigte. "Ik wil gewoon dit deel van de rondleiding horen."

Oh, hij wil me over de lamantijnen horen praten. Klinkt logisch.

Ik begin. Zijn ogen lichten op en blijven de hele tijd branden, hoewel hetzelfde niet van de rest van de mensen van de rondleiding kan worden gezegd.

In hun verdediging kan geen enkel lamantijnfeit beter zijn dan wat ze zojuist bij de dolfijnenexpositie hebben gezien.

"Geweldig gedaan," zegt Oliver als ik klaar ben. Hij klapt langzaam.

De rest de mensen nemen zijn geklap over, maar waarschijnlijk vanwege sociale druk.

Ik buig toch. "Dat is het einde van de rondleiding,

mensen. Heel erg bedankt voor jullie bezoek aan Sealand."

Iedereen verspreidt zich terwijl Oliver naar me toeloopt en naar me glimlacht. "Ik meen het. Je hebt het geweldig gedaan."

Daarmee schrijdt hij weg, mij met een gescheurde eierstok achterlatend.

Ik kijk naar Betsy, wiens blik een stuk minder chagrijnig is dan de laatste keer dat ik naar haar keek.

Prima. Als je hem zo graag wil, dan is hij van jou. Mijn nieuwe liefje is Jason Momoa.

Mijn maag rommelt, dus ik ga lunchen. Daarna werk ik bij het lamantijnenverblijf in de hoop Oliver weer tegen te komen, maar hij komt niet.

Ach ja. Misschien is dit maar beter.

Hij is nog steeds mijn baas.

Om stipt vijf uur ga ik naar huis.

Nadat ik de auto heb geparkeerd, loop ik de oprit af om de nu lege vuilnisbak binnen te halen. Terwijl ik ermee naar de garage rijd, realiseer ik me dat ik een strategische fout heb gemaakt. Als ik hiermee had gewacht tot de tijd dat ik Oliver gisteravond ontmoette, had ik 'hem tegen het lijf kunnen lopen' en zou Tofu 'me hebben geteld' en zouden we nog een wandeling samen hebben gemaakt.

Nogmaals, ach ja. En nogmaals, misschien maar beter.

Een geritsel vanuit nabijgelegen struiken trekt mijn aandacht.

Dit is Florida, dus het kan een wild zwijn, een slang, een wasbeer of een alligator zijn.

Wanneer de werkelijke bron van het geluid zich openbaart, springt mijn hartslag omhoog en blijf ik op mijn plaats staan.

Dit is zoveel erger dan welk wild dier dan ook.

Het is mijn ex-vriend, Brett.

HOOFDSTUK
Achttien

Een orkaan van onaangename emoties komt aan land bij het zien van zijn gevreesde gezicht.

We hebben vier maanden iets met elkaar gehad, waarvan er drie best goed waren, maar toen werd hij bezitterig en overheersend — wat, tot mijn schande, niet de reden was waarom ik het met hem uitmaakte. De laatste druppel was toen ik hem betrapte op vreemdgaan.

"Hoi schat," zegt hij lijzig, terwijl hij zijn hand door zijn korte donkere haar haalt.

Ugh. Ik kan niet geloven dat ik hem ooit aantrekkelijk heb gevonden. Wetende wat ik nu weet, doet hij me aan een ziekelijke opsanus tau denken.

"'Hoi schat?'" Ik kijk hem boos aan. "Je valt mijn zus aan, overtreedt je straatverbod, en je zegt 'hoi, schat' tegen me?"

Zijn neusvleugels trillen. "Ik wil gewoon praten."

"Er is voor ons niets om over te praten."

Hij komt op me af en ik ruik alcohol in zijn adem.

Niet goed. Toen hij Blue aanviel, zei ze dat hij dronken was.

"Kunnen we niet gewoon praten?" zegt hij, en nu ik weet waar ik op moet letten, klinkt zijn spraak onduidelijk.

Mijn hartslag schiet verder omhoog en ik wou dat ik opa's advies over het dragen van een pistool had opgevolgd. "Alsjeblieft, Brett. Ik wil dat je weggaat."

Hij leunt naar voren. "Ik ga nergens heen totdat je naar me hebt geluisterd."

Ik ga achteruit. "Als je nu niet weggaat, dan krijg je nog meer problemen."

Hij knijpt zijn ogen tot spleetjes. "Bedreig je me?"

Ik doe nog een stap terug. "Breek je niet je borgvoorwaarden door hier te zijn?"

Hij komt weer op me af.

Oké, ik denk dat ik ga vluchten.

Ik draai me om — net op tijd om een Tesla een paar meter verderop met gierende banden tot stilstand te zien komen.

Ik knipper met mijn ogen terwijl Oliver uit het voertuig springt.

Voordat ik me kan afvragen hoe en waarom hij hier is, staat hij al tussen mij en Brett in.

"Wie ben jij verdomme?" vraagt Brett gemeen.

Oliver balt zijn handen tot vuisten. "Je hebt drie seconden om te vertrekken. Eén."

"Fuck you." Brett zet een dreigende stap in de richting van Oliver.

Ziet hij de moorddadige glinstering in Olivers ogen niet?

Als je iemand vermoordt, ben je dan nog veganist? Waarschijnlijk, zolang je het lichaam daarna niet kannibaliseert. Bovendien is Oliver veganist om milieuredenen, dus hij zou Brett kunnen vermoorden en zichzelf wijs kunnen maken dat hij zijn ecologische voetafdruk heeft verkleind.

"Twee," gromt Oliver.

Brett kijkt hem honend aan.

Idioot. Ziet hij niet dat Oliver gespierder is? Ik dacht altijd dat Brett een mooi lichaam had, lang en slank, maar Oliver laat hem er als een glibberige paling uitzien.

Er gebeuren twee dingen tegelijk.

Oliver zegt, "Drie" en Brett zwaait met zijn vuist.

Een adrenalinestoot doet me naar adem snakken.

Oliver ontwijkt Bretts aanval en slaat een vuist tegen Bretts neus.

Brett kreunt en strompelt terug. Bloed gutst uit zijn neus, maar hij lijkt nog steeds klaar te staan om aan te vallen. Wat een karperende idioot. Dat, of hij is echt heel dom als hij dronken is.

Ik weet niet wat ik moet doen, maar dan bereikt een schel geluid vanuit de verte mijn gehoor.

Een politiesirene?

Dat moet zo zijn, en ik maak me zorgen dat Oliver in de problemen zal komen met de politie. Ik ben geen advocaat, maar op de middelbare school zouden beide partijen die betrokken zijn bij een gevecht na moeten blijven, dus ik denk dat hetzelfde voor volwassenen zou kunnen gelden.

Brett grijpt zijn neus vast, draait zich op zijn hielen om en begint te rennen.

Oef. Hij moet de sirene ook hebben gehoord — of hij begreep eindelijk dat hij op het punt stond om opnieuw een schop onder zijn kont te krijgen.

Ik ren naar Oliver en bekijk hem. "Gaat het met je?"

Behalve dat hij er veel te lekker uitziet, lijkt er niets met hem aan de hand te zijn.

Hij grijpt mijn schouders vast, zijn cyaankleurige blik dwaalt over mijn lichaam. "Heeft hij je pijn gedaan?"

"Nee, nee. Wat doe je hier? Hoe wist je — "

Olivers telefoon gaat. "Het spijt me," zegt hij en laat me los om het op te nemen.

Een telefoontje op een moment als dit? Wie —

"Hoi, Blue," zegt Oliver.

Blue? Zoals in mijn zus?

"Ja, ik was hier net op tijd, maar de klootzak rende weg voordat de politie arriveerde."

Ik kijk Oliver aan terwijl hij de telefoon ophangt.

"Je zus was naar je op zoek, maar ze kon je niet bereiken," zegt hij, waarmee hij mijn ontluikende vermoeden bevestigt.

"Oh ja," mompel ik. "Ik ben vandaag mijn telefoon thuis vergeten."

"Dat had ze vrij snel in de gaten," zegt hij. "Ze heeft Sealand gebeld om met je in contact te komen. Omdat je al weg was, vroeg ik of ik kon helpen, en ze vertelde

175

me dat je ex een gevaarlijke stalker is en dat ze hem naar het huis van je grootouders had gevolgd. Het spijt me dat ik er niet eerder was."

Ik wrijf over mijn slapen. "Je was er op tijd. Ik weet niet hoe ik je moet bedanken."

Voordat hij kan antwoorden, stopt er een auto met loeiende sirenes naast de oprit, er staat het woord 'Sheriff' op de zijkant geschreven.

De sheriffs (of zijn het agenten of officieren?) komen naar buiten met getrokken wapens.

"Hij is die kant opgerend." Ik wijs naar het noorden. "Ik weet niet zeker of je hem te pakken kunt krijgen."

Ze doen hun wapens in de holster. "Bij elke uitgang van de gemeenschap staat een auto te wachten," zegt een van de agenten. "We pakken hem wel."

Ik knipper naar hem. "Ik wist niet dat jullie zoveel mankracht hadden, gezien de grootte van de stad en de lage misdaadcijfers en zo."

De agent haalt zijn schouders op. "Een of andere hoge piet in New York heeft de sheriff om een gunst gevraagd. Blijkbaar is hier een gevaarlijke voortvluchtige gesignaleerd." Hij laat me een foto van Brett zien. "Dit is de man, toch?"

"Ja, dat is degene die weg is gerend," zeg ik, terwijl ik me afvraag over welke hoge piet hij het heeft. Heeft Blue aan wat touwtjes getrokken, of is *zij* de hoge piet?

Er stopt een andere auto en mijn grootouders springen eruit, met opa die heel voorspelbaar een jachtgeweer vasthoudt.

"Meneer, ik ga u vragen om dat op te bergen," zegt de agent tegen opa.

Opa doet wat hem is opgedragen, en dan bestoken hij en oma iedereen met een miljoen vragen.

"Ik ben zo terug," zeg ik. "Ik moet mijn telefoon checken."

Ik laat ze allemaal praten en ga naar binnen.

Als ik mijn telefoon vind, zie ik een miljoen berichten. De meeste zijn van Blue, maar sommige zijn van Lemon (Blue probeerde me via haar te bereiken) en mama (om dezelfde reden).

Ik bel iedereen en zeg dat alles in orde is.

Als ik weer naar buiten kom, is de politieauto weg en bedanken oma en opa Oliver voor zijn hulp.

"Het spijt me heel erg, Kappertje," zegt opa als hij me ziet. "We waren bij onze dansles en onze telefoons stonden uit, dus we wisten niet dat Blue had gebeld om je te zoeken."

Oma trekt aan zijn mouw. "We moeten gaan."

"Gaan?" Opa kijkt haar aan alsof er ogen als een sterrenkijker op haar kruin gegroeid zijn.

Oma werpt een scherpe blik op Oliver. "Er is die tekenfilm die we wilden zien, weet je nog?"

Gaat ze in het bijzijn van mijn baas over tentakelporno praten?

Opa knikt theatraal. "Juist. Juist. De hentai. Laten we gaan." Hij kijkt naar mij en Oliver. "Veel plezier, kinderen."

Olivers ogen krijgen rimpeltjes als hij ze ziet vertrekken, maar als hij zich omdraait om naar mij te kijken, is zijn uitdrukking ernstig. "Hoe gaat het met je?" vraagt hij rustig.

Ik zucht. "Ik ben een beetje verdoofd, om eerlijk te zijn."

Hij kijkt in de richting waarin Brett rende voordat hij zich omdraait om me aan te kijken. "Wil je erover praten?"

Ik ontwijk zijn blik. "Dat was mijn ex."

Hij wacht geduldig, en om de een of andere bizarre reden vertel ik hem het hele lelijke verhaal — hoe ik Brett bij mijn laatste baan had ontmoet, hoe de dingen goed begonnen, maar al snel een slechte wending hadden genomen, met als hoogtepunt het vreemdgaan. Wat ik niet benoem, zijn de delen waarin Brett me vertelde wat ik moest doen en zelfs wat ik moest dragen — en dat ik als een idioot naar hem luisterde. Soms zou ik willen dat ik in een tijdmachine kon stappen, terug in de tijd kon gaan en Brett in zijn ballen kon schoppen in plaats van me door hem te laten beheersen.

"Toen ik hem verliet, liet hij me Beaky niet meenemen, en daarvoor had hij een hekel aan Beaky," zeg ik tot besluit.

Olivers handen ballen en ontspannen zich langs zijn zij. "Ik had die klootzak in zijn zak moeten slaan."

Huh. Grote geesten denken hetzelfde.

"Het spijt me heel erg dat je dat door hebt moeten maken," vervolgt hij met een gespannen stem.

"Hé, het was niet jouw schuld," zeg ik. Voorzichtig

vraag ik, "Hoe zit het met jou? Wat was jouw slechtste relatie?"

Ik weet een beetje over zijn datinggeschiedenis dankzij de roddels van Dex, maar ik wil het uit de mooie mond van de bron horen.

Even denk ik dat hij zich zal herinneren dat hij mijn werkgever is en dat zijn liefdesleven mijn zaken niet zijn, maar tot mijn verbazing zegt hij, "Haar naam was — ik bedoel is — Brooke." Hij zucht. "We hadden een jaar een relatie voordat ik haar overhaalde om samen met mij Sealand te beginnen. Het heeft heel veel moeite gekost om het van de grond te krijgen, en naarmate de tijd verstreek, kreeg ze er een hekel aan hoe toegewijd ik aan de plek was en dat ik niet zoveel tijd voor haar had." Zijn gelaatstrekken worden nog strakker. "Om me terug te pakken, is ze met een belangrijke wetenschapper naar bed geweest, waardoor de hele onderneming bijna uit elkaar is gevallen."

Door de pijn in zijn ogen voelt mijn hart als een octopus die door een klein gaatje probeert te ontsnappen. "Dat is vreselijk," zeg ik zacht. "Je ex klinkt als een koekjessnijder-haai."

Hij grijpt mijn hand, zijn vingers warm om de mijne. Zijn ogen zijn ernstig op mijn gezicht gericht. "En die van jou is als een piraatbaars."

Warmte verspreidt zich door me heen als ik in zijn hand knijp. "Een goudbrasem."

De kleinste zweem van een glimlach raakt zijn ogen. "Een bloater?"

"Nee. De Hawaïaanse staatsvis – hoewel ik het niet uit kan spreken."

"Humuhumunukunukuāpuaʻa," zegt hij moeiteloos.

"Wauw." Ik staar hem aan. "Je bent *echt* goed met je tong."

Zijn blik wordt warm en zijn vingers klemmen zich verder om de mijne. "Je hebt geen idee wat ik met mijn tong kan doen."

Heilige karper. Ik stel me zijn tong voor op mijn parel, en mijn eileiders zijn in een octopus veranderd.

Mijn hart bonst als een gek, en voordat ik er beter over na kan denken, flap ik eruit, "Laat het me zien."

Zijn ogen fonkelen, het cyaan wordt donkerder tot de kleur van een door storm geteisterde oceaan, en zonder verder oponthoud trekt hij me tegen zich aan, terwijl hij mijn mond opeist in een kus die zo verschroeiend is als een onderzeese vulkaan.

Ik duw me tegen hem aan, mijn zachte delen vormen zich tegen zijn hardheid. Zijn lippen zijn zo zacht en heerlijk als ik me herinner, zijn tong streelt hongerig over elk gevoelig oppervlak in mijn mond, zijn grote handen dwalen over mijn rug, mijn heupen, mijn kont. Ik voel mezelf oplossen, in hem opgaan, en de wereld om ons heen verdwijnt.

Bijna.

Ik denk dat ik vlakbij een auto hoor stoppen. Dat, of de koortsachtige hitte die in me woedt laat me hallucineren.

Oliver trekt zijn lippen weg en ademt zwaar terwijl hij gefrustreerd over mijn schouder kijkt.

Karper.

De vervloekte auto is echt en er komt een schaapachtig uitziende Lemon uit, gevolgd door een onberouwvolle Fabio.

"Waarom ben je gestopt?" vraagt Fabio terwijl de taxi wegrijdt. "Ga door met tongen —"

Lemon stompt Fabio tegen zijn schouder, en hij gilt van de pijn.

"Grenzen," zegt ze wijs.

Fabio knijpt zijn ogen tot spleetjes. "Sla me nog een keer, en ik zal —"

"Ik moet gaan," zegt Oliver en hij gaat achteruit.

Ik raak mijn gezwollen lippen aan, mijn hand onvast. "Zie ik je morgen?"

Hij antwoordt niet, omdat hij al weg is.

Grr.

Ik heb mijn baas gekust. Deze keer wetende dat hij mijn baas is.

Wat dacht ik in vredesnaam?

Maar hij kuste me terug.

Wat dacht *hij* in vredesnaam?

Ik geef de adrenaline en de rudimentaire instincten van die geile holbewoner voorouders van me de schuld. Oliver voor me zien vechten was enorm opwindend, ook al had het niet zo moeten zijn.

"Sorry voor het bederven van de pret," zegt Lemon ineenkrimpend.

Ik adem uit. "Je hebt waarschijnlijk mijn baan gered."

Fabio rolt met zijn ogen. "Hoe?"

181

"Ik werk nog steeds voor hem, en hij heeft iets met daten met collega's."

Fabio staat op het punt om een discussie te voeren, maar mijn telefoon gaat. "Het is Blue," zeg ik terwijl ik opneem.

"De politie heeft die klootzak niet gepakt," ratelt Blue zonder hallo te zeggen.

"Niet?" Ik kijk om me heen, voor het geval Brett op het punt staat om weer uit de struiken te springen.

"Nee, maar ik ben er vrij zeker van dat hij niet meer in je gemeenschap is."

Ik frons. "Vrij zeker?"

Blue zucht. "Hij heeft zijn telefoon een paar kilometer van jouw locatie weggegooid. Hij moet zich gerealiseerd hebben dat ik hem zo heb gevolgd."

Ik knijp iets te hard in mijn telefoon. "Kun je hem niet meer volgen?"

Ze gnuift. "Voor nu. Maak je geen zorgen, ik vind wel een manier."

Ik adem een diepe adem uit waarvan ik niet wist dat ik die inhield. Als de NSA Brett zou kunnen vinden, dan kan Blue dat ook. Mijn zus is als Big Brother — ze ziet alles.

"Blijf in contact," zeg ik. "Ik moet met Lemon en Fabio afrekenen."

"Tot later," zegt Blue.

Ik hang op terwijl Fabio een wenkbrauw optrekt. "Met ons afrekenen?"

Met een gnuif sleep ik hem en Lemon naar binnen — voor het geval Brett slim genoeg is geweest om Blue voor de gek te houden, hoe moeilijk dat ook voor te stellen is.

Tijdens het eten informeer ik ze over alles, en ze vertellen me over hun plannen voor morgen — een reis naar Miami, waar ze tot overmorgen blijven.

Als ik naar bed ga, kan ik alleen maar aan Oliver en die kus denken. Aangezien Lemon in de buurt is, zorg ik niet voor het opbouwen van seksuele druk — wat het beste is. Waarschijnlijk.

Een enkele vraag dwarrelt door mijn hoofd terwijl ik in slaap val.

Wat zal er gebeuren als ik Oliver morgen op het werk zie?

HOOFDSTUK
Negentien

Ik werk het grootste deel van de volgende dag bij het verblijf van de lamantijnen en rond vier uur 's middags wordt het beloond, wanneer ik Oliver 'per ongeluk' tegenkom.

"Hoi," zegt hij als hij me ziet.

Hij ziet er net zo overheerlijk uit als altijd, maar er is spanning in zijn schouders en een behoedzame uitdrukking op zijn gezicht te zien. Erger nog, hij haast zich niet naar me toe om me te kussen — iets wat een deel van me echt had gehoopt dat er vandaag zou gebeuren.

"Hoi," zeg ik met alle nonchalance die ik kan. "Ben je hier om Betsy te bezoeken?"

Hij knikt en werpt een blik op mijn ronde rivaal. "Dankzij jou gaat het zoveel beter met haar."

Ik grijns. "Misschien kun je nu stoppen met je druk te maken over haar en op andere dieren letten?"

"Geweldig idee," zegt hij. "Ik zal eens bij de otters gaan kijken."

Hij draait zich om en loopt weg. Ik staar hem na, niet zeker of ik boos of opgelucht moet zijn dat hij de zaken professioneel houdt.

———

Terwijl ik naar huis rijd, vraag ik me af hoe hij zou reageren als we elkaar buiten het werk zouden zien.

Zou hij me dan kussen?

Jammer dat het vandaag geen vuilnisdag is, anders zou ik de vuilnisbakken buiten kunnen zetten terwijl hij Tofu aan het uitlaten is — ervan uitgaande dat ik de timing goed zou kunnen krijgen.

Om ervoor te zorgen dat ik hem niet mis als het wel vuilnisdag is, zet ik een alarm op mijn telefoon.

Ik ben absoluut geen stalker. Ik zweer het.

Hier is echter een idee: misschien moet ik in plaats daarvan de post gaan halen?

Als ik de oprit van mijn grootouders oprijd, staat daar een onbekende auto geparkeerd, naast een andere waarvan mijn hartslag sneller gaat.

Een Tesla.

Zijn Tesla.

Hebben mijn grootouders hem voor nog een diner uitgenodigd?

Ik parkeer en ren naar de woonkamer, maar kom piepend tot stilstand.

Ik had gelijk dat Oliver er was, maar ik was

vergeten om me af te vragen van wie de andere auto was, en nu ik het weet, is het een ramp van blauwe vinvis-proporties.

Mijn ouders zijn hier.

Ja, mijn ouders.

Maar het wordt nog erger.

Om de een of andere reden zit pap Olivers oorlel te masseren.

Maar het wordt nog erger.

Papa's dunne paardenstaart is op de een of andere manier als een schierpaling om Olivers keel gewikkeld.

Maar het wordt nog erger.

Mam zit met onverholen lust naar mijn baas te staren, en als ze zijn vrije oorlel zou likken, dan zou ik niet in het minst verbaasd zijn.

"Mam, pap, wat doen jullie hier?" Mijn vraag klinkt als een gil.

Opa werpt papa een norse blik toe. "Iemand van de Hymans werd ziek en toen zijn ze hierheen gekomen. Gebeurt elke vakantie."

Hé, hij richt zijn wapen tenminste niet op papa, zoals hij dat tijdens Thanksgiving deed.

Mama knijpt haar ogen tot spleetjes naar haar vader. "We zijn gekomen om Olives vriend te ontmoeten."

"Hij is mijn vriendje niet," roep ik uit, terwijl ik Olivers blik schaapachtig ontmoet.

Zijn uitdrukking is onleesbaar.

Karper. Is hij boos?

"Waarom niet?" vraagt papa zonder Olivers oorlel

los te laten. "Liefde is heerlijk. Het enige wat je nodig hebt is —"

"Oliver is mijn baas," zeg ik. "Kun je nu alsjeblieft stoppen met hem aan te raken?"

Papa laat Olivers oorlel met tegenzin los. "Het oor is een microsysteem dat het hele lichaam vertegenwoordigt."

"Is dat zo?" Ik durf niet te vragen welk bungelend lichaamsdeel van Olivers anatomie hij bij het masseren van de oorlel dacht te strelen.

"Ja," zegt papa. "Oliver zei dat hij hoofdpijn had, dus ik bood aan om wat endorfine vrij te maken."

Ik denk dat het erger had gekund. Pijpen kan ook endorfine vrijmaken.

Zuchtend vraag ik, "Oliver, wil je een Tylenol?"

"Nee, dank je," zegt Oliver. "Ik voel me nu veel beter."

Papa kijkt me triomfantelijk aan. "Zie je wel? Auriculotherapie werkt echt."

Opa doet alsof hij het woord 'slangenolie' niest.

Papa trekt zijn paardenstaart weg van Olivers keel. "We zijn ook gekomen om er zeker van te zijn dat het gedoe met Brett het evenwicht van onze kleine niet heeft verstoord."

Mama rukt haar wellustige blik van Oliver vandaan en knikt enthousiast. "Die jongen krijgt een dezer dagen karmische gerechtigheid, wacht maar af."

Grr. Blue had ze niet moeten bellen. Ze maken zich al genoeg zorgen om me.

"Olive, waarom ga je niet zitten?" Oma gebaart naar een stoel naast Oliver. "Het eten wordt koud."

Ik ga zitten terwijl iedereen iets van de tafel pakt.

Nu ik weet dat Oliver veganist is, zijn zijn keuzes logischer. Hij gaat voor het voorgerecht met geroosterde pinda's, de gepureerde yams met kruiden en een gerecht dat ik niet ken met veel saus.

Ik kopieer Oliver, probeer het onbekende gerecht en kreun per ongeluk van genot. "Oma, wat is dit?"

Oma grijnst naar Oliver. "Wil je haar vertellen wat je hebt meegebracht?"

Oliver knikt. "Dat is zoetzure tofu."

Mama geeft papa een elleboog en fluistert heel hard, "Hij kan ook koken. Voeg daar nog regelmatige orgasmes aan toe en hij zou de perfecte man zijn."

Is het te veel om te hopen dat Oliver dat niet heeft gehoord?

Nee. Dat moet hij hebben gehoord — die grijns is veelzeggend.

Ik proef de pinda's. Jammie. Een vleugje esdoorn en een beetje chipotle-hitte.

Oliver probeert ze ook, net als mijn ouders.

"Lekkere pinda's," zegt papa. "Ze doen me aan de Reese's Pieces brownies denken die we soms op de boerderij maken."

"Welke pinda's?" vraagt oma. Als ze het bord in kwestie ziet, worden haar ogen groot en wisselt ze een veelbetekenende blik met opa. Ze beweegt zich met verbazingwekkende opgewektheid voor haar leeftijd en grijpt het bord voordat iemand meer kan pakken.

"Die zijn misschien niet zo vers. Ik had ze niet neer moeten zetten."

Vreemd, maar ach.

"Dus, Oliver," zegt mama. "Heeft onze dochter je verteld dat Harry en ik dieren redden, net als jij?"

"Ja, Crystal, dat heeft ze gedaan," zegt Oliver. "Ik ben eigenlijk heel benieuwd naar jullie boerderij."

Mam begint hem alles over hun wezens te vertellen, terwijl ik het feit verwerk dat Oliver mijn ouders bij hun voornaam noemt. Hij knipperde niet toen ze 'Harry' zei, en hij noemde haar 'Crystal'. Waar hadden ze het nog meer over voordat ik aankwam? Ik vraag me af of Oliver een pokerface hield toen ze zich voorstelden. Crystal Hyman klinkt als een maagdelijk vlies waar iemand zich tijdens een ontmaagding aan zou kunnen snijden, terwijl Harry Hyman in feite de maagd van een gorilla is.

"Geven jullie rondleidingen?" vraagt Oliver. "Of werven jullie op andere manieren geld om de dieren te steunen?"

Karper. Ik weet wat er gaat komen.

"We hebben een baan," zegt papa. "Overdag ben ik een penetratietester... en vaak 's nachts."

Greep opa net naar zijn pistool?

Oliver trekt een wenkbrauw op. "Een penetratietester?"

Papa grijnst. "Het gaat om het binnendringen van computersystemen."

"Overdag," zegt mama. "'s Nachts gaat het om mij."

Als opa voor het pistool gaat, mag ik hem dan vragen om me uit mijn lijden te verlossen?

Olivers pokerface verdient op zijn minst een Oscar-nominatie. "En jij?" vraagt hij aan mijn moeder. "Zit jij ook in de computerwereld?"

"Nee," zegt ze. "Ik ben een kuikensekser."

Opa zucht.

"Klinkt dat niet als een leuke hobby?" vraagt pap.

Opa zit te knarsetanden en wil iets zeggen (of iemand neerschieten) als oma een hand op zijn schouder legt.

"Een kuikensekser scheidt kuikentjes in mannetjes en vrouwtjes," zegt oma sussend.

Opa gromt iets onverstaanbaars.

"Dat is een interessante baan," zegt Oliver. "Ik wed dat ze net zo moeilijk te onderscheiden zijn als vissen."

"Het was een tijdje een geweldige baan," zegt mama. "Maar de laatste tijd niet zo erg. Steeds meer broederijen maken gebruik van in-ovo sexing."

"Oh, lieverd," zegt oma. "Dat wist ik niet."

Papa knipoogt naar oma. "Maakt u zich geen zorgen, mevrouw Butchski. Ik zal uw dochter onderhouden."

Opa kijkt papa vandaag voor het eerst goedkeurend aan.

"Oh, ik zal wel een andere manier vinden om geld te verdienen," zegt mama zelfverzekerd. "Ik heb wat veeteelt gedaan op de boerderij en misschien ga ik mijn diensten aan anderen aanbieden."

Cthulhu, neem me. Ze vertelt een verhaal waardoor

ik altijd mijn hersenen via mijn oren wil bleken: hoe ze ooit ons varken Petunia als onderdeel van haar kunstmatige inseminatie tot een orgasme had gebracht.

"Het verhoogt de kans op biggen met zes procent," zegt mama. "Ik heb gehoord dat sommige verzorgers op grote boerderijen zich er niet prettig bij voelen om het te doen, dus ik zou een redelijk tarief kunnen vragen."

Jeetje. Orgasmes voor geld. Ik vraag me af wat er ouder is, landbouw of het oudste beroep ter wereld?

"Waarom laat je Oliver je niet wat toeristenvriendelijke ideeën geven," zegt opa, die duidelijk net zo graag van onderwerp wil veranderen als ik. "Hij heeft het voor Lemon en Fabio gedaan, en ze hebben het fantastisch."

Oliver speelt weer de gids, maar deze keer suggereert hij niet alleen attracties. Hij noemt ook enkele geweldig klinkende restaurants en de gerechten die je daar moet proberen.

"Wauw," zegt mama. "Bij sommige gerechten die je beschrijft, loopt het water me in de mond."

Daarmee pakt ze voor zichzelf een portie van elk gerecht op tafel.

Als ze gelijk heeft, dan heeft ze gelijk. Olivers beschrijvingen (of zijn het zijn lippen?) doen me ook watertanden, dus ik pak alle niet-zeevruchtenproducten. Papa volgt, net als Oliver; de laatste neemt alleen deel aan de veganistische voorgerechten.

Om wat voor reden dan ook wisselen oma en opa een schuldige blik uit.

"Jammie," zegt papa als hij Olivers zoetzure gerecht probeert. "Ik kan niet geloven dat het tofu is."

Oliver grijnst. "De truc is de saus."

Papa wrijft over zijn buik. "Doet me aan dikdik denken."

Ik stik bijna in mijn yams.

"Heb je een dikdik gegeten?" vraagt Oliver met grote ogen.

Het eten van je huisdier moet in zijn veganistische oren barbaars klinken... of in welke oren dan ook.

"Het is niet wat je denkt." Mama kijkt papa bestraffend aan. "Ze is eerst een natuurlijke dood gestorven."

Oliver kijkt van mama naar papa, waarschijnlijk in de hoop dat iemand zal zeggen dat het een grap is. "Ik weet niet zeker of dat het beter maakt," zegt hij na een pauze. "Is het überhaupt wel veilig?"

"Denk je dat het begint?" vraagt oma aan opa, maar hij zegt haar dat ze stil moet zijn.

"Als het dier niet ziek was, dan is het volkomen veilig om ze op te eten nadat ze zijn overleden," zegt papa. "Het is een manier om ze te eren."

Oliver staart naar papa. "Hen te eren?"

Papa slikt een knoedel heel door zonder te kauwen — een beetje zoals een dolfijn met een vis. "Sommige culturen aten hun overleden familieleden om dezelfde reden op. Bambi was als familie voor ons, en nu is ze een deel van ons lichaam. Welke grotere eer is er?"

Is het egoïstisch als ik bij dit alles blij ben dat ik de dikdik in kwestie nooit heb ontmoet?

Opa luistert naar dit alles en haalt een pistool tevoorschijn. Na een blik van oma verbergt hij het en kijkt hij mijn vader aan. "Als je er zelfs maar aan denkt om me op te eten nadat ik dood ben, dan zal ik voor klopgeest gaan spelen en je vervolgens neerschieten."

"Schat," fluistert oma door de zijkant van haar mond. "Je weet dat het de drugs zijn die praten."

Ik frons. "Welke drugs?"

Opa werpt oma een geërgerde blik toe. "Ze heeft nooit een geheim kunnen bewaren."

Mama kijkt naar oma. "Over welke drugs hebben jullie het? Harry en ik zijn volledig natuurlijk."

"Weet je nog dat je erop stond om me te helpen de tafel te dekken?" vraagt oma.

Mama slaat haar armen voor haar borst. "Ga verder."

Oma zucht. "Je had de pinda's niet moeten pakken."

Mama's pupillen lijken extra groot als ze haar ogen naar oma vernauwt. "Waarom niet, mam?"

Ik giechel. "Ahorn-chipotle-pinda's. Natuurlijk. Ze waren met cannabis doordrenkt, nietwaar?"

"Het is medicinaal," zegt opa defensief.

Ik blijf giechelen. Eerst ben ik bijna met mijn baas naar bed geweest. Toen heb ik op hem geplast, toen kuste ik hem, en nu heeft mijn familie hem gedrogeerd.

Het is hilarisch.

Yep. Nu ik weet waar ik op moet letten, zie ik

roodheid in Olivers cyaanblauwe ogen. "Hoe hoog was de THC-concentratie?"

"Hoog," zegt oma schaapachtig. "Als in je bent high."

Mam en pap beginnen te grinniken, en het feit dat ik het aanstekelijk vind, bevestigt nog eens wat we zojuist hebben ontdekt.

"Je kunt er net zo goed van genieten," zegt oma. "Dat of het uitzitten."

"Hoe?" vraagt Oliver. Hij ziet er helemaal niet blij uit.

"Toetjes helpen me om van de high af te komen," zegt oma. "Ik heb wat in de koelkast staan."

Jammie. Ik zou voor een toetje kunnen gaan. En nacho's. Hebben mijn grootouders nacho's? Oh, en mag ik nacho's *met* cheesecake?

"Drink ook veel water." Opa pakt een kan van de tafel en vult hem bij de kraan in de keuken.

"Vanuit mijn ervaring is cardio goed," zegt mama giechelend. "Vooral bepaalde soorten." Ze volgt dit op met een verontrustende knipoog naar papa. "Het is een dubbele klap."

Oliver drinkt een groot glas water terwijl mijn ouders en ik onze borden volproppen met de rest van de hartige gerechten om ruimte op tafel te maken voor het dessert.

"We kunnen een pizza bestellen," zegt mama nadat ze alles op haar bord heeft verslonden. Ze knipoogt naar me. "Met olijven."

Papa knikt. "En er wat frietjes op doen."

Oma schraapt haar keel. "Hoe zit het met dat

dessert dat ik heb gemaakt?"

Mama fronst. "Caramelsaus op frietjes?"

"Nee, we moeten Oreo's halen," zegt Oliver. Hij ziet er nu lang niet zo ongelukkig uit. Hij ziet er in ieder geval hongerig uit. De THC moet echt beginnen te werken.

"Is dat veganistisch?" vraag ik.

"Yep," zegt hij. "Dat geldt ook voor Veganaise. Ik heb wat in mijn koelkast staan. Ik wed dat ze perfect samen zouden gaan." Hij likt zijn lippen, waardoor ik bijna het eten vergeet en aan cardio begin te denken — het soort cardio dat mijn moeder in gedachten had. "Ik heb ook een avocado die we met chocolade kunnen mixen," vervolgt Oliver. "Misschien wat sriracha toevoegen. En pindakaas." Hij kijkt naar mijn ouders. "Mag ik wat basilicum van je pizza lenen?"

Oma klapt een bord op tafel. "Dit is een *veganistische* limoentaart."

"Wauw," zeggen we alle vier, en vallen dan als een roedel vraatzuchtige wolven de taart aan.

"Zit hier agar-agar in?" vraagt Oliver aan mijn oma als zijn bord leeg is.

Ze schudt haar hoofd. "Wat is dat?"

"Een gelatine gemaakt van zeewier." Hij grijnst. "Als je het had gebruikt, dan zou dit een kelpcake zijn geweest."

Ik wapper mezelf koelte toe. Hij heeft het er openlijk over dat hij me wil opeten.

Het is officieel.

We zijn high.

HOOFDSTUK
Twintig

PAPA STEEKT EEN VINGER IN DE LUCHT. "WE ZOUDEN 'DARK SIDE OF THE RAINBOW' moeten doen."

Mama knikt enthousiast. "En meer eten halen."

"Wat is 'Dark Side of the Rainbow?'" vraagt oma.

"Zorg voor iets te eten en ik zal het je laten zien." Mam springt overeind en rent de woonkamer in.

Oma zucht. "Ik denk dat we moeten volgen." Ze geeft iedereen snacks.

Ik begin te helpen, maar opstaan maakt me nog meer high — het is dat of er zijn sprongen in de tijd. Ik weet alleen dat ik op de een of andere manier ineens in de woonkamer zit, gezellig naast Oliver.

Hé. High ik heeft het juiste idee. Als mijn familieleden nu gewoon even zouden vertrekken...

"Kijk en luister," zegt mama, terwijl ze nog een stuk limoentaart pakt. "Dit is Pink Floyd's 'Dark Side of the Moon', gespeeld voor The Wizard of Oz."

In het begin ben ik te veel in beslag genomen door

de golf van hormonen die door Olivers nabijheid wordt gegenereerd. Maar uiteindelijk merk ik de muziek op en kijk naar het scherm.

Wauw.

Op een zeldzaam moment van helderheid realiseer ik me dat ze griezelig goed bij elkaar passen. Heeft Pink Floyd het album geschreven met de film in gedachten, of is dit een bevestiging?

Ergens halverwege de film spannen de muziek en de cannabis samen om me nog higher te krijgen dan ik ooit ben geweest, en de plot van *The Wizard of Oz* wordt moeilijk te volgen, ook al heb ik hem eerder gezien. Een paar keer denk ik dat ik zelfs vergeet hoe tv-kijken hoort te gaan, maar daar kom ik al snel weer uit.

Hmm. Misschien ben ik net de vogelverschrikker — heb ik een brein nodig?

Talloze vragen spoken door mijn hoofd, en ze lijken allemaal zo diepgaand dat ik ze wil opschrijven — alleen denk ik dat ik op dit moment vergeten ben hoe ik moet schrijven.

Waarom roest de Tinnen man? Hij is van tin gemaakt, niet van ijzer, en tin roest niet. En hoe afschuwelijk was het voor hem om daar onbeweeglijk te staan voordat Dorothy hem redde? En, terugkerend naar waterschade, hoe kon de boze heks smelten? Heeft ze ook een pinda gegeten of was ze van iets smeltbaars gemaakt?

"Als water haar zwakheid is, waarom had ze er dan zo handig een emmer van in haar kasteel staan?" vraag ik hardop.

"Echt hé?" zegt papa. "Waarom wilde ze Toto vermoorden? Hij was geen bedreiging."

Ja. Voor het eerst dat ik me kan herinneren zegt mijn vader iets zinnigs — hoewel mijn geheugen op dit moment op zijn zachtst gezegd verslechterd is.

De perceptie van tijd ook. In een oogwenk zijn het nummer en de film voorbij, en blijkbaar was de hele film 'slechts een droom', wat in mijn huidige staat heel gemakkelijk te geloven is.

Plotseling flitst er een scène uit hardcore tentakelporno op het scherm.

"Oeps," zegt oma. "Dat is niet wat ik af wilde spelen."

Is het raar dat ik nu geil ben? Betekent het dat ik hentai leuk vind?

Nee. Oliver heeft zijn arm om me heen geslagen — dat is de reden.

Ik negeer de bemoedigende opmerkingen van mijn moeder over porno en het seksleven van mijn grootouders, druk me dichter tegen Oliver aan en zweef op een wolk van euforie.

Oliver knuffelt me terug, waardoor er kortsluiting ontstaat in wat er nog van mijn hersencellen over is.

Er begint een nieuwe film, deze keer zonder Pink Floyd.

Ik heb moeite om het te begrijpen. Ik denk dat het een van de latere *Harry Potter*-films is, omdat Hermelien er volwassen in lijkt te zijn.

Maar waar is Harry? En wie is die vent die Hermelien probeert te versieren?

Hmm. Zijn naam is Gaston. Zat hij bij Zwadderich?

Ik herinner me ook de weerwolf met hoorns niet...

Wacht eens even. Ik snap het nu: dit moet die live-action van *Belle en het Beest* zijn.

Ja. Het "Kom erbij"-nummer bevestigt het — en het is hier net zo psychedelisch als in de tekenfilmversie, hoewel het gewoon de THC zou kunnen zijn.

Nu zijn sommige van de eerdere scènes minder logisch... tenzij het hallucinaties waren. Heb ik Hermelien bijvoorbeeld — ik bedoel Belle — in het achttiende-eeuwse Frankrijk een wasmachine zien uitvinden? En als er geen weerwolven in zitten, waarom waren die wolven dan zo groot? En waarom maakten ze leeuwengeluiden?

"Ik heb honger," zegt mama, die me van mijn pogingen afleidt om de film te snappen.

"Er is geen eten meer," zegt oma grinnikend.

"Wil je gaan winkelen?" vraagt papa aan niemand in het bijzonder.

"Je gaat niet zo rijden," zegt opa streng en hij klopt op zijn pistool.

"Jammer," zeggen mama en papa in koor.

"Ik heb bij mij thuis voedsel liggen," zegt Oliver op een centimeter afstand van mijn gezicht.

Oh ja. Hij omhelst me. Geen wonder dat ik me zo gezellig voel.

En wie heeft er eten nodig als ik zijn lippen kan likken?

Nee. Getuigen.

"Laten we naar jouw huis gaan," zeggen mijn ouders.

"Weet je het zeker?" vraagt oma aan Oliver.

Hij knikt. "Tofu mist me waarschijnlijk."

"Jammie," zegt mama. "Wij missen tofu ook."

———

Ik herinner me de reis naar het huis van Oliver niet in detail, maar als we binnenlopen, komt er een hotdog naar ons toe rennen die vrolijk naar ons blaft, die voor mijn verwarde brein te snel kwispelt om te verwerken.

"Dit is Tofu," zegt Oliver tegen mijn ouders. "Hij staat niet op het menu, maar zoetzure tofu wel."

Ik giechel en aai Tofu's natte, puntige neus.

"De keuken is deze kant op," zegt Oliver, terwijl hij ons door een minimalistisch ogende gang leidt.

De keuken is ook vrij kaal, met schone, moderne apparatuur en een glazen tafel.

"Heb je gemarineerde zalm?" vraagt mam.

"Of gnocchi?" voegt pap eraan toe.

"Oliver is veganist," zeg ik, en ik ben er trots op dat ik zo'n ketting van logica heb kunnen zeggen. "Hier geen vis- of eiergerechten."

"Hier." Oliver haalt iets uit de koelkast en we vallen het als team aan tot er niets meer over is.

"Wat was het?" vraag ik een beetje laat. "Nacho's?"

Oliver lacht. "Oreo's, maar met salsa, dus ik begrijp waarom je in de war bent."

De culinaire avonturen gaan door tot Olivers koelkast leeg is, en dan excuseren mijn ouders zich en vertrekken ze.

Ik knipper met mijn ogen naar Oliver. "Waar zijn ze heen gegaan?"

"Ik weet het niet zeker," zegt hij. "Laten we ze gaan zoeken."

Tuurlijk. Je hoeft alleen maar te onthouden hoe je moet lopen.

Met een enorme inspanning sta ik op.

Geweldig. Dit hele lopen-gedoe komt nu misschien weer bij me terug.

Voordat ik een stap zet, rent Tofu de kamer in en begint rond te huppelen en te jammeren.

Oliver werpt een schuldige blik op zijn worstje. "Meestal geef ik hem eten als ik thuiskom van mijn werk. Ik kan niet geloven dat ik het vergeten ben."

Tofu houdt zijn hoofd schuin, alsof hij zegt, *Wil je me eten geven, of moet ik een das doden voor het avondeten? Daar hebben ze ons hotdogs voor gefokt.*

Oliver grinnikt. "Ik wed dat als hij kon praten, hij precies zo zou klinken."

Ik frons. "Heb ik dat net hardop gezegd?"

Hij krabt aan zijn hoofd. "Ik hoop dat jij het was. Als ik zo high ben dat Tofu tegen me praat, dan moet ik misschien naar het ziekenhuis."

"Nee, dat was ik," zeg ik. "Denk ik."

"Oef. In dat geval moet je weten dat een teckel — vooral een moderne — niet echt een das kan doden. Ze helpen alleen bij de jacht. De mensen doen het moorden."

Ik gnuif. "Wat is een teckel?"

Hij zucht. "Een hotdog."

"Juist. Juist. In het Latijn is het *canis pēnis*. In de omgangstaal is het echter worstjeshond. Of worstenhond. Piemelhond? Piemel hond miljonair. Pik —"

Een luid geblaf van Tofu onderbreekt me.

Ik stel het niet op prijs om bespot te worden.

Oliver grijnst. "Mijn worst is uitgehongerd."

Het beeld van Olivers enorme Aqua-mannelijkheid flitst voor mijn perverse oog.

Het is officieel.

Ik ben net zo uitgehongerd naar zijn worstje als zijn worstje naar hondenvoer is.

Oliver reikt naar een plank in zijn buurt en pakt een blikje met een foto van een (mogelijk) gestenigde hond erop. Als hij het ding opent, ruik ik iets lekkers en knort mijn maag.

Tofu kijkt me bezorgd aan.

Als ik hangry ben, dan kan ik een teef bijten.

Met een grinnik die erop zou kunnen duiden dat ik dat weer hardop heb gezegd, giet Oliver het eten in een kom op de grond.

Tofu schrokt het extra snel op, alsof hij bang is dat iemand er met hem om zal vechten.

Mijn maag knort weer. Wanneer heb ik voor het laatst gegeten?

Oliver grijnst. "Trek?"

Ik werp een blik op de hondenbak. "Het ruikt zo lekker."

Hij gnuift. "Zou je hondenvoer eten?"

Ik lik mijn lippen. "Heb je je nooit afgevraagd hoe het smaakt?"

Hij ziet er geïntrigeerd uit. Hij pakt nog een blikje, maakt het open, pakt een lepel en schept een hap in zijn sexy mond.

Is het raar dat ik wil dat hij me dat hondenvoer als een papa-vogel geeft?

"Niet slecht," zegt Oliver nadat hij het heeft doorgeslikt. "Kan wel wat zout gebruiken."

Ik gnuif. "Je bent zo stoned dat je net hondenvoer hebt gegeten."

Oliver zwaait met zijn lepel — en een druppel hondenvoer vliegt in Tofu's kom. "Ik zou Tofu niet iets geven dat ik niet zelf zou eten."

Ik giechel. "Je weet dat je het heilige veganistische verbond hebt verbroken. Je paranormale krachten zullen niet meer werken."

"Niet waar," zegt hij. "Dit is veganistisch hondenvoer."

"Is dat zo?" Ik knipper met mijn ogen naar hem. "Zijn honden in wezen geen wolven — als in carnivoren?"

Hij zwaait met het blikje in de lucht. "Ik haal deze zodat Tofu meer variatie heeft. Honden zijn alleseters en kunnen veganistische maaltijden eten zolang ze maar goed zijn samengesteld."

Ik grijns. "Is hij een veganistische hotdog?"

Oliver schudt zijn hoofd. "Tofu is niet uitsluitend veganistisch — daarvoor houdt hij te veel van vlees eten. Toch geniet hij af en toe van een veganistisch gerecht, en het geeft hem de kans om zijn kleine koolstofpootafdruk te verminderen."

Tofu hoort zijn naam keer op keer herhalen en kijkt op.

Eigenlijk zou ik de methaanemissies van de wereld in één klap kunnen verminderen door alle scheten latende koeien op te eten. En varkens — als dat is waar spek van wordt gemaakt. En kippen — ervan uitgaande dat ze weten hoe ze een scheet moeten laten. Ik eet echt alles dat scheten laat, daarom hebben wij honden zo'n goed reukvermogen.

Oliver grinnikt en geeft me het blikje en de lepel. "Geïnteresseerd?"

Ik ruik eraan. Ruikt lekker.

"Ik zal het aan niemand vertellen," zegt Oliver. "Het zal ons kleine geheimpje zijn."

Aarzelend neem ik een lepel hondenvoer en stop het in mijn mond terwijl Oliver hongerig toekijkt.

Wil hij meer?

Dan bereikt de smaak me. Bij de smaakpapillen van Cthulhu, ik vind het lekker! Er zit rijst in, misschien haver, zeker wat gerst, en ofwel erwten of kikkererwten.

Tofu jammert weer en ik kijk naar beneden en zie hem in paniek naar het blikje in mijn handen staren.

Eten mensen nu mijn speciale voedsel? Wat is het volgende — sta ik op het menu?

Ik giechel. Gekke Tofu. "Zal hij te veel eten als ik het hem geef?"

Oliver schudt zijn hoofd. "Hij mag het hebben."

Treurig giet ik de rest van de heerlijkheid in Tofu's kom, en het worstje valt het als een fallisch uitziende wolf aan.

Aww. Ik had gehoopt dat hij wat voor me zou overlaten.

Ik ruk mijn blik weg van het snel verdwijnende eten en kijk om me heen. "Ik heb het gevoel dat er iets ontbreekt, maar ik kan er niet precies mijn tentakel op leggen."

Oliver werpt een verwarde blik op de deur. "Ja. Weet je nog wat?"

Ik sluit mijn ogen en span mijn hersenen zo hard als ik kan in.

Dolfijnen?

Nee, die zijn op het werk.

Snacks?

Heb alles al opgegeten. Tofu heeft geholpen.

Muziek?

Nee. Dat was in het huis van mijn grootouders —

Wacht. Ik weet het. Ik open mijn ogen en sla mezelf op mijn voorhoofd. "Ouders."

"Oh ja," zegt Oliver. "Waar zijn ze?"

"Geen idee." Ik schuif naar hem toe en steek mijn arm in de holte van zijn elleboog. "Wil je ze gaan zoeken?"

"Laten we dat doen." Hij leidt me de keuken uit en de woonkamer in.

Ik bekijk de comfortabele bank en de tv met groot scherm.

Wat zocht ik ook alweer?

"Ze zijn er niet," zegt Oliver.

Oh, tuurlijk. Ouders.

"Laten we ergens anders gaan zoeken," zeg ik en draai me om naar de gang.

"Ja." Oliver leidt me door de gang en snuift de lucht op, zoals Tofu zou doen. "Is dat pindakaas?"

Ik adem diep in. Mmm, nootachtig. "Het is dat of een woelpad. Als het gestrest is, dan geeft het een afscheiding af die naar pindakaas ruikt."

Olivers wenkbrauwen fronsen. "Ik denk dat het uit mijn slaapkamer komt."

Ik probeer die uitspraak te begrijpen. Is *hij* gek? Waar ging het ook alweer over? Oh ja, de geur. "Denk je dat mijn ouders pindakaas in je slaapkamer hebben gesmokkeld, zodat ze het niet hoefden te delen?" De schoften. Hoe hebben ze dat kunnen doen?

Oliver knippert naar me. "Ze lijken te aardig om zoiets gruwelijks te doen. Misschien testen ze elkaar op Alzheimer?"

Zijn ze dat aan het doen? Hoe oud zijn mijn ouders? Wacht, welk jaar is dit? "Zei je Alzheimer of Alka Seltzer?"

Hij houdt een vinger omhoog die in mijn visie lijkt te dansen. "Patiënten met de ziekte van Alzheimer kunnen pindakaas niet zo goed door hun linkerneusgat als door hun rechter ruiken."

Neusgaten. Rechts. Versus links. Ik druk mijn

vinger tegen een kant van mijn neus. Wacht, waar hadden we het ook weer over? Oh, ja, rare ouders en die lekkere geur. "Ze zijn te jong voor de ziekte van Alzheimer. Ik denk dat ze besloten hebben om de pindakaas stiekem te pakken." Oef. Ik denk dat dat klopte.

Oliver kijkt geschokt. "Dat zouden ze niet doen."

"Laten we eens kijken," zeg ik vastberaden, en met een verontwaardigde ruk trek ik de deur naar de slaapkamer open, klaar om naar binnen te stormen en de pindakaas terug te pakken.

Het is alleen dat ik het niet kan.

Naast me haalt Oliver scherp adem, hij staat op dezelfde manier bevroren op zijn plaats.

De schok van wat ik zie, is zo sterk dat het waas van de drugs verdwijnt.

Heilige Cthulhu en de rest van de Grote Ouden.

Mama berijdt pap in een omgekeerde cowgirl.

Beiden zijn zo naakt als de dag dat ze werden geboren.

Oh, en beide ouderlijke eenheden zijn met genoeg pindakaas ingesmeerd om een leger blowers te voeden.

HOOFDSTUK
Eenentwintig

IK SPRING ACHTERUIT, gooi de deur dicht en discussieer krachtig met mezelf om mijn ogen uit te steken.

Nee. Niet sterk genoeg.

Ik laat me door mijn voeten wegvoeren. Een seconde later zit ik op de bank, met mijn handpalmen voor mijn ogen.

Heb ik ze er toch uit geprikt?

Een sterke arm wordt om me heen geslagen. "Gaat het met je?" mompelt Oliver in mijn oor.

Ik schud mijn hoofd. "Ik denk dat ik getraumatiseerd ben."

Hij houdt me steviger vast. "De ziektekostenverzekering van Sealand dekt therapie."

Is het hier warm of komt het gewoon door hem?

Ik haal mijn handpalmen van mijn gezicht. "Is dat zo?"

Oliver knikt. "Je zou ook met Rose kunnen praten."

Ik giechel. "Je beseft wel dat ze een vissenpsychiater is?"

Hij staart me aan, alsof hij gebiologeerd is. "Heb ik je ooit verteld dat je een prachtige glimlach hebt?"

Heeft hij dat? Ik kan het me niet herinneren. Waarschijnlijk niet. Als ik me ooit zo licht en zweverig in mijn hart had gevoeld, dan zou ik het me herinneren.

Hij staart nog steeds.

Ik vraag me af waarom. Verwacht hij dat ik ergens op reageer?

En waarom voel ik me zo warm en prettig?

Oh, ja, hij heeft zijn arm om mijn schouders geslagen. Mijn ogen vallen op de hand die me aanraakt.

Schitterend. Ja, daar is iets over gezegd. "Je hebt een prachtige duim," zeg ik, terwijl ik naar zijn vingers kijk.

Dan herinner ik me wat hij had gezegd. Ik denk dat ik het per ongeluk goed heb gedaan. Voor wat hoort wat. Mijn borsten voelen aan alsof ze in mijn stomme beha stikken, en het feit dat mijn tepels hard zijn helpt niet.

Olivers ogen zijn gesloten als hij dichterbij komt. "Je hebt me nog nooit een compliment gegeven."

Hoe zou ik dat niet hebben kunnen doen? Als een compliment een mens was, dan zou hij het zijn.

Ik bevochtig mijn lippen. "Laat mijn complimenten niet naar je hoofd stijgen. Momenteel zitten mijn cilinders niet allemaal op een rijtje."

Karper. Had ik een milieuvriendelijkere metafoor

moeten gebruiken? Alle paarden op een rijtje? Laten paarden scheten? Misschien —

Olivers lippen raken de mijne.

Oh. Mijn. Cthulhu.

Ik ben high, maar niet eens in de verste verte droog.

Op welke resterende cilinders ik ook heb gedraaid, ze komen gierend tot stilstand. Sterker nog, als ik een motor was, dan zou ik nu exploderen.

Ik voel me zwak en val achterover, en Oliver volgt zonder de kus te verbreken.

Hij heeft indrukwekkende mond-oogcoördinatie-vaardigheden. Vooral als hij net zo stoned is als ik.

Zodra ik lekker op mijn rug ga liggen, liggen zijn octopushanden op de meest wonderbaarlijke manier over me heen. De ene houdt mijn kin vast, de andere heeft mijn achterhoofd vast, en de derde...

Wacht. Hij is niet echt een octopus, dus dat derde ding dat tegen mijn buik drukt, is geen hand. Het is iets anders.

Maar wat?

Oh, ik weet het.

Zijn Aqua-mannelijkheid.

Ik ga met mijn hand naar beneden en voel hem. Yep. Dat is wat dat is, en ik wil het, erg.

Hij trekt zich terug, haperend ademhalend. Zijn ogen zijn donker van de hitte. "Gaat het met je?"

Ik knik zwijgend.

Hij reikt naar de zoom van zijn overhemd en trekt het met een schokkerige beweging uit.

Ik staar in wazige verbijstering naar zijn schoonheid.

Hij knoopt mijn shirt los en onthult mijn beha. Zijn neusgaten bewegen als hij zijn blik over me heen laat gaan.

Ja! Ik vind het leuk waar dit heen gaat, het is alleen dat ik het gevoel heb dat ik iets vergeet. Iets wat ver weg is, maar toch belangrijk... Denk ik.

Hij leunt naar voren en drukt zijn lippen tegen de tere huid van mijn nek — en ik vergeet alles, misschien zelfs mijn eigen naam. Cthulhu, dat voelt goed. Zijn lippen zijn zacht en warm, zijn huid is ruw van een lichte stoppelbaard die me op de meest heerlijke manier schaaft.

Ik kreun en hij likt mijn sleutelbeen terwijl een aantal van zijn handen mijn werkbroek openritsen.

Werkbroek... Ik heb het gevoel dat dat een aanwijzing kan zijn voor iets dat ik vergeet —

Zijn lippen en tong gaan naar beneden, naar de bovenkant van mijn borsten en dan eronder, over mijn deinende ribbenkast naar mijn navel. Dan nog verder naar beneden, en ik vergeet dat ik iets vergeten ben.

Staat hij op het punt om —

Yep.

Zijn adem is op mijn wunderpus. Zijn blik opheffend om de mijne even te ontmoeten, mompelt hij, "Tijd voor kelpkoppie."

Voordat ik antwoord kan geven, geeft hij mijn parel een langzame, luxueuze lik.

Een kreun ontsnapt van mijn lippen.

Hij likt me weer. En weer. Dan doet hij iets geniaals, maar ik weet niet wat. Het voelt alsof hij plotseling acht tongen ontkiemt, en ze strijden allemaal om de eer om me te laten komen.

Misschien is hij toch gedeeltelijk octopus?

Mijn gekreun neemt in ritme toe.

Oliver houdt zijn meedogenloze gelik stabiel.

De wolk van euforie waarop ik zweef, is anders dan alles wat ik ooit heb gevoeld. Het is intens en bijna beangstigend, omdat het me laat denken dat ik me in de toekomst steeds weer zo wil voelen. Hij maakt me verslaafd aan wiet, of aan zichzelf, of allebei.

"Wil je voor me komen?" Zijn stem is laag en ruw en komt op me af alsof hij van een afstand komt.

Nog een kreun is mijn antwoord, en het moet hem aanmoedigen om nog slimmer te worden met zijn tongen. Vier seconden later kom ik klaar, mijn tenen krommen zich terwijl ik zijn naam roep.

Als hij zich terugtrekt, is er een uitdrukking van mannelijke tevredenheid op zijn gezicht te zien die bijna zelfvoldaan is.

Oh ja? Denkt hij dat hij de enige is die iemand gek kan maken?

Ik grijp handenvol van zijn lange haar, trek hem naar mijn gezicht en kus hem hard. Terwijl onze tongen dansen, knoop ik zijn broek los.

Hij verstijft — in beide betekenissen van het woord.

Ik duw zijn broek over zijn heupen en trek hijgend mijn lippen van de zijne los, terwijl ik naar beneden kruip.

Hij ziet er hongerig uit. Roofzuchtig.

Dat geldt ook voor zijn Aqua-mannelijkheid.

Ik grijp de laatste bij de schacht, leun dan naar voren en geef hem een langzame, kronkelige lik als aan een ijsje.

"Fuck," gromt Oliver.

Jazeker. Ik kan zware machines bedienen, zelfs als ik zo stoned als een garnaal ben.

Ik sta op het punt om hem in mijn mond te laten glijden als een vreemd geluid mijn bewustzijn binnendringt.

Geërgerd draai ik me ernaartoe, zonder de moeite te nemen om mijn greep op zijn Aqua-mannelijkheid los te laten. Omdat ik dat schatje niet laat gaan.

Het is een beslissing waar ik al snel spijt van heb.

Want het zijn namelijk mijn ouders.

Ze zijn hier.

Dat is wat ik was vergeten.

HOOFDSTUK
Tweeëntwintig

IK KIJK NAAR DE PIK IN MIJN HAND.

Ik kijk naar mijn moeder.

Ik kijk weer naar de pik in mijn hand.

Ik kijk naar mijn vader.

Beide oudereenheden hebben slaapkamerhaar en kleding die lukraak is aangetrokken. Er zijn ook sporen van iets bruins op hun gezicht te zien. En ik ruik pindakaas.

Oh, Cthulhu.

Hoe heb ik de pindakaas kunnen vergeten?

Wat nog erger is, is dat ze me allebei met vreemde uitdrukkingen aankijken. Goedkeuring? Aanmoediging? Hoe je het ook bekijkt, ik wil door de bank vallen en blijven vallen tot ik Australië bereik.

Ik realiseer me dat mama praat.

"Het spijt me ontzettend," zegt ze. "Ga alsjeblieft verder. We gingen net weg."

Oliver gromt en ik besef dat ik misschien iets te hard in zijn hardheid heb geknepen.

Mam moet het daarmee eens zijn, want ze zegt schamper, "Je moet voorzichtiger zijn met mannelijke organen. Meestal gebruik ik mijn handen niet eens met die van je vader, in plaats daarvan kies ik ervoor om —"

Ik laat Olivers mannelijke orgaan vallen alsof het mijn vingers brandt en klauter van de bank. Mijn verwoede blik valt op mijn shirt dat samengebald op de bank ligt en ik gris het weg.

Ik zie Olivers verwarde blik.

"Sorry," zeg ik.

Hij kijkt naar zijn pik.

Dan naar mij.

Dan naar mijn moeder.

Dan naar mijn vader.

Dan terug naar mij en zegt, "Ik begrijp het."

Oh ja?

Ik niet. Ik weet gewoon dat ik moet vluchten, en dat is wat ik doe.

Terwijl ik wegloop, hoor ik papa me aanmoedigen om weer verder te gaan met wat ik aan het doen was, en me verzekeren dat ik goed werk deed en dat hij en mama zouden gaan zodat ik me meer op mijn gemak zou voelen. Over hem gesproken, mam gaat maar door over iets dat met de transcendentale kracht van orgasmen te maken heeft, maar ik kan de details niet onderscheiden.

Eenmaal buiten trek ik mijn kleren aan en loop

naar het huis van mijn grootouders, waar ik naar de logeerkamer sprint en ga liggen in de hoop om mijn hoofd leeg te maken.

In plaats daarvan raak ik buiten westen.

HOOFDSTUK
Drieëntwintig

ALS IK WAKKER WORD, schijnt de zon op mijn gezicht.

Verdomde ballenzuigende ballen van vuur. Waarom wil de zon me zo graag huidkanker bezorgen? Het is alsof ze weet dat ik voor het slapengaan geen zonnebrandcrème heb aangebracht.

Ik kijk onder de deken.

Ik heb niet alleen geen zonnebrandcrème opgedaan, ik heb me ook niet uitgekleed. Of mijn tandengepoetst.

Nu ik erover nadenk, hoe ben ik onder de deken terechtgekomen?

Wacht eens even. Het is net oma's favoriete liedje: it's all coming back to me now.

Heb ik gedroomd wat er gebeurde vlak voordat ik Olivers huis ontvluchtte, of heb ik echt het meest gênante moment van mijn leven meegemaakt?

"Namaste, zonneschijn," zegt een stem naast me, die me bijna een hartaanval bezorgt.

Ik draai mijn hoofd om en zie mama's lachende gezicht.

Heeft ze bij mij geslapen? Ik geloof dat dat de deken verklaart.

"Wat doe jij hier?" vraag ik, mijn stem vreemd hees.

"We waren niet in staat om terug te rijden naar de Hymans," zegt ze. "Dus zijn we blijven logeren."

Ik denk dat ik dankbaar moet zijn dat papa niet bij ons in bed ligt, of dat ik niet wakker ben geworden terwijl ze besmeurd waren met pindakaas en de Kama Sutra naspeelden.

Cthulhu help me. Ik heb dat gisteravond echt gezien — en ben het minuten later vergeten.

Ik raak nooit meer marihuana aan. Als de 'Zeg Nee'-campagne mensen zou waarschuwen dat drugsgebruik ertoe zou leiden dat ze hun ouders naakt zouden zien, dan zou de oorlog tegen drugs van korte duur zijn geweest.

"Over gisteravond," zegt mama. "Ik wilde zeggen dat het je vader en mij spijt en —"

Ik klauter van het bed af. "Ik wil er niet over praten."

Mama gaat rechtop zitten. "Orgasmes zijn de perfecte —"

"Serieus, ik wil er niet over praten," grom ik.

Ze fronst. "Ik heb tientallen jaren ervaring als het om tenenkrommende, verbijsterende, tantrische orgasmen gaat, dus het zou goed zijn om zo'n bron te gebruiken."

Grr. "Ik ben laat voor mijn werk. Je gedachten delen

zal moeten wachten." Wat ik er niet aan toevoeg, is dat ik door dit gesprek mijn eigen brein door mijn rechterneusgat wil trekken en het goed wil schrobben met mijn tandenborstel.

"Maar we gaan na het ontbijt terug naar de Hymans," zegt mama.

"Ik kan bellen," lieg ik.

"Goed dan." Mam zwaait haar voeten op de grond. "Als je Oliver ziet, vertel hem dan dat je vader en ik hem erg aardig vonden en dat we hopen hem nog eens te zien."

Was het zijn stijve penis die de doorslag gaf?

Ik probeer mijn rode gezicht te verbergen en trek schone werkkleding aan. "Als Oliver ooit nog met me praat, dan zal ik zeker vermelden dat hij nieuwe fans heeft." Niet.

"Wees positief," zegt mama en ze kust mijn wang. "Namaste."

Ik ga naar beneden, waar ik papa's poging om met me te kletsen ontwijk. Ik weet niet zeker of en wanneer ik hem weer in de ogen kan kijken.

Trouwens, ik eet nooit meer pindakaas.

———

Terwijl ik naar mijn werk rijd, realiseer ik me dat ik helemaal geen honger heb. Nou, het is geen wonder. Ik heb gisteravond een lamantijn nagedaan en heb vijftien procent van mijn lichaamsgewicht gegeten.

Hoe dichter ik bij mijn bestemming kom, hoe erger mijn angst wordt.

Wat zal Oliver tegen me zeggen als ik hem zie?

Ben ik zo goed als ontslagen? Of zal hij me naar zijn kantoor slepen en afmaken waar we aan begonnen zijn?

Als het het laatste is, wil ik dat dan?

Als ik bij Sealand aankom, ben ik zowel opgelucht als teleurgesteld dat Oliver niet staat te wachten om me op de parkeerplaats te ontslaan.

Als een lafaard ga ik door met mijn werkdag.

Om half vijf ben ik nog steeds in dienst, maar ik heb Oliver niet gezien, dus ik heb geen idee waar we staan.

Net op het moment dat ik klaar ben met het voeren van Beaky, voel ik een aanwezigheid in de kamer en vang ik een vleugje oceaanbranding op.

Mijn hart maakt een sprongetje.

"Hoi," zegt Oliver achter me.

Ik draai me om en probeer er cool en nonchalant uit te zien en niet alsof mijn ouders me zijn Aqua-mannelijkheid in al zijn heerlijke glorie hebben vast zien houden. "Hoi terug."

Zijn uitdrukking is onleesbaar. "Ik wilde even met je praten."

Daar gaan we. Ben ik ontslagen of—

"Heb je weleens van de SOS gehoord?"

Ik knipper met mijn ogen naar hem. "Het beroemde 'Save Our Souls'-bericht dat je gebruikt wanneer je schip zinkt, of de Save the Ocean Society?"

"Dat laatste," zegt hij.

"De SOS die jaarlijkse inzamelingsacties in de buurt houdt?" verduidelijk ik.

Ik weet dit omdat ik Octoworld stalk, die een grote sponsor van deze inzamelingsacties is. Ik zeg dit echter niet tegen Oliver. Ik wil hem niet aan die faux pas herinneren toen Fabio en Lemon hem over mijn verlangen vertelden om voor Sealands concurrent te werken.

"Ja. *Die* SOS," zegt hij.

Ik lach. "Nee. Ik heb er nog nooit van gehoord."

Hij glimlacht niet en laat geen barst in zijn onleesbare pokerface zien. "Over een paar weken is er een inzamelingsactie."

"Oké," zeg ik terwijl de piranha's in mijn buik hun tanden beginnen te slijpen. Dit gaat niet heen waar ik denk dat het gaat, of wel? "Zal Sealand naar de inzamelingsactie gaan?"

Hij knikt. "Ik ga elk jaar en neem meestal een medewerker mee."

De piranha's ruiken bloed. "Dat is leuk. Ik wed dat de concurrentie voor die plek zwaar is."

"Niet echt. Sommige mensen, zoals Dex, hadden gemakshalve 'familieverplichtingen' toen ik ze uitnodigde."

Dex had naar de SOS-inzamelingsactie kunnen gaan en deed dat niet? Hij ziet er niet alleen uit als een otter, hij moet ook het brein van een otter hebben.

Wacht, dat is niet eerlijk. Otters zijn eigenlijk heel intelligent. Ze gebruiken stenen om mosselen te openen, en als een baas hen zou vragen om naar een belangrijk evenement te gaan, dan wed ik dat ze zouden gaan — of een beter excuus zouden verzinnen dan 'familieverplichtingen'.

"Dus," zeg ik, terwijl ik probeer niet te laten zien hoe graag ik dit wil, voor het geval het mijn kansen schaadt. "Wie neem je deze keer mee?"

Kies mij alsjeblieft. Alsjeblieft.

Zijn façade van steen barst eindelijk en hij fronst zijn wenkbrauwen. "Waarom zou ik dit ter sprake brengen als het niet was om jou uit te nodigen?"

Om me te pesten?

Ik haal mijn schouders op en verberg mijn opgetogenheid. "Ik wilde niks veronderstellen."

"Ik begrijp het." De pokerface keert terug. "Zie dit als je formele uitnodiging. Denk je dat je mee kunt?"

Ik adem gelijkmatig uit. "Ik denk dat ik mijn agenda vrij kan maken."

"Geweldig. Ik zal je de details mailen." Hij draait zich op zijn hielen om en loopt weg.

Wacht, wat?

Dat is alles?

Ik bedoel, ik ben blij dat ik naar de inzamelingsactie van mijn dromen ga, maar was er niet iets veel belangrijkers dat we hadden moeten bespreken? Iets als — en ik gooi dit er gewoon uit — zijn Aqua-mannelijkheid die terugkeert naar mijn mond, of de afkickverschijselen die mijn wunderpus zonder zijn tong(en) nu heeft?

Misschien wilde hij op het werk niet over zulke privézaken praten?

Ik kijk om naar Beaky, alsof ik op zoek ben naar antwoorden.

We verwachten niet dat onze geestelijken streng zijn, maar toch, als we iemand met de titel Hogepriesteres eren, dan bedoelen we niet dat ze letterlijk high moet worden.

———

Als ik thuiskom, zitten Fabio en Lemon te wachten — en ze lachen me uit. En dit is voordat ik ze het hele verhaal van gisteravond heb verteld.

"Ben je stoned geworden met je ouders?" vraagt Fabio grinnikend. "Mensen die zelfs zonder drugs doen alsof ze stoned zijn?"

"Ze heeft haar vriend ook gedrogeerd. Vergeet dat niet," zegt Lemon.

Ik sla mijn armen op mijn borst over elkaar. "Ik heb hem niet gedrogeerd. Dat was oma. Denk ik."

"Nou," zegt Lemon met een grote grijns. "Wat is er gebeurd? Oma zei dat je vertrokken bent om Olivers koelkast te plunderen."

Met een zucht vertel ik alles en pauzeer alleen als ze me bespotten en belachelijk maken — als in, na elk ander woord.

"Bedankt voor jullie steun," mopper ik. "Je beseft dat ik misschien nog steeds ontslagen word, toch?"

Lemon kijkt licht berouwvol, maar Fabio die als een dolfijn grijnst, lijkt allesbehalve dat te zijn.

"Ik betwijfel of hij je zou vragen om naar die

inzamelingsactie te gaan als hij je zou ontslaan," zegt Lemon.

"Tenzij het een date is," zegt Fabio.

Ik frons. "Ik denk niet dat het een date is. Hij heeft Dex al eerder gevraagd."

Fabio likt zijn lippen. "Ik zou Dex meenemen op een date."

"Ik ook," zegt Lemon.

"Onze zure lieverd is vandaag zo'n Samantha," zegt Fabio. "En die balletdanser dan?"

Lemon kijkt naar beneden. "Je hebt gelijk. Ik mag de Rus niet bedriegen."

"Het is geen date," zeg ik resoluut.

Fabio bekijkt zijn perfect verzorgde nagels. "Als het een date is, dan kan het betekenen dat hij seks met je wil hebben voordat hij je ontslaat. Dat is wat er op mijn werk zou gebeuren."

Lemon rolt met haar ogen. "Je werkt in de porno-industrie. Seks is wat er gebeurt voordat al je banen eindigen."

"Daarover gesproken, ik vertrek morgen," zegt Fabio. "Ik heb een shoot in Miami."

Het alarm op mijn telefoon komt tot leven.

Ik kijk er verward naar.

Ah. Juist. Vuilnisdagherinnering.

"Ik ben zo terug," zeg ik zonder uitleg.

Als ze van mijn stalker-achtige plannen zouden weten, dan zouden ze erover door blijven zeuren.

Ik grijp de vuilnisbak en sleep hem naar buiten — en net op tijd.

Oliver komt voorbij met Tofu op sleeptouw.

"Hoi," zeg ik ademloos.

"Hallo," zegt hij.

Ik kijk naar Tofu. "Moet ik doen alsof ik er niet ben voordat hij me telt, en ik mee moet lopen?"

"Het is al te laat." Olivers gezicht is opnieuw onmogelijk om te lezen. "Hij heeft je al 'geteld'."

Jippie. Ik haal nonchalant mijn schouders op. "Ik geloof dat ik mee ga."

Oliver knikt kort. "Bedankt."

We beginnen te lopen en hij zegt niets.

Ik schraap mijn keel. "Maakt het Tofu iets uit waar we over praten?"

"Dat maakt hem niet uit," zegt Oliver. "Maar ik wilde iets met je bespreken, als je het niet erg vindt."

Ik knik en haal diep adem. Eindelijk. We zullen de lucht kunnen klaren over gisteravond.

"Ik weet dat het buiten werktijd is," gaat Oliver verder. "Maar zou je me een paar van je plannen voor de nabije toekomst voor de verrijking van de verblijven willen vertellen?"

Hij wil over werk praten? Nu?

"Ik ben bijna klaar met mijn ideeën voor de lamantijnen," zeg ik, terwijl ik mijn teleurstelling probeer te verbergen.

"Hoe zit het met de anderen?"

Yep. Hij wil het over het werk hebben — alsof hij helemaal niet van plan is om het over gisteravond te hebben.

Nou, het lijkt er tenminste op dat ik mijn baan

behoud... tenzij dit gesprek hem helpt te beslissen hoe lastig het zou zijn om me te ontslaan.

Een zucht onderdrukkend vertel ik hem wat ik morgen voor de zeepaardjes ga doen en overmorgen voor de kopvoorn.

"En daarna?" vraagt hij.

Ik vertel het hem, en zo praten we de rest van de wandeling over speelgoed voor vissen — en gaat het met geen woord over ons.

Als we voor zijn oprit stoppen, nadat Tofu voldoende beweging heeft gehad, voel ik die magnetische aantrekkingskracht op Oliver, sterker dan ooit, en ik durf te wedden dat mijn rechtereierstok het ook voelt. Maar tot mijn grote teleurstelling leunt hij niet naar voren om me te kussen. Hij zegt alleen, "Goedenacht," en vertrekt.

Thuis zitten Lemon en Fabio me met veelbetekenende uitdrukkingen op hun gezicht op te wachten.

"Dat was triest," zegt Lemon. "Jullie hebben je als vreemden gedragen."

Ik weet zeker dat ik niet de enige van mijn zussen ben die zich soms afvraagt waarom ik de anderen in de baarmoeder niet heb geabsorbeerd. Als ik dat had gedaan, dan zou Lemon nu een moedervlek op mijn schouder zijn — en moedervlekken trappen je niet als je al op de grond ligt.

"Ik ga slapen." Ik duw me krachtig tussen hen door.

"Nu heb je haar van streek gemaakt," zegt Fabio streng.

"Hé, Olive, het spijt me," roept Lemon me na. "Ik probeerde niet gemeen te zijn. Ik zweer het."

Ik stop en draai me naar haar toe. "Ik ben niet boos op je. Niet echt." Ik haal mijn vingers door mijn haar. "Waarom doet hij alsof er niets is gebeurd?"

Lemon haalt haar schouders op. "Hij is je baas?"

"Die een slechte geschiedenis met romantiek op het werk heeft," zegt Fabio. "En geloof me, ik weet hoe dat is."

"Geen praatjes meer over opgeilers," sist Lemon tegen Fabio. Ze wendt zich tot mij en stelt zachtjes voor, "Misschien heeft Oliver gewoon wat tijd nodig?"

Ik zucht. "Misschien."

———

Als Oliver tijd nodig heeft, dan heeft hij er zeker heel veel van nodig.

De komende week zie ik hem nauwelijks, en elke keer dat we praten, is het allemaal zakelijk — en ik word er gek van.

Na zijn pornoshoot komt Fabio een dag terug en gaat dan terug naar New York, waardoor de bank vrijkomt. Lemon begint daar te slapen, wat het voor mij gemakkelijker maakt om met Oliver-gerelateerde frustraties om te gaan wanneer ik een natte droom over hem heb — wat trouwens een nachtelijke gebeurtenis is.

Er gaat weer een week voorbij en Lemon is nog steeds hier op vakantie. Niet voor het eerst vraag ik me af wat ze voor werk doet. Wat het ook is, het stelt haar in staat om *echt* flexibele werkuren te hebben. Als ik haar om antwoorden vraag, is ze terughoudend, waardoor ik me afvraag of Blues theorie hierover waar is: Lemon heeft zoveel *Sex and the City* gezien dat ze heeft besloten om ergens een anonieme sekscolumn voor een krant te schrijven.

Er gaan nog een paar weken voorbij met werk en mijn familie om mijn tijd aan te besteden. Dan, een paar dagen voor de SOS-inzamelingsactie, kom ik Oliver 'per ongeluk' tegen bij het verblijf van de lamantijnen.

"Chef," zeg ik, terwijl ik mijn bitterheid verberg.

"Hoi," zegt hij. "Ik ben blij dat ik je tegen ben gekomen. Er is iets dat we moeten bespreken."

Leuk geprobeerd. Ik heb geen hoop meer. Dit zal werkgerelateerd zijn, dat weet ik zeker.

Hij ontmoet mijn blik niet. "Ik weet niet zeker of we het erover hebben gehad, maar Sealand verdient niet genoeg geld met de rondleidingen."

Wacht, wat? Is het mogelijk dat hij er zo lang over heeft gedaan om me te ontslaan? Ik denk dat het logisch is. Hij zocht een reden en kwam hiermee: bezuinigen.

Fronsend zeg ik, "Oké. En?"

Deze keer ontmoet hij mijn blik, en ik voel me meteen in die cyaankleurige diepten verdrinken. "En er zijn belangrijke donateurs nodig om het hoofd boven water te houden."

Hmm. Dus misschien geen gesprek over 'bezuinigen'. Ik voel een golf van opluchting.

"Donateurs?" vraag ik.

"Ja, zoals Tampa Electric," zegt hij.

"Tampa Electric?" Blijkbaar ben ik vandaag in een papegaai veranderd.

"Florida's grootste producent van zonne-energie," zegt hij, als een tv-commercial klinkend.

"Geweldig," zeg ik. "Wat heeft dit allemaal met mij te maken?"

Hij komt dichterbij en omhult me met zijn geur van oceaanbranding. "Heb je weleens van het Tampa Electric's Manatee Viewing Center gehoord?"

Ik schud mijn hoofd.

"Sinds 1986 gebruikt het bedrijf water uit Tampa Bay om iets met de naam Big Bend Unit 4 te koelen. Daarna stroomt het water — dat nog steeds schoon, maar opgewarmd is — in een afvoerkanaal en dan weer terug de baai in."

Ik knik en begin te snappen waar dit heen gaat.

"Lamantijnen houden van warm water, dus sinds dat jaar hangen ze rond bij het afvoerkanaal, vooral als het water van Tampa Bay afkoelt."

"Wauw," zeg ik. "Dat moet in koude winters levens redden."

Hij knikt. "Het gebied is nu een federaal aangewezen lamantijnreservaat. Het heet het Manatee Viewing Center en is open voor het publiek."

Ik werp een blik op Betsy en de andere lamantijnen.

Degenen van hen die weer in het wild worden vrijgelaten, kunnen uiteindelijk bij die elektriciteitscentrale eindigen — een hartverwarmende gedachte.

"Hoe dan ook," zegt Oliver. "Tampa Electric is een grote sponsor van de SOS-inzamelingsactie. Ze hebben contact met me opgenomen en ze zeiden dat ze op zoek waren naar ideeën om het voor de lamantijnen nog comfortabeler te maken bij de MVC - natuurlijk zonder ze te voeren of op een andere manier hun vermogen om in het wild te gedijen in gevaar te brengen."

Ik krab aan mijn kin. "Ze zouden onderwaterkrabpalen kunnen bouwen." Ik wijs naar mijn van borstels gemaakte apparaat.

"Precies," zegt hij. "Bedenk een lijst met ideeën. We zullen ze over een paar dagen presenteren als we naar een bijeenkomst in Tampa gaan."

"Een bijeenkomst in Tampa?" Ik doe een onwillekeurige stap achteruit. "Wij?"

Hij knikt. "Ik heb je daar nodig."

"Heb je dat?" Ik hou mijn adem in. Het 'we' dat hij noemde, betekent wat ik had gehoopt — wij tweeën.

De piranha's in mijn buik beginnen opgewonden te raken.

"Je moet meegaan," zegt hij. "Ik zou me er niet prettig bij voelen om de eer voor jouw ideeën te krijgen." Hij werpt een blik op Betsy, die toevallig dat moment kiest om zich sensueel aan een van mijn palen te krabben.

Dat klopt. Zo zien rondingen er bij echte zeemeerminnen uit. Maak je borst maar nat, mens.

"Trouwens," gaat Oliver verder. "Het zou kunnen zijn dat ze tijdens de bijeenkomst vragen hebben en jij kunt die het beste beantwoorden."

"Wanneer is deze reis?" vraag ik.

"Over twee dagen."

De piranha's beginnen hun aanval. "Hoe komen we daar?"

Zeg alsjeblieft door samen te rijden.

"Ik wil dat je daarheen komt," zegt hij. "Ik vertrek vandaag, omdat ik nog een paar andere vergaderingen aan die kust heb."

"Oh," zeg ik, mijn teleurstelling verbergend. "En waar verblijven we?"

"Het Grand Hyatt Tampa Bay hotel," zegt hij.

De piranha's zwijmelen. Natuurlijk wil hij niet in dezelfde auto een roadtrip maken, maar wij tweeën in hetzelfde hotel klinkt veelbelovend. We zullen waarschijnlijk samen maaltijden delen. En misschien neemt hij me mee om bezienswaardigheden te bekijken. Hij is er tenslotte zo goed in om als reisagent voor Florida te fungeren.

"Ik denk dat ik wel kan," mompel ik.

Voor het eerst in tijden glimlacht hij — en ik ben blij dat ik zonnebrandcrème op heb, anders zou ik door de verblindende intensiteit ervan smelten.

Over zonnebrand gesproken, ik heb bijna niet meer. Ik heb nog ongeveer twee tubes over, misschien drie. Ik zal ervoor moeten zorgen dat ik meer ga halen, vooral gezien de aanstaande reis.

"Het spreekt voor zich dat je deze reis onder werktijd doet," zegt hij.

Zoals een betaalde vakantie? Met de man over wie ik natte dromen heb gehad?

Meld mij maar aan.

HOOFDSTUK
Vierentwintig

OP WEG NAAR DE BIJEENKOMST IN TAMPA KOM IK VAST TE ZITTEN IN HET VERKEER — de eerste keer dat zoiets is gebeurd sinds ik in Florida ben aangekomen.

Karper. Dit hoofdbestanddeel van New York is net zo welkom als gigantische ratten. Ik hoop dat ik niet te laat zal zijn voor de bijeenkomst. Als ik had geweten dat er misschien file zou zijn, dan zou ik niet eerst naar het hotel zijn gegaan.

Nee, wie neem ik in de maling? Ik moest mezelf er presentabel uit laten zien voordat ik Oliver zou zien, om nog maar te zwijgen van de mensen van Tampa Electric.

Tegen de tijd dat ik de parkeerplaats oprijd, zijn mijn cortisolspiegels door het dak en ben ik een minuut te laat.

Na als een krankzinnige gerend te hebben, leg ik hijgend aan de beveiligingsdame uit waarom ik hier ben. Aangezien dit de eerste van een aantal bijeenkomsten is, geeft ze me een tijdelijke ID. Ik grijp het vast en haast me dieper het gebouw met airconditioning in; het zweet op mijn huid voelt alsof het in ijspegels verandert.

Ik sta op het punt om een geweldige eerste indruk te maken.

Ik sprint naar de lift, druk op de knop en sta voor wat aanvoelt als een uur te wachten.

"Hallo," zegt een bekende diepe mannenstem, die me laat schrikken.

Ik draai me om en kijk Oliver aan.

Hij draagt een op maat gemaakt pak en zijn haar zit in zijn netste mannenknot tot nu toe.

Cthulhu eet mijn hart op. Ik weet dat dit gebonk in mijn borst aan de eerdere sprint en de stress van het verkeer te wijten is, maar als ik Oliver zie, geeft een dieper deel van mezelf me het gevoel dat het effect allemaal aan zijn schoonheid te danken is.

Dit is hoe een minnares zich kan voelen als ze herenigd wordt met haar geliefde. Of een geile octopus die zijn leven (en ledematen) riskeert om te paren.

Oh, en het meest gekmakende is dat zijn recente pokerface er niet is. Als ik niet beter wist, dan zou ik denken dat hij me met een puur mannelijke waardering bekeek.

Heeft hij een fetisj voor zweterige rotzooi waar ik niets vanaf weet?

"Je bent laat," hijg ik.

De hoeken van zijn lippen komen omhoog. "Zou jij dan ook niet te laat zijn?"

Die verdomde lippen. Ze maken mijn slipje vochtig. "In tegenstelling tot jou ben ik niet de wandelende en pratende belichaming van Sealand."

De lift gaat open en hij gebaart dat ik als eerste moet gaan. "Eerlijk gezegd ben jij degene voor wie ze komen om naar te luisteren, dus jij bent vandaag het icoon van Sealand, niet ik."

"Waarom ben je dan eigenlijk gekomen?"

Hij drukt op de knop voor de tweede verdieping. "Morele steun."

De rit met de lift is snel. Als we uitstappen, begroet een man in pak ons met een vleiende glimlach.

"Ik ben Jason," zegt hij, terwijl hij zijn hand uitsteekt. Zijn handpalm is klam als ik hem schud, en ik kan het niet helpen, maar ik merk dat hij naar me loert.

Als Oliver aan de beurt is om een hand te schudden, zie ik een gepijnigde uitdrukking op Jasons gezicht flitsen voordat Oliver zijn hand loslaat.

Heeft Oliver er te hard in geknepen? Als dat zo was, waarom dan?

Zou hij het loeren hebben opgemerkt?

Voordat ik die gedachtegang verder kan verkennen, leidt Jason ons naar een vergaderruimte waar al een groep mensen zit te wachten. Hij doet de introducties, en het blijkt dat hij een projectmanager is, terwijl de rest van de mensen een assortiment van hoge heren van het bedrijf zijn.

"Laten we Olive nu het woord geven," zegt Jason grootmoedig.

Terwijl ik wat kalmerende lucht inslik, begin ik mijn verhaal, te beginnen met de krabpalen. Als ik klaar ben, stellen ze me een miljoen vragen, waarvan de meeste over de kosten gaan.

"Dit is een goed begin," zegt Jason nadat de Q&A voorbij is. "Zullen we dit allemaal even laten bezinken, het indien nodig offline bespreken en hier morgen dan weer samenkomen?"

"Natuurlijk," zeg ik en kijk naar Oliver, die de hele tijd nog niet één keer iets heeft gezegd.

"Klinkt goed," zegt hij. "Bedankt iedereen."

We staan allemaal op, maar een leidinggevende stelt Oliver een vraag, waardoor ik in een vreemde situatie beland waarin ik niet zeker weet of ik wel of niet op hem moet wachten.

Waarschijnlijk niet. We zijn tenslotte in verschillende auto's gekomen.

Ik ruik halfverteerde knoflook en draai me om en zie Jason iets te dicht bij me staan.

"Laat me je naar buiten begeleiden," zegt hij.

"Tuurlijk," zeg ik onzeker.

Ik volg Jason naar de deur, die hij voor me openhoudt.

"Dus," zegt hij als we de gang in lopen. "Is dit je eerste keer in Tampa?"

Ik verhoog mijn tempo. "Ik ben vrij recent vanuit New York naar Florida verhuisd, dus ik heb geen kans gehad om de Sunshine State te verkennen."

Ik bereik de lift en roep hem wanhopig op.

Jason grijnst en onthult een rij toiletwitte tanden. "Je moet me je vanavond mee uit laten nemen. Ik ken een geweldig restaurant dat —"

"Olive heeft al plannen," gromt een diepe stem achter ons.

Ik draai me om en zie Oliver. Zijn kaak is strak en zijn ogen zijn keihard.

"Plannen?" Ik sla mijn armen over mijn borst. "Herinner me er eens aan wat ze precies zijn?"

Ik heb geen idee waarom ik ineens zo boos ben op mijn baas. Ik stond op het punt om de avances van Jason onhandig af te wijzen, dus ik zou dankbaar moeten zijn voor de redding.

Dan weet ik het.

Oliver gedraagt zich zoals Brett zich in deze situatie gedragen zou kunnen hebben. En dat doet hij na weken te hebben gedaan alsof er niets tussen ons is.

Het lef.

"Dineren bij Dim Subtraction," zegt Oliver met stralende ogen. "Zeven uur."

Ik trek een wenkbrauw op. "En waarom kan Jason niet met ons mee dineren?"

Jason stapt achteruit. "Ik weet niet zeker —"

"Jason kan niet mee, omdat we op een date gaan." Oliver knijpt zijn ogen tot spleetjes terwijl ik daar geschokt sta. "Tenzij je een derde wiel wilt zijn?"

"Nee, nee," zegt Jason. "Geniet van jullie diner."

De lift arriveert en zodra de deuren opengaan, strompel ik erin.

Wat bedoelt hij in vredesnaam met een date?

Wacht, nee. Het was waarschijnlijk bluf. Als dat zo is, dan ben ik nog bozer.

"Dus." Ik wend me tot Oliver zodra de deuren sluiten. "Wat is de dresscode voor ons diner?"

Mijn baas zucht. "Je hoeft niet echt te gaan."

Het was dus bluf. De schoft.

"Nee, nee. Ik kijk ernaar uit. Moet ik een cocktailjurk aantrekken die bij je pak past?"

Zijn blik wordt verhit. "Als je erop staat."

"Zal ik in het restaurant met je afspreken, of rijd je me erheen?" vraag ik voordat hij zich terug kan trekken. Mijn hart versnelt zijn tempo terwijl ik op zijn antwoord wacht.

De lift gaat open en hij stapt uit. "Ik haal je om half zeven op. Kom deze keer niet te laat."

Heilige Cthulhu en al zijn armen. Deze date gaat gebeuren. "Jij was ook te laat," zeg ik met wat er nog van mijn kalmte over is, en vertel hem dan mijn kamernummer.

Zijn lippen trillen. "Dat weet ik. We hebben aangrenzende kamers."

"Oh. Oké. Ik zie je straks," weet ik uit te brengen nadat het idee dat onze bedden maar een paar meter uit elkaar staan volledig in mijn vieze geest is doorgedrongen.

"Tot later," zegt hij en hij loopt naar zijn Tesla.

Ik kijk naar hem met dat hongerige piranha-gevoel in mijn buik dat ik met alles wat met Oliver te maken heeft, ben gaan associëren.

Er bestaat geen twijfel over wat ik zojuist heb gedaan.

Ik heb mijn baas gedwongen om me mee op een date te nemen.

HOOFDSTUK
Vijfentwintig

Terwijl ik naar het hotel rijd en me klaarmaak voor het avondeten, blijf ik mezelf voorhouden wat een slecht idee deze date is.

Om te beginnen zou hij de volgende Brett kunnen blijken te zijn. Er zijn al een paar rode vlaggen, zoals zijn jaloerse gedrag tegenover Jason vandaag en daarvoor bij Dex. Het feit dat ik zijn bezitterigheid aantrekkelijk vind, is een andere rode vlag, net als het feit dat ik me erg tot hem aangetrokken voelde toen we elkaar net hadden ontmoet. Ik heb duidelijk een type dat tot niets leidt.

Erger nog, hij is mijn baas die tegen elke romance op het werk is.

Toch kleed ik me tot in de puntjes, perfectioneer ik mijn make-up en wacht ik bij de deur, terwijl ik de minuten op mijn telefoon voorbij zie tikken.

Zodra het half zeven is, doe ik de deur open en zie dat hij op het punt staat om aan te kloppen.

"Zie je wel? Te laat," zeg ik, en negeer de manier waarop mijn hart opspringt als ik hem in dat pak zie.

Hij bekijkt me van top tot teen, zijn blik doet aan een hongerige barracuda denken die zijn prooi besluipt. "Je ziet er geweldig uit, kelpkoppie."

Slik.

"Denk je dat vleierij je zal helpen?" vraag ik, het cool spelend. Van binnen zweef ik als een heliumballon, mijn eerdere zorgen zijn zo goed als vergeten.

Een boosaardige glimlach vormt zich om zijn mondhoeken. "Waar wil je me hebben?"

Baas? Wat is een baas?

"Ik wil je voor me in een restaurant zien zitten," pers ik er op de een of andere manier uit. Hé, het is beter dan, "Kies een gat, welk gat dan ook."

Ik zweef op een wolk van hormonen naar de lobby, die omhoog schiet als Oliver de bodes en bediendes wegjaagt om ervoor te zorgen dat hij alle deuren zelf voor me openhoudt.

Als hij de auto start, schalt de muziek van de aftiteling van *Pulp Fiction* door de luidsprekers, bij mijn hartslag passend.

Of is dit 'Pump It' van The Black-Eyed Peas?

"Ben je een grote Tarantino-fan?" vraag ik wanneer Oliver het volume zachter zet. "Of staan we op het punt om het restaurant te beroven in plaats van er te eten?"

Met een glimlach rijdt hij de weg op. "Het beroven, zeker weten. Niemand doet dat ooit, dus het is een gouden kans. Wil je Honey Bunny of Pumpkin zijn, of hou je het op kelpkoppie?"

"Kelpkoppie," zeg ik. "En jij wordt Aquaman."

Zijn wenkbrauw schiet omhoog. "Niet Namor?"

"Wie voor de schelvis is Namor?"

"Namor the Sub-Mariner?" Hij werpt me een overdreven geërgerde blik toe. "Hij is Marvels Koning van Atlantis, die ouder is dan Aquaman en kan vliegen."

Nou, "Namor-heid" klinkt niet helemaal hetzelfde als Aqua-mannelijkheid, maar daar ga ik het niet over hebben. Ik houd mijn blik veilig weg van die mannelijkheid en vraag, "Vind je de strips leuk?"

"Ik hou van alles wat met de oceaan of de zee te maken heeft." Hij zet het volume hoger. "Zoals dit nummer."

Ik kijk hem nieuwsgierig aan. "Wat heeft *Pulp Fiction* met de zee te maken?"

Hij grijnst. "Dit is 'Misirlou' van Dick Dale and His Del-Tones. Een surfrockklassieker. En deze melodie komt van een volkslied dat zijn oorsprong vindt in de oostelijke Middellandse Zee — een zee."

Ik lach en ondervraag hem over zijn andere muzikale voorkeuren, die allemaal niet verwonderlijk met surfen te maken hebben.

"En hoe zit het met jou?" vraagt hij. "Vind je om voor de hand liggende redenen de band Octopus leuk?"

Ik schud mijn hoofd. "Ik hou echt van Jawaiian."

"Is dat een band?"

"Nee. Het is een genre. Reggae in Hawaïaanse stijl."

Hij friemelt aan de schermbediening in zijn auto en al snel staat er een Jawaiiaans station aan.

"Klinkt strandachtig," zegt hij terwijl we bij het restaurant stoppen. "Ik vind het leuk."

Verdomme. Als hij de deur opent, zou ik willen dat ik op hem kon springen en een ritje kon maken, zoals Aquaman op een gigantisch zeepaardje. In plaats daarvan bekijk ik de chique buitenkant van het restaurant.

"Vroeger heette deze zaak Dim Sub," zegt Oliver, mijn blik volgend. "Ze hebben het later in Dim Subtraction veranderd, omdat te veel mensen dachten dat het een BDSM-club was."

De oude naam zou gezien hoe ik me voel passender zijn — als een stoute meid die een pak slaag zou moeten krijgen... bij voorkeur met Olivers Aqua-mannelijkheid.

Een blonde, modelachtige gastvrouw zet ons bij een raam neer, en dan overhandigt haar kloon ons de drankkaart en vraagt wat we willen.

"Seks met een alligator." Ik knipoog naar Oliver. "Het klinkt als een krantenkop van een Man in Florida."

"Ik neem een Smart-Ass Manhattanite," zegt Oliver. "Het is precies zo gemaakt als de Benenspreider op je menu, maar in een mannelijk glas." Hij pauzeert even en voegt er dan aan toe, "Als je mijn drankje en het eten veganistisch zou kunnen houden, zou dat geweldig zijn."

"Hetzelfde voor mij," zeg ik, in de veronderstelling

dat als ik vlees eet, hij me later misschien niet wil kussen — niet dat ik iets aan het plannen ben of zo.

"Ik zal het met de chef-kok en de barman bespreken," zegt de serveerster tegen Oliver met een hese stem die lijkt te impliceren dat *haar* benen beschikbaar zijn om zich te spreiden. Ze pakt dan de menukaarten en blijft naar mijn smaak iets te lang bij hem hangen.

Het strekt Oliver tot eer dat hij niet naar haar kijkt terwijl ze wegloopt. In plaats daarvan buigt hij zich naar voren en zegt op een samenzweerderige toon, "Ik denk dat de namen van de drankjes hier aan de hele misvatting van de 'seksclub' hebben bijgedragen."

Ik grijns. "Waar is het menu voor het eten? Ik val om van de honger."

"Die is er niet," zegt hij. "De dim sum zal allemaal de keuze van de chef zijn."

Intrigerend.

Ik sta op het punt om hem verder te ondervragen wanneer een wolk die de zon blokkeert wegtrekt en een zonnestraal van een nabijgelegen raam op me landt.

Karper. Ik wil me niet als een diva gedragen en ze vragen om ons te verplaatsen, maar als we blijven zitten, dan moet ik meteen opnieuw zonnebrandcrème aanbrengen.

Met een zucht haal ik de fles met zonnebrandcrème tevoorschijn.

Oliver knippert niet met zijn ogen, dus ik begin met het aanbrengen, en dan komt de serveerster met onze drankjes terug en ze kijkt me aan alsof ik een syfilitische oorlogsmisdadiger ben.

"Blootstelling aan de zon is slecht voor je," zeg ik op defensieve toon tegen Oliver als de serveerster weg is.

"Zelfs op dit uur van de dag en door het raam heen?" Hij proeft zijn drankje en knikt goedkeurend.

"Ik zou zeggen dat de UV-index hier een half punt is," zeg ik. "Maar dat betekent dat UV-A-stralen die door het glas komen nog steeds mijn DNA aan kunnen tasten, om het nog maar niet over de verouderingseffecten van blauw licht, infrarood licht, enzovoort te hebben." Om mezelf ervan te weerhouden een TED-praatje over blootstelling aan de zon te beginnen, nip ik van mijn drankje en ontdek dat het lekkerder is dan de naam zou doen vermoeden.

"Ik zou zonnebrandcrème aan moeten brengen als ik ga surfen," zegt Oliver. "Ik heb erover getwijfeld, omdat sommige ingrediënten koraalriffen beschadigen."

Ik duik in mijn tas en haal er een van mijn reservetubes uit. "Hier." Ik duw het in Olivers handen — en terwijl mijn vingers langs de zijne strijken, krijg ik bijna een orgasme van de opgekropte lust. Op de een of andere manier slaag ik er nog steeds in om semi-coherent te klinken als ik zeg, "De actieve ingrediënten hierin zijn mineralen en het bevat niet zoiets als oxybenzone, wat waarschijnlijk de chemische stof is waar je aan denkt."

Hij kijkt behoedzaam naar mijn tas. "Hoeveel van deze heb je normaal gesproken bij je?"

Dit weer?

"Weet je niet dat de inhoud van de tas van een vrouw intiem en privé is?"

"Mijn fout." Hij steekt mijn geschenk in zijn zak. "Ik zal niet opnieuw nieuwsgierig doen."

Ik weerhoud mezelf ervan om er bij hem op aan te dringen om nu wat bescherming aan te brengen. Ik wil niet als mijn zus Gia klinken die smetvrees heeft, wanneer iemand de fout maakt om virussen, bacteriën of worst te noemen.

"Dus," zeg ik. "Maak je je zorgen over koraalriffen?"

"Wie niet?" zegt hij. "Maar ik wil vanavond niet over kommer en kwel praten."

"Dus niets wat met milieubewustzijn te maken heeft."

"Niet per se. Sommige dingen kunnen opbeurend zijn, zoals het vooruitzicht van drijvende steden." Hij cirkelt met zijn hand in de lucht met zijn wijsvinger naar boven gericht.

Zou het zo erg zijn als ik op die vinger zoog? Slechts een paar seconden, dat is alles.

Met moeite zet ik een uitgestreken gezicht op. "Steden op drijvende eilanden, zoals in *Avatar*? Dat klinkt inderdaad opbeurend — letterlijk."

Om zijn mond vormt zich een flauwe glimlach. "De huidige technologie kan het nauwelijks aan om steden te maken die op water zouden drijven, dus daar zouden we beginnen."

Ik bekijk hem met belangstelling. "Bestaan die al?"

"Sommige dorpen bevinden zich in de beginfase

van ontwikkeling. Als er een volledig ontwikkelde drijvende stad bestaat, dan zal het voor zowel mensen als zeedieren geweldig zijn. De bodem van zo'n stad zou bijvoorbeeld een kunstmatig rif kunnen zijn."

Ik grinnik. "Dat gaat een nieuwe definitie aan 'stadsonderbuik' geven."

Hij lacht. "Als er een drijvende stad zou zijn, zou je er dan op willen wonen?"

Ik nip van mijn drankje. "Hoe zou dat zijn?"

"Modern. Ze zouden de coolste technologieën gebruiken, zoals OTEC en —"

"Rustig aan. Wat is OTEC?"

"Ocean Thermal Energy Conversion," zegt hij. "Het gebruikt het temperatuurverschil tussen het koude water diep in de oceaan en het warmere water nabij het oppervlak om energie op te wekken."

"Huh. Ik heb het gevoel dat ik dit zou moeten weten, maar het is de eerste keer dat ik ervan hoor."

Zijn ogen glinsteren van opwinding. "Dat is slechts een van de vele hernieuwbare technologieën die een drijvende stad zou kunnen gebruiken. Er is ook golfenergie, zonne-energie, noem maar op."

Ik kijk naar mijn glas. "Zou ik gerecyclede urine moeten drinken, à la Kevin Costner in *Waterworld*?"

Hij haalt zijn schouders op. "Over dat soort dingen zou ik me geen zorgen maken. Elk glas water dat je ooit hebt gedronken, bevatte moleculen die door een levend wezen zijn gegaan — hoogstwaarschijnlijk een dinosaurus."

Geweldig. Als ik Gia ooit wil vermoorden, dan kan ik dit feitje met haar delen.

Ik grijp mijn niet-bestaande parels vast. "Je weet echt hoe je de eetlust van een dame kunt stimuleren."

Hij bestudeert mijn lippen. "Hebben we het over eten?"

Nou, daar ben ik zo ingelopen. Voordat ik kan antwoorden, word ik door de Scandinavisch ogende serveerster gered die naar ons toe komt slenteren met een enorm dienblad gevuld met kleine bamboestoompannetjes.

"Allemaal biologisch en plantaardig," vertelt ze aan Oliver. "Geniet ervan."

Ik onderdruk de neiging om tegen haar te grommen en duw een hap in mijn mond.

Niet slecht.

Ik probeer een andere.

Fatsoenlijk, hoewel ik denk dat het uit de verkeerde keuken komt. Spaans om precies te zijn.

Oliver lijkt veel meer van alles te genieten wat hij probeert, en ik geniet van die uitdrukking op zijn gezicht.

Nadat ik nog een paar voorgerechten heb geprobeerd, vraag ik: "Is dit een fusionrestaurant?"

Alles wat hij aan het kauwen was, slikt hij door. "Hoezo?"

"Nou, de meeste doen me aan dim sum denken, maar sommige smaken meer naar tapas."

Hij schudt zijn hoofd. "Dit is authentieke Chinese dim sum."

"Tuurlijk is het dat. En ik ben een echte zeemeermin."

Hij trekt een wenkbrauw op. "Vind je het niet lekker?"

"Het is oké, maar het is zeker niet authentiek." Ik werp een blik op de blonde serveerster en de al even blonde gastvrouw. "Als je naar het personeel kijkt, kun je het zien."

Hij fronst. "Is dat racistisch?"

"Hoe? Misschien voe-distisch. Een willekeurig, groezelig dim sum-restaurant in Chinatown is een miljoen keer beter dan deze zaak. Om het nog maar niet over de manier te hebben waarop ze bedienen —"

"Niet dit weer," zegt Oliver met een zucht. "Ga je me nu vertellen dat je nog een andere manier hebt gevonden waarop New York superieur is aan Florida?"

Ik grijns. "Als de schoen past."

Hij steekt zijn hand uit als om een handdruk te geven. "Ik wed dat ik je hier in Florida iets kan laten zien dat in New York niet te verkrijgen is."

Zit dat iets in zijn broek? Want ja, alsjeblieft.

Ik zeg spottend, "Zoals wat? Een naakte man die met een python worstelt? Dat zal iets zijn dat in New York niet te vinden is — gelukkig."

Zijn hand beweegt niet. "Je weet wat ik bedoel. Ik kan je hier een geweldige ervaring geven. Iets waarbij je zegt, 'Oliver, dank je. Dat is iets wat ik in New York nooit zou kunnen krijgen.'"

"Ik betwijfel ten zeerste of je me dat kunt laten

zeggen." Tenzij *het* met zijn Aqua-mannelijkheid te maken heeft, in dat geval verlies ik met plezier.

"Dan riskeer je niets door mijn weddenschap aan te nemen." Met zijn vrije hand pakt hij nog een niet-authentieke dim sum.

"Prima." Ik schud zijn hand en bezegel de weddenschap — en het gevoel van plezier dat naar mijn lagere regionen schiet, laat me wensen dat we het over iets ongepasts hadden. "Wat krijgt de winnaar?"

Zeg alsjeblieft iets oraals.

Er verschijnt een grijns op zijn lippen. "Als ik verlies, dan zal ik een van die 'I heart NYC'-T-shirts aantrekken."

Ik trek mijn hand weg voordat ik een orgasme krijg. "En als ik verlies?"

"Dan zal ik een shirt voor je laten maken," zegt hij met een sluwe glimlach. "Het zal zeggen, 'I heart Man uit Florida.'"

Hmm. De inzet zou niet hoger kunnen zijn, maar hoe heeft hij... buiten de slaapkamer... zoveel indruk op me kunnen maken?

"De weddenschap staat," zeg ik. "Onder één voorwaarde."

Hij trekt een wenkbrauw op.

"Als ik win, dan mag ik ook je haar vlechten."

Hij fronst.

"Hé, graag of niet."

"Prima," zegt hij met een zucht. "We gaan als de bijeenkomsten voorbij zijn."

Oké dan. Als deze maaltijd geen afspraakje is, dan

klinkt de mythische plek waar hij me mee naartoe wil nemen wel degelijk zo.

Het is niet voor het eerst dat ik me afvraag of er op de een of andere manier misschien iets tussen ons zou kunnen gebeuren. Ondanks dat hij mijn baas is en al het andere gedoe.

Het is beangstigend hoe graag ik het wil — wat op zich al bijna maakt dat ik er een einde aan wil maken voordat het zelfs maar kan beginnen.

"Dus." Ik schraap mijn vreemd droge keel. "Vertel me meer over drijvende steden."

Dat doet hij. Daarna praten we over van alles en nog wat, en voor ik het weet, zijn we op weg terug naar het hotel.

Hoe dichter we bij het afscheid komen, hoe meer ik me afvraag of hij me welterusten zal kussen... of meer. Tegen de tijd dat we uit de lift stappen en mijn kamer naderen, voelt mijn huid rood aan en is mijn slipje beslist vochtig.

Slikkend laat ik mijn tong over mijn lippen glijden. Verleidelijk, hoop ik. "Dus..."

Zijn gezicht staat strak als zijn blik op mijn mond valt. "Dus ik zal de reis regelen. Zodra de besprekingen van morgen achter de rug zijn, kunnen we vertrekken."

Ik bijt deze keer op mijn lip, voor het geval dat beter werkt. "Wil je zo graag dat ik onze weddenschap win?"

Wat nog belangrijker is, waarom word ik nog niet gekust?

Zijn ogen worden donker en hij steekt zijn hand op.

Ja, ja, raak me aan.

En dat doet hij. Hij tilt mijn kin op met zijn gebogen knokkels en stuurt een bliksemschicht rechtstreeks naar mijn parel. Zijn cyaankleurige ogen houden de mijne gevangen terwijl hij met een lage, hese stem zegt, "Ik wil graag, 'Ik zei het je toch' zeggen."

"In je dromen," zeg ik hijgend met een bonzend hart.

Zijn neusvleugels trillen. "Oh, kelpkoppie. In mijn dromen doe ik zoveel meer met je dan praten."

Het is officieel. Ik heb ernstige moeite met ademhalen, als een octopus zonder water. "Zoals wat?"

Wat het ook is, ja, alsjeblieft.

"We moeten gaan slapen," zegt hij, terwijl hij duidelijk met tegenzin zijn hand laat zakken.

Wacht, wat?

Wat is er voor nodig om onze lippen tegen elkaar aan te krijgen? Moet ik hem bij zijn perfect-voor-zo-een-manoeuvre-haar grijpen en hem naar me toe trekken?

Als hij mijn baas niet was, dan zou ik het absoluut doen.

Hij staat op het punt om zich af te wenden, dus ik flap er wanhopig uit, "Ik heb thee op mijn kamer... Wil je wat?"

Hij zwijgt even en schudt dan berouwvol zijn hoofd. "We hebben gedronken."

Is hij nu serieus? "Ik ben amper aangeschoten."

Zijn blik zakt een milliseconde naar mijn mond, wat me hoop geeft, maar dan doet hij een halve stap achteruit. Zijn stem is laag en gespannen als hij zegt, "Als het aanbod van thee nog staat als er geen alcohol in het spel is, dan neem ik het aan."

Verdomme. Als iedereen zoveel kwelling door een drankje zou ervaren, dan zouden twaalfstappenprogramma's niet nodig zijn.

"Ik ben nuchter genoeg om thee te zetten," dring ik aan.

Zijn handen trillen langs zijn zij voordat hij weer zijn hoofd schudt. "Misschien ben je dat, misschien ben je dat niet. Ik moet het zeker weten."

Wat zeker weten? Voordat ik het kan vragen, draait hij zich om en verdwijnt in zijn kamer. Een seconde later klikt het slot van zijn deur.

"Prima," grom ik, tegen de drang vechtend om als een lid van een SWAT-team zijn deur in te trappen. Ik verhef mijn stem zodat hij het kan horen. "Misschien zal je nooit meer mijn thee krijgen!"

HOOFDSTUK
Zesentwintig

Een verre klop bereikt mijn oren.

Ik open mijn slaperige ogen en krimp ineen. Ik heb hoofdpijn. Is het een kater? Nee. Meer iets van OMS — Onthouding van Mannenvleessyndroom.

"Wie is daar?" roep ik.

"Oliver," zegt hij. "Weet je hoe laat het is?"

Karper.

Ik pak mijn telefoon en kijk erop.

Yep. Te laat voor de vergadering.

Ik heb ook een tiental gemiste berichtjes van Oliver.

"Eén momentje," roep ik en kleed me zo snel mogelijk om.

Ik doe de deur open en kijk hem schaapachtig aan. "Ik weet niet zeker wat er is gebeurd."

Hij trekt zijn wenkbrauwen op. "Denk je nog steeds dat je ongevoelig bent voor alcohol?"

Mijn nekharen gaan daarbij omhoog staan, maar ik houd mijn antwoord voor me. Ik heb me verslapen.

"Wat doen we nu?" vraag ik in plaats daarvan.

"Niets. Ik heb ze gezegd de vergadering te verplaatsen, zodat jij en ik eerst het Viewing Center kunnen bekijken, voor het geval dat je nieuwe ideeën geeft."

"Bedankt." Ik haal opgelucht adem. "Het is eerlijk gezegd wel een goed idee dat ik het daar eerst bekijk."

Hij knikt. "Laten we gaan."

Het Viewing Center is wat je zou verwachten: een grote fabrieksachtige structuur met stapels die damp uitspuwen. Wat er ongewoon aan is, zijn de gelukkige lamantijnen die in de baai beneden dartelen.

"Weet je zeker dat het water schoon is?" vraag ik aan Oliver, terwijl hij naar de duistere diepten tuurt.

"Absoluut," zegt hij. "De enige impact van het elektriciteitsbedrijf hier is het warme water."

Voordat ik meer kan zeggen, komen Jason en een paar andere mensen van de bijeenkomst van gisteren opdagen en beginnen over de status van heiligdom van deze plek te praten, en hoe trots ze allemaal op dit 'symbool van betrokkenheid bij het milieu' zijn.

"Dus, Olive," zegt Jason. "Heb je nog nieuwe ideeën nu je deze plek hebt gezien?"

"Bakken vol." Ik wijs naar de houten pier waarop we staan. "Om te beginnen zou je onder water wat borstels aan deze houten palen kunnen bevestigen en veel gemakkelijker krabpalen kunnen maken dan ik gisteren voorstelde."

Jason en de rest zijn dol op de kostenbesparende implicaties hiervan, en ik vertel ze nog een paar dingen die ze kunnen doen.

"Zullen we dit in de vergaderruimte verder bespreken?" vraagt Jason als hij merkt dat ik weer zonnebrandcrème aanbreng.

Oliver en ik stemmen ermee in, dus gaan we terug naar de ruimte met airconditioning, waar ik een paar duurdere ideeën benoem en een aantal vervolgvragen beantwoord.

"Het lijkt erop dat we alles hebben wat we nodig hebben," zegt Jason uiteindelijk. "Namens iedereen wil ik Olive en Oliver voor hun komst en hun hulp bedanken."

Waarom heb ik ineens dat kinderliedje in mijn hoofd? *Olive en Oliver zitten in een boom te K-U-S-S-E-N...*

Waarom zitten de kussers trouwens altijd in een boom? Zijn het milieuactivisten die weigeren om die boom te laten kappen? Ik denk dat ik Oliver in die rol zou kunnen zien —

"— meenemen om te lunchen?" eindigt Jason te zeggen terwijl ik me realiseer dat ik even weg was en de rest van zijn collega's die zich vanuit de vergaderruimte verspreiden, heb gemist.

"Ze kan niet." Olivers stem is koud genoeg om een Antarctische ijsvis te bevriezen, een wezen met speciale eiwitten die als antivries werken. "We hebben plannen."

"Juist. Dag," zegt Jason haastig en hij haast zich weg.

Om de een of andere reden kan ik mezelf er niet toe brengen om geïrriteerd te raken over Olivers zelfgenoegzaamheid. Waarschijnlijk een slecht teken.

Ik trek een wenkbrauw naar hem op. "Ik neem aan dat jij de lunch betaalt?"

Hij knikt. "Ik zal het op weg naar onze bestemming voor je halen."

Ah, juist. De mythische plek waarvan hij denkt dat die hem de overwinning op de weddenschap op zal leveren.

Ik kan niet wachten om te bewijzen dat hij ongelijk heeft.

———

We rijden een uur over een snelweg in Florida, en net als we een plaatsje genaamd Brooksville (niet te verwarren met Brooklyn) passeren, slaat Oliver een parkeerplaats in en kijkt hij me een beetje bezorgd aan.

"Heb je enig idee waar we zijn?" vraagt hij.

"Florida?"

Met een gemene grijns reikt hij naar het dashboardkastje — waardoor hij zo dicht bij me komt dat ik bijna flauwval.

Ik adem diep in en uit, wat helpt, vooral als ik merk wat hij tevoorschijn haalt.

Het is een slaapmasker, zoals je in vliegtuigen krijgt. Of, als je vieze gedachten hebt — waar ik door zijn nabijheid last van heb — is het een sexy blinddoek om een gewillige minnares om te doen.

"Mijn plan hangt van een verrassingselement af," zegt Oliver terwijl hij me het masker overhandigt. "Maak je geen zorgen. Het is gloednieuw."

Ik neem het voorzichtig aan. "Wil je dat ik dit omdoe?"

Hij haalt zijn schouders op. "Of je kunt gewoon toegeven dat ik gewonnen heb."

Met een zucht zet ik het masker op, dat een monsterlijke oogrol verbergt die misschien niet gepast is om naar je baas te doen. "Ik geef me nooit over."

Klinkt dat te seksueel? Ik moet waarschijnlijk ook nooit nooit zeggen. Als hij een sexy spelletje zou willen spelen waarbij ik een geblinddoekte onderdanige ben die zich overgeeft aan zijn —

"Ik had niet verwacht dat je winnen zo makkelijk zou maken," zegt hij. "Klaar?"

Ik knik en we rijden verder.

Terwijl ik daar geblinddoekt zit, voelt het alsof ik in Daredevil ben veranderd... of in mijn zus Lemon. Nu ik geen zicht heb, worden mijn andere zintuigen versterkt. Ik ruik Olivers heerlijke geur van oceaanbranding en voel de warmte van zijn gespierde lichaam afkomen. Ook — hoewel dit mijn verbeelding zou kunnen zijn — denk ik dat ik zijn krachtige hartslag hoor... tenminste totdat hij de Jawaiiaanse muziek weer aanzet.

Na een paar nummers zet hij het volume zachter. "We zijn er bijna."

Ik zeg niets terwijl ik de Tesla voel draaien. Ik probeer de nieuwsgierigheid niet de overhand te laten krijgen, maar het is moeilijk.

We stoppen.

"Blijf in je stoel zitten," zegt hij. "Ik zal de deur opendoen."

Huh. Het kan door de blinddoek komen, maar omdat hij bazig is, moet ik steeds meer aan BDSM-scenario's denken... en wat ik me inbeeld, vind ik best leuk.

Zijn deur gaat dicht en die naast mij gaat open.

"Ik pak je hand," mompelt Oliver. "Ben je er klaar voor?"

Ik knik zo enthousiast dat ik bijna mijn nek verstuik. Ik had echt gehoopt dat de dingen hiertoe zouden leiden.

Een sterke, eeltige hand pakt de mijne. Mijn opgekropte seksuele energie gaat door het dak.

"Kijk uit waar je loopt," zegt hij terwijl hij me helpt.

"Oké," is het enige dat ik mezelf vertrouw om te zeggen.

Terwijl hij me door wat waarschijnlijk een parkeerplaats is leidt, voel ik de zon op mijn gezicht en zie ik een deel van het licht door het masker sijpelen.

Hé, het masker biedt extra bescherming tegen de zon rond mijn ogen — een bonus.

Hij knijpt in mijn hand.

Bij Cthulhu's machtige snavel. Wie had gedacht dat geblinddoekt een hand vasthouden zo opwindend kon zijn? Mijn brein is een hormonale brij, en dat is mijn enige excuus om me af te vragen of hij me misschien meeneemt naar een kinky seksclub... midden op het platteland van Florida.

Gezien hoe ik me nu voel, als dat zou gebeuren, zou ik misschien zeggen, "Oliver, dank je. Dat is niet iets wat ik in New York ooit zou kunnen krijgen."

Nee. Ik kan niet verliezen. Trouwens, er moeten in New York seksclubs zijn. Om me te verbazen, moet dit uniek Floridiaans zijn.

Daarover gesproken, heb ik ooit verhalen gehoord die beginnen met, "Man uit Florida blinddoekt date en...?"

Hmm. Ik hoop echt dat de rest van die kop niet is "hij eet haar op, en niet op een goede manier."

Maar nee, Oliver is veganist. En zelfs als hij dat niet was, dan vertrouw ik erop dat hij geen kannibaal is. Maar aan de andere kant, als hij een geheime kannibaal was, zou veganisme dan niet de perfecte dekmantel zijn?

"Ik ga de kaartjes halen," zegt hij, en hij laat me schrikken. "Blijf hier alsjeblieft."

Tot mijn grote teleurstelling haalt hij zijn hand van de mijne... en ik mis hem meteen.

Zodra ik hem weg hoor lopen besluit ik ondeugend te doen en schuif mijn blinddoek naar beneden om stiekem een kijkje te nemen.

We staan naast wat op een ingang van een park lijkt, en op het bordje op het loket staat trots, "Weeki Wachee."

Hmm. Er is een symbool, een zeemeermin in een zeeschelp. Tot nu toe gaat het goed — niet dat ik dat aan Oliver zou vertellen. Ik zou niet willen dat hij denkt dat hij aan het winnen is en hem onnodig hoop geven.

"Valsspeler," zegt Oliver streng, en ik besef dat hij met kaartjes in zijn hand terugkomt lopen.

Karper. Betrapt. Ik trek de blinddoek weer omhoog. "Sorry."

"Volg alsjeblieft de aanwijzingen, anders beschouw ik de weddenschap als verloren," zegt hij met schijnstrengheid.

"Ja, meneer," zeg ik in mijn beste imitatie van een seksslaaf.

"Heb je ooit van deze plek gehoord?" vraagt hij.

"Nee. Wat is het?"

Hij klinkt zelfvoldaan als hij zegt, "Dat zul je wel zien."

Ik haal mijn schouders op en laat me door hem naar binnenleiden. Terwijl we lopen, hoor ik sommige mensen over mijn geblinddoekte toestand mompelen, maar omdat ik Olivers hand vast heb, kan het me niks schelen.

Na een korte wandeling zegt hij weer dat ik moet wachten.

Ik kan mezelf niet bedwingen en gluur nog een keer.

Interessant. Er zijn in de verte waterattracties te zien. Is dit een soort pretpark? Die hebben we in New York en in het nabijgelegen New Jersey, dus dit zal op geen enkele manier genoeg indruk op me maken om de weddenschap te verliezen.

Er zijn ook kinderen die rondrennen, wat de nagel in de doodskist van mijn idee/fantasie van de seksclub slaat.

Ik zie een vrouw die Oliver nadert. Een vrouw die voor mijn gemoedsrust veel te aantrekkelijk is.

Is de verrassing een trio? Als dat zo is, dan ga ik heel boos worden. Als het om mijn baas gaat, heb ik geen enkele neiging om te delen.

Ik zie ze een paar seconden heimelijk praten. Dan begint Oliver zich om te draaien, dus ik trek de blinddoek weer voor.

"De verrassing is nog niet klaar," zegt hij. "Wil je iets doen terwijl we wachten?"

"Zoals wat?" vraag ik.

"Dat zul je wel zien," zegt hij en hij leidt me dieper het park in — of wat dit ook is.

We stoppen een paar keer, en Oliver spreekt heel zachtjes met een aantal mensen, maar ik durf niet meer te gluren.

De volgende keer dat we stoppen, zegt Oliver dat ik het masker 'voor nu' af kan zetten.

Ik doe de blinddoek af en onderzoek onze omgeving.

Huh. We staan naast een oranje tweepersoonskajak, en er is voor ons een serene watermassa te zien, die ons lijkt te roepen.

"Wat vind je ervan?" Oliver knikt naar de bron, of rivier, of wat het ook is.

Ik kijk naar een boomstam die stroomafwaarts drijft. "Herinner me er eens aan... is het paartijd voor alligators?"

Want als mensen paarseizoenen zouden hebben, dan zou de mijne hier en nu zijn.

Hij grijnst. "Typische New Yorker. Je zorgen maken over de alligators."

Ik deins weg van de kajak. "Dat klinkt als een ja."

"Het is een nee. Het paarseizoen is nog niet begonnen. Maar zelfs als dat zo was, dan heb je mij om je te beschermen."

Mijn hartslag gaat sneller. Het is duidelijk dat de genen die ik van mijn holbewoner voorouders heb geërfd laten weten dat ze er zijn. Wat zou nog meer kunnen verklaren dat ik zo opgewonden word bij het vooruitzicht dat hij mijn grote beschermer is?

Ik pak mijn telefoon en zoek statistieken op over aanvallen van alligators. Vanaf eind jaren zeventig tot nu bevinden de dodelijke slachtoffers zich in het midden van de jaren twintig. Eng, maar niet al te erg, gezien alle artikelen waarin een man uit Florida met een alligator worstelt, hem in elkaar slaat, hem als huisdier houdt of er seks mee probeert te hebben.

Oliver gluurt naar mijn scherm en gnuift. "Je hebt meer kans om gewond te raken door een kokosnoot die op je hoofd valt dan door een alligator."

Geweldig. Ik onderzoek de kustlijn op palmbomen die te dicht bij het water staan, maar vind er geen.

Ik leg mijn telefoon weg. "Goed dan. Laten we kajakken."

Hij knikt goedkeurend en voordat ik kan knipperen, trekt hij zijn shirt uit.

Ik snak hoorbaar naar adem terwijl mijn hele lichaam vlam vat.

Ook al heb ik hem eerder in al zijn gespierde glorie gezien, ik ben zo opgewonden dat deze nieuwe blootstelling me het gevoel geeft dat mijn wunderpus zou kunnen imploderen.

Oliver pakt een peddel en loopt naar de kajak.

"Ben je niet goed bij je hoofd?" vraag ik, eindelijk mijn spraakvermogen terugkrijgend.

Hij trekt aan zijn oor. "Wat?"

"Je hebt geen zonnebrandcrème gebruikt."

Olivers sexy mond gaat open, maar er komt niets uit. Hij staat daar zwijgend naar me te kijken terwijl ik een tube uit mijn tas haal en mezelf insmeer zoals hij dat had moeten doen.

"Zo," zeg ik. "Houd in gedachten dat het oppervlak waar ik me zorgen over moet maken in vergelijking met het jouwe verbleekt... Dat was geen grapje."

Was hij nou met zijn hoofd aan het schudden? Hé, hij bespotte me tenminste niet zoals de meeste van mijn zussen zouden hebben gedaan. In plaats daarvan verrast hij me door te zeggen, "Kun je me helpen?"

Er is een tinteling in mijn borst en andere delen van mijn lichaam. "Wil je dat ik je met zonnebrandcrème insmeer?"

Hij grijnst. "Als je het niet erg vindt."

Als ik het niet erg vind? Zou een octopus het erg

vinden om een sappige mossel op te eten? Zou een lamantijn een duik in een jacuzzi willen nemen?

Ik doe zonnebrandcrème op mijn handen en haast me naar hem toe.

Olivers neusgaten gaan open en dicht als ik zijn borst aanraak.

Wauw. Zijn hart klopt als een trommel. Zou het verkeerd zijn om de zonnebrandcrème met mijn tong in plaats van met mijn vingers uit te smeren?

Ik neem genoegen met het aanbrengen met de vingers. Ik concentreer me op het verspreiden van de zonnebrandcrème om het kwijl in mijn mond te houden.

Zijn ogen volgen de beweging van mijn handen hongerig, zijn borst gaat op en neer. De bobbel in zijn broek is onmiskenbaar.

Een slecht deel van me is blij. Waarom zou ik de enige moeten zijn die lijdt?

En die, niet te vergeten, geil is.

Klaar met zijn borstspieren, ga ik naar beneden om zijn buikspieren in te smeren, en als het mogelijk was om flauw te vallen van geilheid, dan zou ik nu tegen de vlakte gaan.

Als ik klaar ben met de voorkant, beveel ik hem om zich om te draaien.

"Weet je," mompelt hij terwijl hij met zijn rug naar me toe staat. "Toen ik je om hulp vroeg, bedoelde ik eigenlijk alleen maar mijn rug."

Nou, hij heeft me er zeker niet van weerhouden om zijn voorkant te doen.

Ik pak meer zonnebrandcrème en begin het op zijn krachtige rug aan te brengen, terwijl ik me ondertussen afvraag of ik stiekem een orgasme zou kunnen hebben terwijl niemand kijkt... of hem vragen om me hier op de kajak te nemen.

Alsof ze op dit exacte moment hebben gewacht, glijdt een blauwe kajak over het water en een gelukkig ouder echtpaar begint met die kenmerkende Florida-vriendelijkheid naar ons te zwaaien.

Pik-blokkerende klootzakken.

"Doe je armen zelf maar," zeg ik chagrijnig als ik klaar ben met zijn rug.

Hij pakt de zonnebrandcrème en brengt die op zijn armen aan, en ik wou dat ik mijn stomme mond had gehouden. Het hadden mijn handen kunnen zijn die over die gebeeldhouwde biceps en triceps gleden.

"Klaar?" vraagt hij.

Ik knik terwijl ik mijn kwijl naar binnen slik, en hij de kajak het water in draagt — waardoor zijn glimmende spieren uitpuilen en me aan de eerste keer doen denken dat ik naar *Magic Mike* keek.

Hij zit voorin en zodra hij begint te peddelen, moet ik nog meer aan mannelijke strippers denken — wat het een hele uitdaging maakt om me voor de dieren in het wild te interesseren die we passeren, waaronder veel mooie vogels, een aantal nog niet-als-ik-zo-geile alligators en een slang.

Tegen het einde van de kajaktocht begin ik te overwegen om ons te laten kapseizen en mezelf onder water te dompelen.

"Wat vind je ervan?" vraagt Oliver, ons met nog een gemakkelijke aanspanning van zijn spieren naar de kust trekkend.

Ik veeg het zweet van mijn voorhoofd terwijl ik uitstap. "Ik denk dat we iets soortgelijks in Central Park in New York hadden kunnen doen. Als je grootste verrassing zoiets is, dan ga je heel erg verliezen."

Hij grinnikt terwijl hij de kajak uit het water sleept en me de blinddoek overhandigt. "Het is tijd."

Een handgasme volgt terwijl hij me wegleidt. Deze wandeling is de langste tot nu toe, maar ik geniet zo van zijn aanraking dat ik niet wil dat het ophoudt.

Uiteindelijk gaan we een gebouw binnen en mag ik de blinddoek afdoen.

"Voor de goede orde, dit is slechts de helft van de verrassing," zegt Oliver. "Geniet ervan."

Ik onderzoek gretig mijn omgeving.

We maken deel uit van een publiek dat voor een theatergordijn staat. Een schijnwerper valt op een vrouw die beweert dat we op het punt staan om een spektakel te zien zoals we nog nooit eerder hebben gezien.

Hmm.

Er begint stripclubmuziek uit de luidsprekers te knallen en het gordijn gaat langzaam omhoog.

Wat voor de duivel?

Het gordijn onthult een gigantische watertank.

Wat dit ook is, het ziet er al interessant uit.

Dan zie ik de verrassing — en ik realiseer me dat ik deze weddenschap inderdaad zou kunnen verliezen.

Het water is niet gevuld met octopussen, wat mijn eerste theorie was en al moeilijk genoeg zou zijn geweest.

Dit is erger.

Deze tank is gevuld met echte, levende... zeemeerminnen.

HOOFDSTUK
Zevenentwintig

OKÉ, misschien zijn het niet per se de echte mythische wezens. Maar deze vrouwen dragen staarten van hoog kaliber en ze zwemmen diep onder water, dus dit is zo echt als je ze kunt krijgen.

Ik pak Olivers hand en knijp er dankbaar in, terwijl ik gefascineerd kijk hoe de zeemeerminnen ronddrijven. Ik weet niet zeker of het hun majestueuze staarten zijn, of Olivers nabijheid, maar mijn slechte libido komt als een gek omhoog.

Dan, alsof ik een homo-erotische verwonding nog erger wil maken, merk ik dat elke zeemeermin een fallische buis in haar hand houdt. Ze beginnen heel verleidelijk aan die buizen te zuigen. Wat ze natuurlijk echt doen is zuurstof inademen, maar toch.

Iedereen klapt, ik het hardst.

De zeemeerminnen maken in het water een lus.

Doen ze ook trucjes? Verdorie.

Op een gegeven moment begint een dame zonder

staart onder water te praten — of te lipsynchroniseren, wetenschappelijk gezien. Ze heeft het over een man die de bronnen heeft gevonden (en zo ontdek ik waar we zijn) en die besloot toen om een onderwatertheater te openen... met zeemeerminnen.

Wie die man ook was, hij was een visionair, vergelijkbaar met Steve Jobs en Elon Musk.

Op de klanken van "Do you believe in magic" voeren de zeemeerminnen meer onderwatertrucs uit, en dan lijken ze onder water te eten en te drinken.

Meer staaltjes van verbazingwekkend synchroonzwemmen volgen, en dan horen we over de geschiedenis van deze locatie — die buitengewoon indrukwekkend is, net als de lijst met beroemdheden die de bronnen hebben bezocht.

Alsof het Oliver ten goede komt, praten ze over het probleem van vervuiling: nitraten uit meststoffen halen, misschien in de hoop dat deze grove associatie de geilheid van iedereen zal verminderen voordat we vertrekken. Werkt in mijn geval totaal niet.

"Win ik?" vraagt Oliver wanneer de zeemeerminnenshow voorbij is.

Als ik eerlijk zou zijn, dan zou het antwoord ja zijn, maar ik ben een stoute meid, dus ik lieg dat ik barst terwijl ik zeg, "Het was leuk, maar —"

"Houd die gedachte vast," zegt hij. "De verrassing is nog niet voorbij. Kom."

Hij leidt me naar een achterkamer.

Mijn ogen worden groot als ik

zeemeerminnenstaarten en andere zeemeerminparafernalia zie liggen.

Heeft hij een VIP-backstage bezoek met de zeemeerminnen geregeld? Als dat zo is, dan zal het heel moeilijk zijn om te doen alsof hij niet heeft gewonnen.

De vrouw met wie hij sprak toen we het park binnenkwamen, loopt de kamer binnen en ik realiseer me dat ze een van de zeemeerminnen in de show was.

"Oliver," zegt ze met een glimlach. "Is dit de leerling?"

Leerling?

Betekent dat wat ik denk dat het betekent? Dat ik de kans krijg om van een echte expert te leren hoe ik een zeemeermin moet zijn? Dat is zoveel cooler dan VIP-toegang. Het is een droom, vergelijkbaar met —

"Zij is *misschien* de leerling," zegt Oliver, en wendt zich dan met een duivelse uitdrukking tot mij. "Ervan uitgaande dat ze dat wil zijn."

Ik vernauw mijn ogen tot spleetjes naar hem. "Waarom zou ik dat niet willen zijn?"

Met zijn wijsvinger tilt hij mijn kin op, zodat onze ogen elkaar ontmoeten. "Oh, ik weet dat je dat wilt. De vraag is, wil je het zo graag om toe te geven dat je onder de indruk bent? Geef je toe dat dit *niet* iets is dat je in New York kunt krijgen?"

Ik slik, zijn aanraking brandt door me heen. "Goed dan." De woorden komen ademloos naar buiten. "Jij wint. Als ik eerlijk ben, had je al gewonnen toen ik de show zag. Dit is gewoon geweldig."

Hij verwijdert de vinger en mijn kin mist hem meteen. "Dat dacht ik al."

Hij is zo zelfvoldaan, maar wat hij niet beseft, is dat het dragen van een T-shirt met de tekst 'I heart Man uit Florida' een kleine prijs is om te betalen om de kans te krijgen om zeemeermintrucs te leren. Om nog maar te zwijgen over deze ervaring die hij voor me heeft opgezet, zijn heetheid en onze interacties, er is misschien gewoon een man uit Florida die ik een hartje wil geven, dus het T-shirt zal gewoon een nauwkeurige weergave van de werkelijkheid zijn.

"Kom met me mee, sprinkhaan," zegt de zeemeermin-sensei. Of dat is tenminste wat ik aanneem dat ze zegt. Ik ben zo opgewonden dat mijn brein een beetje mistig is.

"Wacht hier," zegt ze tegen Oliver. "Alleen zeemeerminnen."

Ze neemt me vervolgens mee naar een andere kamer.

Wauw.

Rijen en rijen gloednieuwe, premium zeemeerminstaarten zijn overal om ons heen te zien. Er zijn ook bikini's in alle maten, maar dat is minder spannend.

"Kies er een," zegt mijn zeemeermin-sensei met een wetende twinkeling in haar ogen. "Je mag hem houden."

Zo moet een geile maagd zich voelen als hij een bordeel binnenkomt. De staarten zijn geweldig, en het is heel moeilijk om er maar één te kiezen, maar uiteindelijk lukt het me.

"Doe hem aan," zegt de sensei. "En wat zwemkleding."

Ik doe wat ze zegt.

Heb ik al gezegd dat ik vreemd opgewonden raak als ik een zeemerminnenstaart draag? Dat is onder normale omstandigheden. Aangezien ik al high ben van de aanwezigheid van Oliver, ben ik tegen de tijd dat de staart erop zit blij dat Oliver achter is gebleven. Anders had het nieuwsbericht van morgen kunnen luiden: "Man uit Florida seksueel misbruikt door nymfomane zeemeermin in een openbaar park."

Mijn sensei haalt een rolstoel tevoorschijn en zegt dat ik moet gaan zitten. "Het is moeilijk om met de staart te lopen," legt ze uit.

Ik zit op mijn eretroon en de sensei rijdt me naar buiten en naar de bron.

Dit is hoe opgewonden ik op dit moment ben: het idee om opnieuw zonnebrandcrème aan te brengen komt niet eens bij me op.

"Was er iets dat je tijdens de show hebt gezien waarvan je wilt dat ik het je eerst leer?" vraagt mijn wijze sensei als ik nat ben (met bronwater, niet het andere soort nat — dat schip is lang geleden vertrokken).

"Ik wil het allemaal leren," zeg ik eerbiedig.

Ze knikt veelbetekenend en begint met lesgeven — te beginnen met de allerbelangrijkste vaardigheid om door een luchtslang te ademen, het grootste wapen van een Weeki Wachee-zeemeermin.

Wat volgt zijn de beste uren van mijn leven, behalve misschien mijn vrijsessie met Oliver van pas geleden.

Precies op het moment dat mijn lippen en nagels blauw worden van het zo lang in het water liggen, zegt de sensei, "Dat was het voor vandaag, maar je bent welkom om terug te komen. Oliver heeft ervoor gezorgd dat je ons volledige programma kunt leren."

Heeft hij dat? Ik ben sprakeloos als ze me terugbrengt naar Oliver, en ik ben nog steeds overweldigd als we naar de auto lopen, hoewel ik in de verte besef dat Oliver me vertelt hoe de hele verrassing tot stand is gekomen. Om een lang verhaal kort te maken, de Weeki Wachee-zeemeerminnen hadden ooit in Sealand opgetreden, en daardoor waren ze hem uiteindelijk een gunst verschuldigd.

Als we naast zijn auto stoppen, ontmoet ik zijn blik. "Ik weet niet hoe ik je moet bedanken."

Er verschijnt een sensuele welving op zijn lippen. "Ik heb gewonnen. Dat is al beloning genoeg."

"Dat is het niet. Dat was geweldig."

Hij doet mijn deur open en gebaart dat ik in moet stappen. Als we allebei in de auto zitten, zegt hij, "Ik moet iets bekennen. Ik heb je in dat water bekeken."

Ik trek een wenkbrauw op terwijl een stroompje warmte door me heen gaat. "En?"

"En ik heb het gevoel dat ik twee keer heb gewonnen."

Vond hij het leuk wat hij zag? Dat is precies het

soort vleierij dat hem in mijn slipje zou krijgen als hij daar niet al twee keer een seizoenspas voor had verdiend.

Hij start de auto.

"Hoe komt het dat ik nog nooit van deze Weeki Wachee heb gehoord?" vraag ik als we de parkeerplaats afrijden.

"Ik heb geen idee. In 2008 zijn ze een staatspark geworden — zo belangrijk zijn ze. Weeki Wachee is een van Florida's oudste attracties die langs de weg te vinden is en de thuisbasis van een van de diepste onderwatergrotten van het land."

Ik draai me om en zwaai Weeki Wachee gedag voordat ik vraag, "Zijn er hier in Florida nog andere verborgen juweeltjes waarvan ik moet weten?"

Aangezien ik al verloren heb, kan ik net zo goed tot het uiterste gaan en hem zo veel over zijn thuisstaat op laten scheppen als hij wil. En dan heb ik het niet eens over het feit dat er altijd een kans is dat ik er nog een of twee dates uithaal.

Ik hoef het Oliver geen twee keer te vragen. Als hij het ooit zat is om de eigenaar van Sealand te zijn, dan kan hij altijd een reisbureau beginnen — zo goed is hij. De hele rit terug overlaadt hij me met interessante roadtrip-ideeën in Florida, maar tegen de tijd dat we parkeren en onze lift in het hotel naar onze verdieping nemen, zijn mijn gedachten op andere dingen gericht.

Dingen als "wat doe je na de beste date van je leven?" en "in welke posities doe je het?"

"Dus," zegt Oliver als we bij mijn deur zijn. "Daar zijn we dan."

Ik knik, vastbesloten om het moment te grijpen. "Inderdaad. En met nul alcohol in ons bloed."

Zijn ogen worden kleiner. "Wat probeer je te zeggen, kelpkoppie?"

Ik lik mijn lippen. "Ik wil die thee voor je maken. Hard."

HOOFDSTUK
Achtentwintig

OLIVER BEWEEGT ZICH SNELLER DAN EEN ZWAARDVIS OP AMFETAMINE, duikt naar voren en eist mijn mond op.

Ik laat de tas met mijn nieuwe zeemeerminnenstaart vallen en kus hem terug met alles wat ik in me heb. Onze tongen raken hongerig in elkaar verstrikt terwijl we elkaars smaak, geur en gevoel drinken. Zijn handen dwalen met nauwelijks ingehouden hebzucht over mijn lichaam, en mijn vingers graven in zijn schouders, van het gevoel van zijn krachtige spieren genietend die onder mijn aanraking aanspannen en de hitte die van zijn huid komt.

Zwaar ademend trekt hij zich terug. Zijn stem is hees. "Jouw kamer of de mijne?"

In plaats van antwoord te geven, haal ik mijn kamersleutel tevoorschijn, ontgrendel de deur en trek hem aan zijn shirt naar binnen.

Zodra de deur sluit, trekt hij dat shirt uit en kijk ik

weer naar zijn gespierde torso. Dit keer kan geen enkel ouder echtpaar in een kajak me dwarsbomen. Hopelijk.

Onze lippen ontmoeten elkaar weer en blijven op elkaar zitten terwijl we de kleren van elkaar rukken, al die tijd half lopend, half dansend dieper de kamer in, steeds dichter bij het bed. Tegen de tijd dat ik me terugtrek om op adem te komen, heb ik alleen mijn beha en slipje nog aan en hij zijn boxershort.

Zijn boxershort heeft de vorm van een tent.

Hij werpt een verhitte blik over me heen. "Je bent prachtig, kelpkoppie. Dat wist je wel, toch?"

"Hou je mond en kleed je uit," zeg ik ademloos terwijl ik mijn beha losmaak.

Zijn pupillen verwijden zich en hij laat zijn boxershort zakken.

Het water loopt me in de mond als ik naar zijn Aqua-mannelijkheid in al zijn glorie staar.

Bijna als bijzaak trek ik mijn doorweekte slipje uit.

"Prachtig," zegt hij hees.

Daarmee is hij weer op me, zijn octopushanden dwalen over mijn lichaam terwijl zijn tong mijn mond verkent. Als reactie daarop worden mijn tepels hard en puntig, als zeeschelpen, en voelen de borsten eromheen voller en zwaarder aan. Ik kan mezelf niet tegenhouden, reik naar zijn Aqua-mannelijkheid en geef hem een lichte streling.

Oliver gromt in de kus, en mijn wunderpus schreeuwt bijna, "Ja, dat. Schuif dat in me, nu."

Zijn handen verschroeien mijn lichaam overal waar ze elkaar aanraken, en alsof hij er meer dan twee (acht?) heeft, tilt hij me op en drapeert me over het bed.

"Spreid je benen," beveelt hij ruw.

Bij Cthulhu's oxytocine-afgifte. Krijg ik toch de kans om de terughoudende onderdanige te spelen?

Jippie!

Blozend zoals het mijn rol betaamt — en omdat ik er niets aan kan doen — doe ik wat me gezegd wordt.

Zijn neusvleugels trillen. "Raak jezelf aan."

Yep. Bazige baas-fantasie wordt werkelijkheid.

Ik lik mijn vingers om er zeker van te zijn dat ze mooi glad zijn, spreid dan mijn plooien met één hand terwijl ik met de wijsvinger van de andere hand mijn G-spot lokaliseer.

"Precies zo," zegt hij, met cyaanblauwe ogen die glanzen.

Ik omcirkel de plek en een kreun ontsnapt aan mijn lippen.

"Goed bezig." De woorden zijn als het spinnen van een leeuw. "Geef me nu die vingers."

Weer gehoorzamend, kijk ik stomverbaasd toe hoe hij ze schoon likt.

"Heerlijk," mompelt hij. "Ik wil meer."

Oh?

Voordat ik hem om uitleg kan vragen, is zijn mond naast mijn geslacht, zijn tong gaat feilloos naar mijn parel terwijl zijn baard sensueel langs mijn plooien wrijft.

Cthulhu help me. Mijn hele lichaam trekt zich samen op een golf van hitte, mijn tenen krommen zich, en ik kom met een luide kreet over zijn hele mond klaar, terwijl de sensaties met zo'n kracht door me heen schieten dat achter mijn strak gesloten oogleden vuurwerk explodeert.

"Ja," hoor ik hem zeggen als ik weer bij zinnen ben. "Proef jezelf nu op mijn lippen."

Verdwaasd met mijn ogen knipperend open ik mijn ogen en ontmoet zijn verslindende kus. Hij smaakt anders dan anders, en ik vind het heerlijk — maar ik denk dat ik alles lekker zou vinden, als het via die lippen zou worden afgeleverd, zelfs cyanide.

"Jouw beurt?" vraag ik hees terwijl ik me terugtrek, en als antwoord leunt hij achterover, zijn Aqua-mannelijkheid schokt in afwachting terwijl zijn oogleden halfgesloten zijn.

Eindelijk. Zonder ouders of pindakaas in zicht, kan ik dit ononderbroken doen.

Terwijl ik naar beneden duik, lik ik hem als een ijsje.

Hij gromt iets onverstaanbaars.

Ik kijk op en mijn ogen kijken in zijn cyaankleurige blik terwijl ik zijn Aqua-mannelijkheid in mijn mond laat glijden.

Zijn ogen zijn nu wild.

Ik ga met mijn tong onder de schacht langs.

Hij trekt in mijn mond en ik proef voorvocht.

Verdomme, dit windt me op. Ik heb me dit nooit eerder gerealiseerd, maar aan een pik zuigen is nog opwindender dan het dragen van een zeemeerminnenstaart. Tenminste, als hij aan de juiste persoon vastzit — de pik, bedoel ik, niet de staart. Hoewel nu ik erover nadenk, kan Oliver met een staart op zijn eigen manier heet zijn.

Hij wikkelt zijn hand in mijn haar, dus ik verdubbel mijn enthousiasme. Hij kreunt, zijn kontspieren spannen zich aan. Net als ik lekker bezig ben, trekt hij aan mijn haar en ik maak mijn mond vrij om hem vragend aan te kijken.

"Ga op handen en voeten zitten." Het hese commando is gelijke delen dominantie en lust.

Ik doe niet alleen wat hij zegt, maar ik schud ook met mijn blote kont om hem te laten zien wat een braaf meisje ik kan zijn als ik op de juiste manier gestimuleerd wordt.

Over mijn schouder naar zijn strakke gezicht kijkend, vraag ik, "Vind je dit leuk?"

Als antwoord grijpt hij mijn heupen en prikt met zijn Aqua-mannelijkheid tegen mijn opening voordat hij in één vloeiende beweging bij me binnenkomt.

Mijn adem verlaat mijn longen.

Wauw. Wauw. Wauw.

Hij is zo groot dat het pijn zou moeten doen, maar in plaats daarvan vult hij me perfect, waarbij de lichte rek alleen maar aan de verhitte spanning in mijn kern bijdraagt.

"Ik wil in je klaarkomen," gromt hij.

"Fuck," hijg ik. "Ja, graag."

Oeps. Ik heb misschien net de Kraken vrijgelaten.

Zijn volgende stoot is hard. Die daarna is nog

harder — en ik vind het zo lekker dat ik het hem via een kreun laat weten.

Oh. Mijn. Cthulhu.

Met een grom komt hij met hernieuwde kracht bij me binnen, en de spanning wordt zo intens dat ik de lakens grijp.

Dit is het. Dit is hoe Olivers surfplank zich zou voelen als hij met haar over een tsunami zou rijden. Dit is ook hoe ik voor elke andere man verpest word.

Een schreeuw wordt van mijn lippen gerukt.

"Ja, kelpkoppie," kreunt hij, terwijl hij in me stoot. "Kom met me."

Ja.

Ja.

Dat is het beste idee in de geschiedenis van ideeën.

Ik schreeuw zijn naam als een enorm orgasme aan land komt.

Hij dringt dieper bij me binnen, zijn Aqua-mannelijkheid wordt hoe onmogelijk ook nog harder terwijl hij met een dierlijke grom in me klaarkomt.

Boem! Zijn orgasme veroorzaakt er nog een voor mij, en ik kreun steeds maar weer, totdat mijn armen het uiteindelijk begeven en ik slap op het bed val.

HOOFDSTUK
Negenentwintig

OLIVER LEPELT ME VAN ACHTEREN EN DRUKT ZIJN GEZICHT TEGEN MIJN HAAR. "DAT WAS GEWELDIG."

Ik adem langzaam uit. "Een klein understatement, nietwaar?"

"Mijn excuses." Ik hoor de glimlach in zijn woorden. "Het was verbazingwekkend, opmerkelijk, niet van deze wereld."

Ik gnuif. "Dat doet het nog steeds geen recht. Ik denk dat het een van die situaties is waarin je erbij moest zijn om het te waarderen."

Een grinnik. "Ik was er heel erg bij."

Ik glimlach in het kussen. "Douchen?"

"Tuurlijk." Ik voel dat ik opgetild word en naar de badkamer gedragen worden.

Giechelend geniet ik van de rit.

Als we de douchecabine naderen, vraagt hij, "Kun je staan?"

Ik grijns. "Iemand is nogal arrogant over zijn vaardigheden."

Hij zet me op mijn voeten en zet het water aan.

Ik weet hoe het water voelt.

"Kom bij me staan." Hij stapt onder de straal en giet body wash in zijn grote handen.

Ik volg gehoorzaam en hij begint me in te zepen, wat geweldig en decadent aanvoelt.

Karper. Hij heeft al andere mannen voor me verpest. Wil hij ook het simpele plezier dat de douche is, verpesten?

Het lijkt er wel op. De zachte strelingen van zijn handen (alle acht), de hoofdmassage die hij uitvoert terwijl hij mijn haar wast, de manier waarop zijn spieren onder de waterstraal glinsteren — het is precies het soort waar ik heel snel aan zou kunnen wennen... en dan niet zonder zou kunnen leven.

"Jouw beurt?" vraag ik wanneer hij klaar is met mijn rug.

"Ik heb iets anders in gedachten," mompelt hij, en ik draai me om hem aan te kijken.

Slik. Een glanzende nieuwe erectie knipoogt naar me.

Heh. Zelfs na de liter zeep die hij net op me heeft gebruikt, voel ik me vies — op een ondeugende manier.

Ik kietel de onderkant van zijn Aqua-mannelijkheid zoals ik dat bij de kin van een kat zou doen. "Ik vind het heerlijk waar je hoofd heengaat."

Met een ondeugende grijns eist Oliver mijn lippen

weer op, zijn tong reikt diep om elk oppervlak van mijn mond te strelen.

Het is maar goed dat we onder de douche staan, anders zou er zeker een plas onder me liggen.

Hij drukt mijn rug tegen de gladde tegels, grijpt mijn kont, tilt me een paar centimeter op en komt weer bij me binnen.

Hijgend sla ik mijn benen om zijn heupen en grijp naar zijn schouders, terwijl ik me aan hem vasthoud alsof mijn leven ervan afhangt als hij zich in me stoot. Deze keer is zijn tempo zachtaardiger, langzamer, zoals onze eerdere hectische sessie het voorgerecht was, en dit is een met aandacht geproefd hoofdgerecht.

Water is helemaal ons element. Dit is nog heter dan toen hij me in bed nam. De stromende douche dempt mijn gekreun, maar niet het geklets van nat naakt vlees, en de geluiden winden me verschrikkelijk op. Grommend verdiept hij de kus, en een krachtig orgasme bouwt zich op in mijn kern terwijl zijn stoten versnellen.

Ik geloof dat we weer terug zijn in de aperitiefmodus. Of misschien is dit het decadente dessert.

"Ik ben er bijna," hijg ik in zijn mond.

Hij zet zijn tanden in mijn onderlip en stoot dieper, waardoor ik over de rand ga.

Mijn kreet van verlossing is zo luid dat het misschien in de kamers in de buurt te horen is. Mijn hele lichaam verkrampt en ontspant zich, verzengende hete extase die door mijn zenuwuiteinden explodeert. Ik ben nog steeds niet op adem gekomen als Oliver zijn hoogtepunt bereikt, mijn naam kreunend en tegen me aan rijdend — een handeling die een naschok-orgasme voor me veroorzaakt.

Wauw. Dubbel, driedubbel wauw.

Mijn benen voelen aan als noedels, maar gelukkig is hij er om me overeind te houden.

"Gaat het?" mompelt hij terwijl hij me weer onder de douche manoeuvreert en mijn vagina teder wast.

"Officieel en correct geneukt," zeg ik zwakjes. "Verder, prima."

Hij geeft me een blik van pure mannelijke voldoening. Nadat hij me uit de douchecabine heeft geleid, droogt hij me af en draagt hij me terug naar het bed.

"Niet eerlijk," zeg ik terwijl hij me met de deken bedekt. "Ik heb *jou* niet gewassen."

Hij knipoogt. "Je zult het maar goed moeten maken. Op de een of andere manier."

Ik gaap. "Ja. Morgen."

"Als eerste," zegt hij spottend streng. "Ga je niet weer verslapen."

Me verslapen en *dat* missen?

Nooit.

Ik doe een lok van zijn haar achter zijn oor en probeer serieus te klinken als ik zeg, "Oliver, dank je." Ik kijk op zijn Aqua-mannelijkheid neer. "Dat is iets wat ik in New York nooit zou kunnen krijgen."

Mijn beloning is het horen van zijn diepe lach en

toekijken hoe zijn buikspieren zich aanspannen. Daarna geeft hij me een zachte kus op de lippen. "Slaap lekker."

Met een gekke grijns sluit ik mijn ogen en val meteen in slaap.

HOOFDSTUK
Dertig

IK WORD WAKKER VAN STERKE VINGERS DIE MIJN GEZICHT AANRAKEN. Ik doe mijn ogen open en zie dat het Oliver is, die iets in mijn huid masseert.

Is hij op mijn gezicht klaargekomen?

Geeft niks, maar ik ben dan liever wakker.

Maar nee. Hij is volledig gekleed.

Ik wrijf in mijn ogen terwijl hij zijn hand terugtrekt. "Wat is er aan de hand?"

Hij grijnst. "Het is bijna half elf en de zon stond op het punt om op je mooie gezicht te landen."

Oh. De substantie die hij op me smeerde, is zonnebrandcrème.

Ik draai me om en zie dat hij gelijk heeft. De zonnestralen hebben het kussen bijna bereikt.

Verdomde klootzakken.

Dan registreert mijn slaperige geest het belangrijkste punt. Oliver maakte zich namens mij zorgen over blootstelling aan de zon.

Zelfs als ik niet alleen de beste seks van mijn leven had meegemaakt, zou ik hem uitsluitend daarom willen houden.

Hij leunt naar voren om het aanbrengen van zonnebrandcrème te hervatten, maar ik trek me terug.

"Ik denk dat ik eerst mijn tanden wil poetsen."

Hij lacht. "Oké, maar schiet wel een beetje op. Ik moet eerlijk gezegd zo weg."

Ik voel mijn hart breken. "Oh ja?"

Hij knikt. "Ik heb een lange rit voor de boeg."

"Oh?"

Hij knijpt door de deken heen in mijn dij. "Ik ga naar St. Augustine voor de SOS-inzamelingsactie om een paar van de aanwezigen te ontmoeten."

Karper. Ik kan niet voorkomen dat de teleurstelling op mijn gezicht te zien is. "Maar ik ben je een inzeepbeurt verschuldigd."

Hij lacht berouwvol. "Je sliep zo vredig dat ik je niet wakker wilde maken."

Ugh, ik heb me uiteindelijk *toch* verslapen. Als ik had geweten wat er op het spel stond, dan had ik een wekker gezet. Misschien twee.

"Wanneer ga je weg?" vraag ik.

Hij kijkt op zijn horloge en zijn gezichtsuitdrukking verandert. "Fuck. Over tien minuten."

Ik spring overeind en sprint de badkamer in om mezelf toonbaar te maken.

Tegen de tijd dat ik naar buiten kom, heeft Oliver nog maar vijf minuten over — dus besteden we ze verstandig en doen alsof we van elkaar afhankelijk zijn voor zuurstof.

Of misschien niet zo verstandig. Gisteravond heb ik mijn overactieve libido bevredigd, maar ik ben weer geil en Oliver moet gaan.

Waarom is het leven soms zo oneerlijk?

"Dus." Ik trek me terug en raak mijn gezwollen lippen aan. "Wanneer zie ik je weer?"

Hij zucht. "Bij de inzamelingsactie. Het spijt me. Ik had de plannen al gemaakt voordat we —"

"Het geeft niet," lieg ik, maar van binnen sta ik te stampen alsof het mijn verjaardag is en ik geen taart meer heb.

Hem morgen pas weer zien voelt als een straf.

"Oké." Hij plant een zachte kus op mijn wang. "Ik ga."

Hij vertrekt voordat ik een miljoen vragen kan stellen.

Gedesoriënteerd ga ik op het bed zitten om op adem te komen.

Ik kan niet geloven wat er net is gebeurd.

Ik ben met Oliver naar bed geweest.

Twee keer.

Is dit voor hem net zo'n monumentale gebeurtenis als voor mij? Of ziet hij dit als een eenmalig iets?

Twijfels verduisteren mijn goede humeur, als de inkt van een bange octopus. Zelfs als dit geen one-night-stand is, kunnen hij en ik dan normaal daten? Ik werk voor hem, en hij heeft niet voor niets dat HR-beleid tegen geflikflooi.

Ik kreun vanbinnen. Dit is het soort ding dat ik met hem had moeten bespreken *voordat* ik de 'thee'-uitnodiging deed en niet erna. Aan de andere kant, ter verdediging, had ik gisteren gedurende een langere periode een zeemeerminnenstaart gedragen — wat voor een man als Viagra zou zijn.

Mijn maag knort.

Juist. Ik zou moeten eten.

Terwijl ik naar beneden ga om te ontbijten, bedenk ik meer prozaïsche vragen voor Oliver, zoals, "Moet ik weer aan het werk, of kan ik een tijdje van Tampa genieten?"

Aan de ene kant heeft hij me over het nabijgelegen Salvador Dali Museum verteld, maar aan de andere kant is het een werkdag en zijn onze zaken in Tampa voorbij. Oh, en aangezien hij om werkredenen weg is gegaan, betekent dat niet dat er weer werk aan de winkel is?

Als ik klaar ben met eten, besluit ik dat het appen van de werkvraag net zo ongemakkelijk zou zijn als op het plafond slapen — en het ontgaat me niet dat dit maar een klein voorbeeld is van de reden waarom geslachtsdelen en bazen niet samengaan.

Ach ja. Ik zal gewoon weer aan het werk gaan. Ik wed dat als hij hoort dat ik vandaag in Sealand was, hij onder de indruk zal zijn van mijn arbeidsethos.

Op de terugweg bel ik Lemon en vertel haar wat er is gebeurd. Ik heb er meteen spijt van want ze begint te gillen als een tienerbiggetje.

Ik wacht tot ze klaar is en zeg, "Dus ik heb geen idee waar we staan, aangezien hij mijn baas is en zo."

"Wie boeit dat?" giechelt ze. "Hij is heet genoeg om een beetje ongemak te verdragen."

Ik rol met mijn ogen. "Heb je ooit in een zakelijke omgeving gewerkt?"

Ze gnuift. "Ja, ja. Hier is een idee. We zien er identiek uit, dus hij zou waarschijnlijk net zo blij zijn om seks met mij te hebben als om het met jou te hebben. En ik werk niet voor hem, dus —"

Ik rij bijna van de weg af. "Blijf met je handen van hem af."

"Zie je?" Ik hoor haar door de telefoon grijnzen. "Nu weet je hoe je je echt voelt."

"Ik heb het gevoel dat ik je met de navelstreng had moeten verstikken toen we in mama zaten," zeg ik. "Hoe zit het trouwens met de Russische balletman?"

"Ik was duidelijk een grapje aan het maken," zegt ze. "Hoe heet jouw man ook is, de Rus is heter."

"Juist." *Blijf dat tegen jezelf zeggen.*

"Hoe dan ook, wanneer kom je terug?" vraagt ze.

Ik haal mijn schouders op, realiseer me dat ze me niet kan zien en zeg, "Na vijven. Ik ben op weg naar mijn werk."

"Oké, dan zie ik je morgenmiddag denk ik. Ik ga weer naar Orlando."

"Welke bezienswaardigheid?" vraag ik.

"Harry Potter World en dan de Blue Man Group."

Ik grinnik. "Eerst wil je met *mijn* man naar bed, nu ga je naar een hele groep van Blue's mannen kijken?"

Net als ik voor het hoofdgebouw van Sealand parkeer, komt er een app van Oliver binnen:

Ben iets vergeten te vermelden voordat ik vertrok. Een aanbeveling. Kleed je tijdens de SOS-inzamelingsactie om indruk te maken.

Ik staar met verafschuwde fascinatie naar mijn telefoon.

Serieus? Ben ik vervloekt, zoals die piraten op de Black Pearl? De lakens waarop we hebben geslapen zijn nog warm en hij verandert al in Brett 2.0, die me vertelt wat ik aan moet trekken.

Mijn antwoord is kort:

Maak jij je maar druk over je eigen kleding, dan regel ik de mijne.

Ik loop stevig en boos Sealand binnen terwijl ik op zijn antwoord wacht.

Mijn telefoon tingelt.

Tuurlijk. Als je me iets wilt aanraden om te dragen, hoor ik het graag... met uitzondering van een T-shirt met 'I heart NYC' erop.

Oké, dus hij is iets beter dan Brett in zich uit de nesten werken, maar is dat überhaupt iets goeds?

"Hé, Olive," zegt Dex en hij laat me schrikken. "Ik ben blij dat je er bent. Ik wilde je om een gunst vragen."

Ik schud mijn hoofd om het leeg te maken. "Wat is er?"

"Het gaat over de octopustank. Het blijkt niet alleen octopusbestendig te zijn." Hij grijnst schaapachtig. "Ik weet ook niet hoe ik hem moet openen."

Karper. Het is maar goed dat ik vandaag weer aan het werk ben en Beaky kan voeren. Hij was bijna het slachtoffer van zijn eigen slimheid — of menselijke domheid — geworden.

Dex wrijft over de achterkant van zijn otterachtige nek. "Dus, wat zeg je ervan? Kun je me leren hoe ik hem open moet krijgen?"

Ik tuit mijn lippen. "Ik vind het echt *heel erg* leuk om Beaky zelf te voeren..."

Hij moet het idee snappen om een specifiek wezen te claimen. Hij is niet voor niets de belangrijkste verzorger van de otters. Toch heb ik geen idee of 'ik degene ben die de octopus voedt' in het Sealand beleid past. Ik hoop het, anders zal ik met hand en tand vechten om het zo te krijgen.

"Ik begrijp het." Dex springt van voet tot voet. "Het is voor later. Je kunt hem niet echt te eten geven als je er niet bent."

Ik weersta de drang om iets te zeggen als, "Nou, duh." In plaats daarvan leid ik hem naar de tank zodat ik kan laten zien wat wat is.

Gedurende de hele les kan ik het gevoel niet van me afschudden dat Dex zich vreemd gedraagt, maar ik weet niet zeker waarom.

"Bedankt," zegt hij als ik klaar ben met het opnoemen van Beaky's favoriete lekkernijen.

Ik ruk mijn ogen van Beaky weg — die ons gesprek met die intelligente ogen van hem heeft gadegeslagen. "Geen probleem."

Dex draait zich om om te gaan. "Maak je geen zorgen," zegt hij over zijn schouder als hij halverwege de deur is. "Ik kan de anderen leren hoe ze dit moeten doen."

"Oh?"

"Het is geen probleem," zegt hij. "Je moet veel op je bord hebben."

Heb ik dat? Voordat ik hem kan vertellen dat ik het niet erg vind om het iedereen te leren, is hij weg.

Dat was zeker raar.

Ach ja.

Aangezien de tank al open is, laat ik er wat lekkers in vallen.

Oh, hogepriesteres, we konden het niet helpen, maar we merkten dat je vergeten bent om Otter Diaken de belangrijkste regel te leren als het om het aanbidden van ons, de God-keizer van de grotere tanks gaat: "De traktaties moeten blijven stromen."

Iemand schuifelt met zijn voeten achter me.

Ik draai me om en zie dat het Rose is.

Ze zucht en kijkt me raar aan.

Hmm. Hoe groot is de kans dat ze zo goed is in HR-dingen dat ze al 'seks met de baas' heeft geroken?

"Ik ben blij dat ik je heb gevonden," zegt ze. "Ik heb een gunst nodig."

Ik knipper. "Wat is er?"

Ze gebaart naar de tentakeldildo in Beaky's tank. "Kun je alle verrijkingstools die je tot nu toe hebt gemaakt documenteren en ook hoe je ze onderhoudt?"

Hmm. Dat is een vreemd verzoek... Tenzij ze op basis van wat ze met haar HR-superzintuigen al heeft opgesnoven van plan is om me te ontslaan.

Nee. Ik ben paranoïde.

"Wanneer heb je het nodig?" vraag ik.

Ze krabt aan haar kin. "Is er een kans dat je het tegen het einde van de dag af kunt hebben?"

"Tuurlijk." Beaky voeren was vandaag mijn enige echte prioriteit.

"Bedankt."

Ligt het aan mij of ziet ze er onevenredig opgelucht uit?

Ik ga naar mijn computer en begin aan het verzoek van Rose te werken. Omdat ze niet heeft gezegd hoe gedetailleerd ik moest zijn, heb ik het document dummy-proof gemaakt — een les die ik van Beaky's tank heb geleerd. Ik leg uit hoe je de video's op de tv in de tank van de lamantijnen kunt wijzigen en zelfs hoe je de tv aan en uit kunt zetten.

Als ik klaar ben, kijk ik hoe laat het is. Het is net na vijven, dus de tijd van naar huis gaan.

Iemand schraapt haar keel achter me.

Ik draai mijn stoel en kijk omhoog en zie Aruba.

"Juffrouw Hyman," zegt ze. "Sorry dat ik je stoor."

Is ze er nog? Ik dacht dat iedereen hier stipt om vijf uur vertrok.

"We hadden afgesproken dat je me Olive zou noemen," zeg ik.

"Sorry," zegt ze. "*Olive*, kan ik je even spreken?"

"Tuurlijk." Vreemder en vreemder.

Aruba ploft in een nabijgelegen bureaustoel. "Als ik geïnteresseerd zou zijn in het maken van speelgoed voor zeedieren, zoals jij doet, is er dan een boek dat je aan zou raden om te lezen of iets dergelijks?"

Ik houd mijn hoofd schuin. "Ik wist niet dat dat iets was waar je in geïnteresseerd was."

Dat is een understatement. Haar exacte woorden waren: "Alles is beter dan 'speelgoed voor goudvissen te maken.'"

Aruba draait haar stoel naar links en dan naar rechts. "Luister, het spijt me als ik laatst een beetje prikkelbaar was."

Tuurlijk. We zullen het een beetje... prikkelbaar noemen. "Dat ligt achter ons."

Ze ademt opgelucht uit. "Het enige wat ik hier ooit heb gedaan, is de dolfijnen trainen. En hoeveel ik ook van ze hou, ik denk dat als ik leer om te doen wat jij doet, het me een kans zal geven om mijn werk te verbreden."

Ik frons. "Wil je mij gaan helpen?"

Hoe gevleid ik ook ben, en ondanks haar verontschuldigingen, is ze nog steeds geen leerling die ik vrijwillig zou kiezen.

Aruba knippert stom. "Ik dacht dat nu je weggaat — weet je wel? Laat maar zitten."

De hele keten van vreemde gebeurtenissen klikt, als

een puzzeldoos die voor een bijzonder slimme octopus bedoeld is, in elkaar.

Ik zie rood.

Terwijl ik overeind kom, grom ik, "Wat bedoel je met 'weggaat?'"

Ze schuift haar stoel van me af. "Uhm. Er was een e-mail van dr. Jones. Hij heeft ons gezegd om ons voor te bereiden voor als je niet meer bij Sealand bent, dus ik —"

De rest hoor ik niet, omdat het bloed in mijn oren bonst.

Ze heeft zojuist mijn vreselijke vermoeden bevestigd, en het doet pijn als een slag tegen de lever.

Oliver en ik hebben seks gehad, en nu heeft hij besloten om de HR-blunder die deze daad heeft veroorzaakt op te lossen door de meest verraderlijke methode te gebruiken die maar mogelijk is.

Hij gaat me ontslaan.

HOOFDSTUK
Eenendertig

"Ik zal je wat boekaanbevelingen mailen," mompel ik voordat ik de kamer uit ren alsof ik een tonijn ben en Aruba een van haar favoriete dolfijnen.

Alles klopt. De manier waarop Rose me vroeg om dat document te schrijven en hoe raar ze deed. Waarom Dex wilde leren hoe hij voor Beaky moest zorgen.

Oliver heeft iedereen verteld dat ik ontslagen ga worden.

Ik wed dat hij eigenlijk helemaal geen bijeenkomsten in St. Augustine heeft. Hij is waarschijnlijk op zijn kantoor of thuis.

Gevoed door onvervalste woede haast ik me naar zijn kantoor.

Gelukkig voor hem — en voor mijn strafblad — is hij er niet.

Ik grom boos en sprint naar mijn auto. Met de

snelheid van een maniak kom ik in een oogwenk bij zijn huis aan en kom op zijn oprit tot stilstand.

Ik bel aan en bons dan met mijn vuist op de deur, alsof het zijn gezicht is.

Een man doet de deur open. Even denk ik dat het Oliver is na een knipbeurt, maar dan besef ik dat hij het absoluut niet is. Ik wil deze man niet vermoorden of mijn ding met hem doen.

"Hallo," zegt de vreemdeling.

"Ik kom voor Oliver," grom ik.

De man geeft een sexy glimlach. "Jij moet Olive zijn. Wat heeft hij nu weer gedaan?"

Ik haal diep adem om kalm te worden. "Jij moet een van zijn broers zijn."

"Ash, tot je dienst." Hij kijkt naar de hond aan zijn voeten. "Mijn broer heeft me gevraagd om op de snack te letten — en hem te leren surfen als ik toch bezig ben. Wil je een boodschap achterlaten?"

Ik schud mijn hoofd. "Ik moet Oliver spreken."

Ash haalt zijn hand door zijn veel kortere, maar nog steeds mooie haar. "Hij komt vandaag niet terug. Hij zei dat hij voor de conferentie een aantal belangrijke vergaderingen heeft en daarna met wat mensen gaat borrelen. Je moet nu wel weten hoe hij over drinken en rijden denkt."

"Oké." Ik loop weg van de deur. "Bedankt."

Ik strompel naar mijn auto en parkeer op de oprit van mijn grootouders.

De adrenalinepiek die in Sealand begon, verandert in een crash van epische proporties.

Ik sleep mezelf naar de logeerkamer, mijn benen voelen aan als kwallen op Xanax.

Mijn grootouders zijn niet thuis, zo lijkt het. Zijn ze met Lemon mee naar Orlando?

Het is beter zo. Ik denk dat ik op dit moment niemand aankan.

Ik vecht tegen de drang om te huilen en plof neer op mijn bed zonder mijn kleren uit te trekken.

Hoe heb ik zo stom kunnen zijn?

Hoe heb ik door nog een andere man mijn hart als boksbal laten gebruiken?

De rode vlag was er — mijn aantrekkingskracht op hem. Klootzakken zijn blijkbaar mijn type, dus waarom ben ik geschokt dat Oliver de zoveelste blijkt te zijn?

Ik wed dat hij van plan was om nog een keer seks met me te hebben voordat hij het kleed onder me vandaan zou trekken. Waarom zou hij me anders voor de SOS-inzamelingsactie uitnodigen? Hij had zelfs de ballen om te specificeren dat ik er leuk uit moest zien voor hem.

Ongelooflijk.

Het ergste is dat ik niet langer de energie heb om hem te lokaliseren en hem te laten weten wat ik van hem denk. Ik kan echter ook niet tegen deze limbo waarin ik weet dat hij niet weet dat ik het weet.

Ik pak mijn telefoon en typ woedend:

Ik weet dat je van plan bent om me te ontslaan. Doe geen moeite. Ik stop ermee. Zowel met jou als met je baan. Ik wil je gezicht nooit meer zien.

Zo. Dit is net als een pleister eraf trekken. Het voelt alleen meer alsof ik mijn hele lichaam en ziel keer op keer aan het waxen ben.

Ik voel me vreemd koud en maak van mezelf een burrito in een deken.

Ondanks al mijn vergelijkingen van Oliver en Brett, voelt dit oneindig veel erger dan die breuk... ook al ken ik Oliver veel korter en is hij officieel niet mijn vriend.

Het moet die zeemeerminverrassing zijn die Oliver voor me heeft geregeld. Zelfs als het een truc was om onder mijn staart te komen, dan was het leuker dan alle vriendelijke gebaren die Brett en mijn andere exen bij elkaar ooit hebben gemaakt.

Cthulhu vervloek zijn stuitbeen. De seks was zo geweldig dat ik zoiets waarschijnlijk nooit meer mee zal maken. En het was niet alleen de seks. Gewoon met hem omgaan was —

Wat ben ik aan het doen? Waarom ben ik mezelf zo aan het martelen?

Waar ik me zorgen over moet maken is Beaky.

Laat ik hem bij Oliver blijven?

Mijn maag voelt bevroren aan.

Heeft Oliver zo ver vooruit gepland? Hij heeft er een punt van gemaakt om te zeggen dat als ik Sealand zou verlaten, Beaky achter zou blijven. Was hij al van plan om me letterlijk en figuurlijk te naaien?

Ik heb geen idee, en wat dit onmogelijk maakt om mee om te gaan, is dat Beaky gelukkig is in zijn nieuwe tank, dus het beste voor hem is om Oliver hem te laten houden.

De kamer begint te tollen en ik sluit mijn ogen en knijp ze dicht tegen de brandende tranen.

Mijn hele lichaam voelt zwaar aan, vooral mijn borstkas, en ondanks mijn inspanningen beginnen de tranen te stromen.

Ze stoppen niet totdat de uitputting me opeist en ik in slaap val.

HOOFDSTUK
Tweeëndertig

IK WORD WAKKER MET EEN VERSTOPTE NEUS EN EEN ZERE KEEL.

De zon schijnt, wat betekent dat ik van etenstijd tot laat in de ochtend heb geslapen.

Ik moet emotioneel gezien *zo* uitgeput zijn geweest.

Nu ik geslapen heb, voel ik me iets sterker — en moet ik een beslissing nemen.

Ga ik wel of niet naar de SOS-inzamelingsactie?

Enerzijds is het misschien een goede plek om voor mijn volgende baan te netwerken. Aan de andere kant zal Oliver er zijn, en het zal veel meer slaap vergen voordat ik het gevoel heb dat ik klaar ben om hem onder ogen te zien.

Oké, geen inzamelingsactie, wat me tot een secundair dilemma leidt: moet ik überhaupt de moeite nemen om uit bed te komen?

Na kort wikken en wegen ga ik ervoor. In het verleden, wanneer ik me down voelde, zorgde het ondernemen van actie, hoe klein ook, er altijd voor dat ik me beter voelde.

Ik stap uit bed en doorloop mijn ochtendroutine.

Nee.

Ik voel me niet beter.

Ik kijk op mijn telefoon.

De inzamelingsactie begint zo. Als ik zou gaan, dan zou ik nu moeten rennen.

Ik kan mezelf niet tegenhouden en controleer mijn app naar Oliver.

Het lijkt erop dat hij hem nog niet heeft gelezen — waarschijnlijk is hij te druk met de andere deelnemers van de inzamelingsactie.

Karper. Dat betekent dat hij nog steeds denkt dat hij ermee weg is gekomen.

Ik moet mijn gezond verstand behouden.

Ik open mijn laptop en stalk weer de website van Octoworld. Als er enige rechtvaardigheid in het universum is, dan zal ik daar een baan vinden om de rotzooi die het leven me heeft toegebracht te compenseren.

Nee. Ze hebben geen nieuwe vacatures staan. Ik zie wel iets interessants. Volgens hun nieuwstab sponsoren ze dit jaar weer de SOS-inzamelingsactie. Ik vraag me af of…?

Ik kijk op de social media van Ezra Shelby en bevestig mijn vermoeden. Ze gaat bij de inzamelingsactie Octoworld vertegenwoordigen.

Het lijkt erop dat het universum nog niet klaar is met me neer te schoppen.

Zonder deze clusterfuck met Oliver had ik vandaag mijn idool kunnen ontmoeten.

Maar aan de andere kant, kan ik nog steeds gaan... als ik bereid ben om Oliver tegen het lijf te lopen.

Maar nee. Ik kan het risico niet lopen om hem in het openbaar op zijn gezicht te slaan. Trouwens, op dit moment ben ik toch te laat voor het meet-and-greet-gedeelte van het evenement.

Omdat ik niet zeker weet wat ik nog meer moet doen, open ik mijn e-mail zodat ik Aruba een lijst met bronnen kan sturen die ze kan gebruiken als ze mijn werk wil doen.

In mijn inbox zitten twee ongelezen e-mails van gisteren.

De ene is van Oliver, dus ik geef het een middelvinger, maar de andere is van iemand die me nog nooit eerder heeft geschreven: Ezra.Shelby@Octoworld.com

Mijn hartslag springt omhoog.

Dat kan niet, ofwel?

Met trillende vingers open ik de mail van mijn idool:

Beste Olive,

Ik kijk er enorm naar uit om je morgen te ontmoeten. Een paar weken geleden heeft je huidige werkgever en mijn goede vriend Oliver me over het geweldige werk verteld dat je bij Sealand hebt gedaan. Hij zei ook hoeveel je van octopussen houdt en dat je hier bij Octoworld hebt gesolliciteerd. Ik heb dit nagekeken en zag dat je cv nooit verder is gekomen dan onze HR-afdeling. Mijn excuses daarvoor. Als alles goed gaat morgen, dan zal ik speciaal voor jou een baan creëren — die erg op je werk bij Sealand lijkt, maar met de nadruk op de octopussen. Als je het niet erg vindt, neem morgen dan alsjeblieft je notities of ontwerpen mee die je hebt, zodat —

Ik trek mijn ogen weg van het scherm, knipper een paar keer en lees dan de eerste twee zinnen opnieuw.

Yep. Ik heb een sollicitatiegesprek met Ezra Shelby... en het was Oliver die het heeft opgezet.

Kwam dat vanuit een schuldig geweten?

Nee, dat kan niet. Hij heeft haar 'een paar weken geleden' over me verteld.

Verdwaasd open ik Olivers e-mail om te zien of het hier enig licht op kan werpen.

Hoi Olive,

Ik heb net een bericht van Ezra gekregen en hoorde dat ze heeft verpest wat een andere verrassing had moeten zijn. Ik denk dat je nu weet waarom ik je heb uitgenodigd om met me mee te gaan naar de SOS-inzamelingsactie. Het was om haar te ontmoeten. Ach ja. Ik hoop dat je net zoveel indruk op haar zult maken als dat ik denk dat je zult doen. Wat mij betreft, ben ik er zo zeker van dat ze je aan zal nemen dat ik de mensen van Sealand heb gezegd dat ze zich moesten voorbereiden op het moment dat je niet meer —

Met een zucht stop ik met lezen.

Bij de klauwen van Cthulhu, ik heb een grote fout gemaakt.

Oliver heeft niet besloten om me te ontslaan nadat we samen naar bed waren geweest. Hij heeft alleen opgelet toen Fabio en Lemon zeiden dat het mijn droom was om met Ezra te werken, en toen heeft hij besloten om die droom waar te maken — zelfs als dat betekende dat hij een personeelstekort zou hebben.

Daarom had hij me gevraagd om me te kleden om indruk te maken. Het was voor dit sollicitatiegesprek.

En als dank heb ik hem die nare app gestuurd.

Ik kijk op mijn telefoon.

Hij heeft het nog steeds niet gelezen.

Ik app hem nog een keer:

Negeer wat ik eerder heb gezegd. Je bent de beste.

Mooi. Ik klink als een idioot. En ugh, hij leest dat bericht ook niet — natuurlijk niet.

Nerveus op mijn nagel bijtend, bel ik hem. Hij neemt niet op. Waarschijnlijk te druk bezig met iets heel leuks voor de ondankbare ik te doen.

Ik spring overeind.

Ik moet iets doen. Ik moet naar hem toe. Ik moet hem zeggen dat ik mezelf aan het saboteren was. Ik moet uitleggen dat ik slechte relaties heb gehad, en dat ze me soms dingen door het tegenovergestelde van een roze bril hebben laten zien. Oh, en ik moet hem bedanken. En hem kussen. En nog belangrijker, hem vastgrijpen en hem nooit meer laten gaan.

Het is misschien ook een goed idee om het sollicitatiegesprek dat hij voor me heeft geregeld niet te missen.

Het sollicitatiegesprek van mijn leven.

Ik kleed me zo snel mogelijk aan, maar dan besef ik dat ik een enorm probleem heb.

Met de Tampa-trip en wat volgde, ben ik helemaal

vergeten om meer zonnebrandcrème voor mezelf te kopen, en nu heb ik niet meer.

Karper.

Wat moet ik doen?

Ik haast me naar beneden om wat crème van mijn grootouders te vragen. Hun merk is misschien niet optimaal, maar elke zonnebrandcrème is beter dan geen.

"Ah, Kappertje," zegt opa met een glimlach. "Klaar voor het ontbijt?"

Ik schud mijn hoofd. "Geen tijd. Ik ben te laat voor de inzamelingsactie. Hopelijk hebben ze hors d'oeuvres. Heb je misschien wat zonnebrandcrème voor me?"

Hij zucht. "Ik was al bang dat dit zou gebeuren. Die hebben we niet."

Ik frons. "Hoe ga je dan naar buiten?"

Hij haalt zijn schouders op. "Onze dokter heeft ons verteld dat blootstelling aan de zon goed is voor de aanmaak van vitamine D, dus we hebben — "

"Nee. Je kunt voor vitamine D supplementen nemen. Als ik terug ben, gaan we dit uitgebreid bespreken — zowel de gevaren van zonneschade als de kwaliteiten die je in je nieuwe arts moet zoeken."

"Geweldig," gromt hij. "Ik kan niet wachten."

Met pijn in mijn hart haast ik me de garage in en kijk of er, door een wonder, daar nog wat zonnebrandcrème ligt.

Nee. Het ontbreekt allemaal, en mijn auto ook.

Wacht. Waar is mijn auto?

Oh, tuurlijk. Ik heb hem op de oprit achtergelaten.

Ik open de garagedeur.

Het kwaad dat de zon is schijnt dreigend buiten de garage.

Karper.

Ik weet niet zeker of ik dit kan.

Nee. Ik kan het. Ik moet. Het is maar een paar meter, en als ik eenmaal in de auto zit, dan zal de voorruit de ergste UV-stralen blokkeren — wat beter is dan niets.

Ja.

Het is beter om er niet aan te denken en het gewoon te doen.

Ik zet een stap in de richting van het licht.

Dan nog een.

Dan nog een.

Ik heb het gevoel alsof ik in de film *Poltergeist* zit en iemand op het punt staat om te roepen, "Ga niet het licht in!"

Maar ik moet, dus ik doe het.

Ineenkrimpend stap ik naar buiten — om alleen nog maar iets ergers dan Uv-straling onder ogen te zien.

Een persoon van wie ik dacht dat ik het ongenoegen nooit meer zou hebben.

Ondanks dat hij door de politie wordt achtervolgd, ondanks het straatverbod, en ondanks Blue's surveillance, is hij hier.

Mijn ex, Brett.

HOOFDSTUK
Drieëndertig

ALS IK DEZE KEER NAAR ZIJN GEZICHT KIJK, is de primaire emotie die ik voel ergernis, met een vleugje angst. Er is ook een enorme opluchting dat ik het met hem heb uitgemaakt toen ik dat deed. Hij is duidelijk losgeslagen. Bovendien was ik op die manier vrijgezel toen ik Oliver ontmoette.

Shit. Oliver. Ik ben al laat zoals het is, en ik heb geen behoefte aan Brett die me afremt.

Kanttekening: nu ik Brett zie, besef ik hoe dwaas het was om hem en Oliver te vergelijken.

Oliver is een betere man, maal een miljoen.

"Hallo schat," zegt Brett lijzig.

Hoe onorigineel. Ik kijk hem boos aan. "Waarom ben je hier? De politie had je de laatste keer bijna gepakt. Weet je zeker dat je dat risico nog een keer wilt lopen?"

Zijn kaak spant zich. "Kunnen we niet gewoon als twee volwassenen praten?"

"We kunnen hoogstens als anderhalve volwassene praten." Ik ben eigenlijk vrijgevig door hem die helft te geven.

Hij komt op me af, en hoewel hij tegenwoordig niet naar een distilleerderij ruikt, klopt er iets niet aan zijn pupillen.

Misschien is hij high?

De steek van angst groeit uit tot ernstige bezorgdheid. Hij heeft Blue aangevallen en hij stalkt me nu hier in Florida, dus wie weet wat hij nog meer zou kunnen doen?

"Waarom kunnen we niet gewoon praten?" dringt hij aan terwijl ik voorzichtig achteruit naar de garage loop.

"Omdat er niets is om over te praten," zeg ik, terwijl ik een blik over mijn schouder werp om te zien hoe ver ik van de deur ben, voor het geval ik me in veiligheid moet sprinten. "Het is over. Laat dat tot je doordringen."

"Over?" Zijn vuisten ballen en ontspannen zich.

"Afgelopen. Voorbij. Klaar. Ga nu, en misschien vertel ik Blue en de politie dan niet dat je hier bent geweest." Ik dwing mezelf om niet meer achteruit te lopen als ik bij de garagedeur kom. "Ik moet ergens heen, en ik ben laat."

Zijn gezicht wordt duisterder. "Je gaat naar me luisteren."

Ik hef mijn kin op en ontmoet zijn woedende blik. "Doe nog een stap en ik zal schreeuwen."

Hij grijnst. "Als je je verdomde mond niet houdt, dan zal ik je *laten* schreeuwen."

Plotseling is er het veelbetekenende geluid van een jachtgeweer dat wordt geladen, en opa's strenge, ijskoude stem gromt vanuit de voordeur, "Feitelijk gezien zul jij het zijn die gaat schreeuwen."

En met een oorverdovende dreun wordt Brett op de oprit teruggeworpen.

Vierendertig

OH, geweldige Cthulhu! Opa heeft Brett neergeschoten.

In een flits zie ik opa in handboeien en een oranje jumpsuit voor me. Aan de andere kant, als het om het neerschieten van mensen gaat, dan is Florida een 'verdedig jezelf'-staat, wat volgens mij betekent dat als iemand je bedreigt en je jezelf verdedigt, je diegene neer kunt schieten.

Maar toch. Brett vermoorden is —

Brett kreunt van de pijn en grijpt naar zijn kont.

Oh. Is hij niet dood?

"Nu ben je niet meer zo stoer, ofwel?" gromt opa en hij kijkt tevreden. Vervolgens laadt hij weer een beanbag in zijn jachtgeweer en zet hem opnieuw op scherp. "Als je er zelfs maar aan denkt om te bewegen voordat de politie arriveert, dan schiet ik je nog een keer neer."

Verbijsterd staar ik opa aan. "Je hebt hem niet vermoord."

Hij pakt zijn telefoon. "Nog niet. Misschien heb ik geluk en zal hij zich een paar keer bewegen."

Een opgeluchte adem sijpelt uit me vandaan. Ik zet een stap in de richting van opa en herinner me dan waar ik heen ging. Aarzelend vraag ik, "Heb je me hier nodig voor als de politie komt?"

"Nee, ga naar de inzamelingsactie. Deze idioot heeft je recht voor mijn bewakingscamera bedreigd. Ik weet zeker dat dat het enige is wat de politie nodig heeft."

Ik bijt op mijn lip. "Juist. Hij heeft ook een straatverbod overtreden, is zijn borgtocht ontvlucht en bevond zich illegaal op privé-eigendom — opnieuw."

"Ze pakken hem wel op," zegt opa. "Ga."

Ik stap voorzichtig over de jammerende Brett heen en stap in mijn auto. "Vertel dit ook aan Blue," zeg ik voordat ik de deur sluit.

Opa knikt en ik start de auto.

Blue heeft connecties met veiligheidsdiensten, dus wat Brett ook te wachten staat, ze kan het misschien nog erger maken — en op dit moment denk ik dat ik me het meest op mijn gemak zou voelen als hij naar de gevangenis zou gaan. En iemands bitch zou worden.

Terwijl ik alle gedachten over Brett opzij duw, evenals mijn weer opduikende zorgen over de Uv-straling, rijd ik de oprit af en speel helemaal naar St. Augustine een scène uit de *Fast and the Furious* na.

Tot mijn grote teleurstelling is de parkeerplaats buiten en een blok van het gebouw verwijderd.

Niet dit weer.

Ik kijk in mijn dashboardkastje in de hoop dat daar nog wat zonnebrandcrème is achtergebleven, die ik was vergeten.

Nee.

Niks.

Ik stap uit de auto en zet een moedige stap richting mijn bestemming. Dan nog een. Dan nog een.

Ik kan er niks aan doen, maar ik stel me zonnevlammen en plasmaregens voor die op het oppervlak van de vurige bol boven me vallen, met regendruppels zo groot als een land. Ik voel mijn huid bijna branden, mijn cellen muteren en mijn collageen en elastine beschadigd raken.

In de toekomst zou ik in ieder geval een parasol in de kofferbak van mijn auto moeten bewaren, gewoon voor het geval dat. Misschien ook een ninja-outfit. Aan de andere kant, als we het over "voor het geval dat" hebben, dan kan ik er net zo goed een dozijn reservetubes zonnebrandcrème in bewaren.

Niet zeker of het zal helpen, begin ik te rennen.

Mijn gezicht is warm. Veel te warm. Ik stel me voor dat de eerste hulpverleners in Tsjernobyl zich zo hebben gevoeld op die noodlottige dag nadat de reactor ontplofte. Tenminste twee keer denk ik bij mezelf dat ik het gewoon op ga geven en dekking ga zoeken in de nabije schaduw, maar dat doe ik niet.

Als er enige eerlijkheid in het universum is, dan zou Oliver me alleen al moeten vergeven, omdat ik al deze UV voor hem getrotseerd heb.

Met het gevoel dat ik een beproeving heb overleefd die de Griekse mythen waardig is, storm ik het gebouw binnen dat mijn bestemming is en breng een paar kostbare seconden door om op adem te komen.

"Naam?" vraagt een dame bij de ingang.

Ik ratel het op en ze vinkt me af van de lijst die voor haar ligt.

"Hoe erg te laat ben ik?" vraag ik, nog steeds buiten adem.

Ze kijkt op. "Deze dingen zijn als bruiloften. Niets begint ooit op tijd."

Als ik naar binnen stap, zie ik dat ze gelijk heeft. Iedereen is zich nog steeds onder elkaar aan het mengen.

Ja! Nu Oliver zoeken.

Terwijl ik door massa's onbekende mensen loop, scan ik alle gezichten.

Nee.

Nee.

Daar.

Hij staat in zijn eentje naast een ijssculptuur.

Oh nee. Hij houdt zijn telefoon voor zijn gezicht.

Karper.

Hij mag zijn berichten niet —

Hij moet het wel aan het doen zijn. Net als de lucht tijdens een storm, verandert zijn gezicht en wordt het gevaarlijk donker.

Ik check mijn eigen scherm en vloek.

Hij heeft net mijn berichtje gelezen.

Mijn vage hoop was om hier te zijn voordat dat

gebeurde, zijn telefoon te pakken en de app te verwijderen — maar dat is nu niet meer mogelijk. Misschien helpt het om te kruipen? Het is een poging waard.

Ik loop naar hem toe als iemand me op de schouder tikt.

Ik draai me om en knipper met mijn ogen naar de elegante vrouw die voor me staat. Het kost me een paar momenten om te herkennen wie ze is, omdat ze niet zoveel make-up draagt als op haar foto's op social media.

"Olive?" vraagt ze.

Ik knik stom.

Ze steekt haar hand uit. "Ezra Shelby."

Ik schud haar hand iets te heftig. "Natuurlijk. Ik herkende je."

Ze glimlacht vriendelijk. "Dankzij social media is niemand meer een vreemde."

Ik knik met mijn hoofd, nog steeds overdonderd.

Ze kijkt op haar horloge. "Kunnen we dat gesprek nu hebben?"

Karper.

Hoe kan ik nee zeggen? Ze doet me een groot plezier.

Ik werp een blik op Oliver.

Nee, ik kan nu met niemand anders dan hem praten. Ik moet dit goedmaken.

Ik hap naar adem en zeg tegen Ezra, "Het spijt me heel erg, maar ik kan nu niet praten. Ik heb iets dringends tegen Oliver te zeggen."

Als dit betekent dat ik mijn droombaan niet krijg, dan zij het zo.

Ze kijkt verward terwijl ze knikt. Ze heeft vast niet eerder meegemaakt dat iemand zo onprofessioneel met haar omging.

Tot zover goede indrukken.

Whatever. Het belangrijkste is om Oliver te vertellen dat ik niet meende wat hij zojuist op zijn scherm heeft gezien. De kans dat hij me vergeeft, is klein, maar ik moet het op zijn minst proberen. Ik zou het mezelf nooit vergeven als ik het niet deed.

Ik laat Ezra daar staan, sprint naar hem toe en negeer de zwakke ping die van mijn telefoon komt terwijl ik ren.

Als Oliver me ziet, worden zijn ogen groot.

"Hé," flap ik eruit. "Laat me iets zeggen voordat je me zegt dat ik op moet hoepelen."

Zijn ogen worden nog groter.

"Het spijt me dat ik hier niet was voordat je de kans kreeg om dat stomme bericht te lezen," ratel ik. "Brett stond ineens voor mijn neus en —"

Was zijn gezichtsuitdrukking al zo stormachtig?

Hij ziet er eng uit. Moorddadig zelfs.

"Stond je ex voor je neus?" gromt hij. "Die fu—"

Ik zwaai met mijn hand. "Vergeet hem. Opa heeft hem met een beanbag in zijn kont geschoten."

Olivers stormachtige uitdrukking verandert niet, dus begin ik sneller te praten. "Luister, ik meende niet wat ik in dat berichtje zei. Ik bedoel, ik meende het toen natuurlijk wel, maar nu meen ik het niet meer.

Het was dom. Ik heb overduidelijk wat problemen, maar ik werk eraan. Het was in wezen een misverstand. Iedereen deed alsof je me had ontslagen en ik —"

Hij legt me op de best mogelijke manier het zwijgen op: door zijn zachte lippen op de mijne te drukken. De kus is diep, warm en voor de locatie buitengewoon ongepast — en precies wat ik niet wist dat ik nodig had.

Ik heb het gevoel dat er een lamantijn van mijn borst is gegleden.

Als hij me eindelijk laat gaan, snak ik naar adem.

"Betekent dat dat je me niet haat?" slaag ik erin om te vragen.

Hij neemt mijn gezicht teder in zijn handen. "Kelpkoppie, hoe kun je dat zelfs maar vragen?"

Mijn zucht van verlichting zou een yogi trots maken.

"Nou dan." Oliver laat zijn hand vallen en werpt een blik op de plek waar ik een paar seconden geleden stond. "Hoe is je gesprek met Ezra gegaan?"

Ik volg zijn blik. "Ik heb nog niet met haar gesproken," geef ik toe. "Blijkbaar moest ik jou eerst kussen."

Hij schudt zijn hoofd en ik weet niet zeker of zijn afkeuring echt is of een grap. "Waar wacht je nog op? Haal haar binnen. Daarna zullen we verdergaan waar we mee begonnen zijn."

Ik kijk hem stralend aan. "Oké."

Ik betwijfel of ze nu net zo blij zal zijn om met me te praten, maar het is het proberen waard.

Terwijl ik naar de plek loop waar ze staat, kijk ik op mijn telefoon. Het blijkt dat ik appjes heb van een paar mensen, waaronder van Oliver.

Waar ben je? is wat hij op mijn psycho-berichtjes had geantwoord.

Warmte verspreidt zich in mijn borst. Ik kan tussen de regels van dat antwoord lezen. Hij zou me zijn komen zoeken en me tot gezond verstand hebben gesproken/ gekust.

Jippie.

Een ander bericht is van Blue:

Brett is nu bij de politie. Hij zal voorlopig niet vrijkomen, reken daar maar op.

Nog een ander bericht is van opa, met in wezen dezelfde boodschap als die van Blue, maar met meer krachttermen over Brett.

Ik voel me licht op mijn voeten. Voor iemand die haar kans op de baan bij Octoworld heeft verprutst, voel ik me buitengewoon gelukkig.

Als ik Ezra bereik, schokt ze me door me een knipoog te geven die helemaal BFF is en helemaal geen potentiële werkgever.

"Dat zag eruit als een enorm dringende zaak die je moest regelen," zegt ze met een grijns, terwijl ze zichzelf koelte toewaait. "De temperatuur in de kamer is misschien een paar graden gestegen."

Ik glimlach schaapachtig. "Ik hoop dat je begrijpt

waarom het misschien het beste is als ik ergens anders dan in Sealand ga werken."

"Laten we het daar eens over hebben," zegt ze, en het gesprek verandert al snel in een informeel sollicitatiegesprek.

In een mum van tijd krijgen we een band over onze liefde voor octopussen — een goed begin. Halverwege schijn ik met mijn uitvindingen en ideeën indruk op haar te hebben gemaakt, of ik neem tenminste aan dat ik indruk op haar heb gemaakt, want uiteindelijk biedt ze me een baan aan.

"Ik accepteer het," flap ik eruit.

Ze grijnst. "Wil je niet weten hoeveel het betaalt?"

Karper. Ik zucht. "Ik denk dat dat niet bevorderlijk was voor mijn onderhandelingspositie, ofwel?"

Haar gezicht wordt ernstig. "Ik geloof in het eerlijk betalen van mensen. Hoe klinkt dat?" Ze haalt haar visitekaartje tevoorschijn en schrijft een getal dat dertig procent hoger is dan wat Sealand me betaalt — en zij zijn al vrijgevig.

Aangezien ik het voorheen niet cool speelde, doe ik nu niet de moeite om mijn opwinding te verbergen, hoewel ik de neiging weersta om vrolijk op en neer te springen.

"Als dat je niet overtuigt," zegt ze, "ik begrijp dat je je eigen octopus hebt die je in Octoworld wilt laten huisvesten? Ik zal daar graag voor zorgen en alle verhuiskosten dekken."

Ik staar naar haar. "Hoe wist —"

"Oliver," zegt ze. "Hij vroeg me om hem in ruil

daarvoor een van de bewoners van Octoworld te geven, wat geen probleem is."

Ik kan dit niet geloven. Ik zal door octopussen worden omringd, meer geld verdienen en Beaky elke dag zien.

"Je bent erg overtuigend," zeg ik met een brede grijns. "Als ik enige aarzeling had gehad om voor je te werken — wat ik niet had — dan zou ik de baan nu zeker aannemen. Heel erg bedankt."

Ze grijnst terug. "Ik kijk er naar uit om met je samen te werken. Ik geloof dat er nu meer van die enorm dringende zaak op je staat te wachten."

Ik draai me om om haar blik te volgen en ontmoet Olivers cyaanblauwe ogen.

"Ik zal dat nu gaan regelen," zeg ik tegen Ezra en haast me naar hem toe.

"Wil je een stukje wandelen?" mompelt hij en steekt zijn hand uit. "We zijn in de buurt van een prachtige plek die ik je wilde laten zien."

"Tuurlijk." Ik pak zijn hand. Terwijl hij me naar buiten leidt, pak ik een paar hors d'oeuvres en slik ze zonder te kauwen door.

Als we bij de uitgang zijn, besef ik dat er een enorm probleem is en ik stop. "Ik heb geen zonnebrandcrème meer."

Hij trekt zijn wenkbrauwen op. "Hoe is dat mogelijk?"

"Ik ben zonder komen te zitten. Je zou kunnen zeggen dat ik afgeleid was."

Hij glimlacht alwetend. "Ik denk dat het het lot is."

Tot mijn schrik haalt hij een tube zonnebrandcrème uit zijn zak — en het is mijn favoriete merk. "Ik heb je woorden ter harte genomen en ga dit nu regelmatig gebruiken," legt hij uit.

Ik staar hem alleen maar aan. Kan iemand echt zo perfect zijn als dit mannelijke exemplaar?

"Wil je mijn hulp bij het aanbrengen hiervan?" mompelt hij.

Ik knik sprakeloos, en hij smeert me in met zonnebrandcrème, terwijl hij mijn gezicht, mijn nek en mijn armen aanraakt — en ondertussen orgastische explosies veroorzaakt.

"Is het zo goed?" vraagt hij als ik onder een dikke dubbele laag zit.

"Geweldig," hijg ik. "De beste die ik ooit heb gehad."

Hij grijnst, legt de zonnebrandcrème weg en pakt nog een keer mijn hand.

Onze bestemming blijkt een bruggetje te zijn over een koivijver omgeven door groen, met gigantische vissen die waarschijnlijk door toeristen zijn overvoerd.

Met andere woorden, een plek die romantisch genoeg is voor trouwfoto's.

Ik kijk omhoog van de vijver en in Olivers ogen. "We moeten praten."

"Tuurlijk." Hij trekt me bij de hand die hij nog steeds vasthoudt in een nieuwe slipjesverbrandende kus.

"Wauw," hijg ik als we elkaar loslaten. "Je hebt daar geweldige punten gescoord. Toch wilde ik me verontschuldigen voor —"

"Niet doen." Hij drukt een vinger op mijn lippen. "Beschouw de zaak als vergeten."

"Oké, maar mag ik je op zijn minst bedanken? Voor de zeemeerminverrassing, en om dat met Ezra te regelen. Ik heb trouwens de baan gekregen."

"Graag gedaan. Wat het krijgen van die baan betreft, ik twijfelde er niet aan dat je hem zou krijgen."

Deze keer kus ik *hem* — en als we niet in een openbare plaats waren, dan zou mijn dankbaarheid veel meer voor boven de achttien zijn. Voor nu trek ik me met tegenzin terug en trek zijn das weer recht.

"Er is nog iets," mompel ik terwijl ik naar hem opkijk.

Zijn ogen fonkelen. "Ik heb ook nog iets anders te zeggen, maar dames eerst."

"Nou. Ik schraap mijn keel die zo droog is als een woestijn. "Ik heb me gerealiseerd dat ik gevoelens voor je heb. Gevoelens die lijken op hoe een octopus over garnalen denkt."

Een sexy grijns vormt zich om zijn lippen. "Wat een toeval. Ik wilde je vertellen dat ik ook gevoelens voor jou heb. De mijne zijn niet anders dan wat een lamantijn voor romaine sla voelt."

Wauw. Lamantijnen zijn *dol* op hun romaine sla —

Hij pakt mijn gezicht in zijn handpalmen. "Olive you."

O.M.G.

Fabio is erin geslaagd om nog een ander slachtoffer met zijn woordspelingen uit de hel te corrumperen.

Ik knijp zachtjes in Olivers schouder. "Als je

verwacht dat ik, 'Olive you too' zeg of 'I Oliver you', dan gaat dat niet gebeuren." Ik leg mijn handen op de zijne en druk ze steviger tegen mijn gezicht. "Maar ik zal zeggen dat ik ook van jou hou."

Om de deal te bezegelen, kussen we opnieuw.

En opnieuw.

En nog ongeveer honderd keer.

Epiloog

OLIVER

Waar is hij verdomme?

Ik scan de lobby nog een keer.

Nee. Mijn broer is nog steeds nergens te bekennen.

Misschien is hij in de war over de ontmoetingsplaats?

Ik loop in een vlot tempo Octoworld binnen. Het laatste wat ik wil is vanwege mijn broer te laat komen.

Terwijl ik niet voor de eerste keer door de gangen van Octoworld loop, hoop ik echt, echt dat niemand in Olives familie een octopusfobie heeft — angst voor octopussen. Ik ben er vrij zeker van dat het bij mijn familieleden goed zal gaan, hoewel ik betwijfel of mijn idiote broers toe zouden geven dat ze bang zijn voor koppotigen, of het nu mosselen of octopussen zijn.

Maar aan de andere kant, is dat de reden waarom Ash vermist wordt? Zit hij ineengedoken in een hoekje, verlamd door de blik van een of andere octopus? Als je daar getuige van bent, is het misschien de moeite waard om te laat te komen.

Ik besluit terug te gaan naar de lobby. Onderweg zie ik overal het werk van mijn kelpkoppie. Mijn favoriet is waarschijnlijk de opstelling aan mijn linkerhand, waar twee octopussen in aangrenzende tanks frisbees naar het glas gooien dat hen scheidt. Olive heeft dat geregeld nadat ze ontdekte hoeveel de dieren ervan genieten om soortgenoten met willekeurige voorwerpen aan te vallen. Ezra heeft geluk dat ze niet Jane Goodall is, want dan zou deze plek Chimpworld zijn, en de frisbees zouden uitwerpselen zijn.

Correctie. *Hier is* mijn favoriete uitvinding. Beaky zoeft voorbij in een kleine mobiele tank die hij, als een buitenaardse fiets, met zijn armen kan besturen. In een prestatie die een NASA-ingenieur waardig is, heeft Olive dit tankvoertuig zo gebouwd dat het aan de grotere tank kan worden gekoppeld die Beaky's eigenlijke huis is — en veel mensen komen nu naar Octoworld om dit wonder te zien.

Als ik terugkom in de lobby, zie ik nog steeds geen teken van mijn getuige.

Waarom dacht ik dat het vandaag anders zou zijn? Waarom dacht ik dat hij eindelijk iets serieus zou nemen?

Een extatisch gekreun dat uit de nabijgelegen kast komt, onderbreekt mijn steeds bozer wordende mijmeringen.

Serieus? Dit weer?

Kokend van woede stap ik naar voren en ruk voordat ik over mijn acties na kan denken de kastdeur open.

Gelukkig had ik gelijk. Zelfvoldaan over zijn schouder kijkend is het mijn broer, en niet, laten we zeggen, een van mijn aanstaande schoonouders.

Atypisch voor Ash, gedraagt hij zich als een heer — het is dat, of hij blokkeert door louter toeval zijn verovering voor mijn zicht.

Dan zie ik een bruidsmeisjesjurk op de grond liggen. Shit. Er is geen Sherlock voor nodig om erachter te komen dat hij Ezra aan het neuken was. Ik heb mijn broers en vrienden verteld dat als ze maar naar iemand staren die ook maar enigszins op Olive lijkt, ik ze bij hun ballen zou grijpen, dus Ezra is het enige bruidsmeisje dat niet strikt verboden terrein is.

"We zijn laat," blaf ik en sluit de deur.

Na een minuut slentert Ash de kast uit. "Broer, wil je even met me mee naar het toilet?"

Ik frons. "Sinds wanneer ben jij zo in contact met je vrouwelijke kant?"

Hij knikt naar de kast. "Wees geen lul."

Ah. Hij wil zijn vriendin — die maar beter Ezra kan zijn — een kans geven om naar buiten te sluipen zonder mij onder ogen te hoeven zien.

Goed dan. Zonder te antwoorden loop ik naar het nabijgelegen toilet.

"Bedankt," zegt hij luid voordat hij bij me komt staan.

Aangezien we toch hier zijn, gebruik ik de faciliteiten, en hij ook. Als we klaar zijn, kijk ik hem boos aan. "Dat kan maar beter niet een van de Hyman-zussen zijn geweest."

"Ik vertel je helemaal niks," zegt hij. Wanneer hij de moorddadige blik in mijn ogen ziet, voegt hij eraan toe, "Dat was het niet."

Arme Ezra.

"We zijn laat," grom ik. "Schiet op."

Ik duw de deur open en zet grote stappen in de richting van het atrium.

"Rustig aan," zegt Ash, terwijl hij me inhaalt. "Ze kunnen echt niet zonder jou beginnen."

Hoofdschuddend stap ik op de rode loper die speciaal voor deze gelegenheid is uitgerold.

Oef. Ze is er nog niet. Ash mag blijven leven.

Als ik op een bloemblaadje stap, grijns ik. Tofu was de bloemenhond en het lijkt erop dat hij zijn werk als een brave jongen heeft gedaan.

Terwijl ik loop, zie ik mijn familie en vrienden aan de rechterkant en die van Olive aan de linkerkant.

Achter in de ruimte staan mijn andere broer en de rest van de bruidsjonkers, en tegenover hen staan Olives zussen en Ezra — wiens slordige uiterlijk mijn eerdere vermoeden bevestigt.

Ik vermijd rechtstreeks naar de vijf identieke Hyman-zussen te kijken. Hoewel ik Olive gemakkelijk van hen kan onderscheiden, lijkt de rest ondanks verschillende kapsels en make-up griezelig veel op elkaar. De oudere Hyman-tweeling lijkt ook erg op hen, vooral in de bijpassende bruidsmeisjesjurken die ze allemaal dragen, dus het is meer alsof het er zeven zijn.

Oh, en waar een priester zou staan, staat Fabio — onze beambte.

Wacht. Ik ben nu niet eerlijk. Fabio is vandaag de priester. Als een grap die een beetje te ver is gegaan, werd hij door de First United Church of Cthulhu ingewijd — een echte religieuze organisatie die in Arizona geregistreerd staat.

Ja, en ze maken grappen over Florida.

Fabio ziet me en voert een officiële Cthulhic-begroeting uit die 'de kin-tentakelgroet' wordt genoemd. Hij bedekt zijn mond met gespreide vingers en laat ze beven.

Ik neem mijn plaats in en staar samen met iedereen naar de ingang waar de bruid uit zal komen.

Mijn hart begint wild in mijn borst te bonzen.

Dit is het. Al die andere stappen — onze liefde toegeven, gaan samenwonen, verloven — hebben tot dit geleid, een bruiloft omringd door onze dierbaren... en octopussen.

Er klinken aangenaam griezelige gitaarriffs in plaats van de gebruikelijke bruidsmars. Het is Metallica en het nummer heet 'The Call of Ktulu'. Ze hebben de naam van de Grote Oude verkeerd gespeld, omdat de juiste spelling wordt verondersteld het beest dichterbij te brengen, en ze hadden besloten om het lot niet te tarten.

De ouders van Olive komen als eerste binnen. Dan

houdt haar vader de deur vast en stapt mijn bruid majestueus de kamer binnen.

Iedereen hapt naar adem terwijl ik naar haar staar. Ze heeft me haar niet voor de ceremonie laten zien, dus ik wist alleen dat ze dol was op haar jurk.

Nu kan ik mijn ogen er niet meer van afhouden.

Ze is net zo mooi als toen ik haar voor het eerst ontmoette, maar vandaag is er een etherische uitstraling in haar mooie gelaatstrekken te zien. Haar aardbeiblonde haar glinstert in een ingewikkeld opgestoken kapsel, haar groene ogen glanzen en haar bleke huid heeft een parelachtige glans waardoor ik haar overal wil likken.

Wat de jurk betreft, ik ben er ook dol op. Hij laat elke ronding zo vakkundig zien dat een stroom van onwelkom bloed in mijn pik schiet.

Af, jongen. Te veel mensen kijken. Ongunstige gelegenheid. Over een paar uur krijg je je kans.

Voor onze huwelijksnacht gaan mijn kelpkoppie en ik uitzoeken hoe de reproductie van een zeemeermin zou moeten werken. Spoiler alert: er komt geen kaviaar aan te pas.

Nee. Denken aan de huwelijksnacht is niet het beste idee.

Ik begin aan niet sexy dingen te denken, zoals olierampen, roodwateralgen en een blobvis. Dit lijkt te werken. Codename Aqua-mannelijkheid rust voor het moment, dus ik neem het risico om de rest van mijn bruid te bekijken.

Het is niet verrassend dat ze een jurk in zeemeerminstijl draagt, hoewel niet de typische soort. Deze heeft schubben onder de taille en komt het dichtst in de buurt bij het dragen van een zeemeerminnenstaart op je bruiloft terwijl je nog steeds kunt lopen.

Ik lach. Ik betwijfel of ik de enige ben die op dit moment tegen mijn libido vecht. Als mijn kelpkoppie een zeemeerminnenstaart opzet, verandert ze op de best mogelijke manier in een geil beest. Er is een reden waarom ik haar zoveel van die dingen als cadeau heb gegeven — één voor elke feestdag, zelfs Vlaggendag.

Als ze me bereiken, knipoogt Olives vader naar me, waardoor er een flashback naar zijn Thanksgiving Day-massages ontstaat. Haar moeder fluistert iets bemoedigends tegen ons allebei dat ik niet kan verstaan. Waarschijnlijk zoiets als "het huwelijk gaat over het geven en ontvangen van zoveel mogelijk orgasmes als menselijk mogelijk is", of "orgasmen helpen varkens zwanger te worden, dus waarom niet ook mensen?"

"Als ik ieders aandacht mag hebben," zegt Fabio in een microfoon met de plechtige stem van een Cthulhu-priester. "Het uur van de afrekening is aangebroken."

Ik kijk naar Olive en mijn hart voelt alsof het, als een zalm tijdens het paaiseizoen, uit mijn borst kan springen.

"Lieve etherische wezens," zegt Fabio tegen de menigte. "We zijn hier vandaag samengekomen om getuige te zijn van het samengaan van twee hemelse entiteiten in een tijdloze traditie die wij, menselijke vleeszakken, het 'huwelijk' noemen." Zijn luchtcitaten lijken op de kronkelende tentakels uit een van de tekenfilms van Olives oma.

Olive en ik wisselen een wetende grijns uit. Fabio verlangde duidelijk naar wat niet-porno acteermogelijkheden en begint echt in zijn rol te kruipen.

"Vijfentachtig procent van ons enorme universum bestaat uit donkere materie" — Fabio beweegt de microfoon van hand tot hand — "en we zijn slechts minuscule lichtstralen die in die oneindige koude leegte glinsteren."

Ja. Leuk en vrolijk, zoals beambten zouden moeten zijn.

Fabio brengt de microfoon dichter bij zijn gezicht, alsof hij er ceremonieel aan gaat likken. "Onze zwakke geest zou zich over de onwaarschijnlijkheid moeten verbijsteren dat hemelse entiteit Olive en hemelse entiteit Oliver op dit punt aan zijn gekomen, maar hier zijn we, op het punt om getuige te zijn van het onverschillige universum dat net een beetje warmer en oneindig veel minder vijandig wordt."

Hij beweegt de microfoon weg en zegt met zijn normale stem, "De ringen mensen. Hop, hop."

Ash brengt me de ring, terwijl Ezra hetzelfde voor Olive doet.

Fabio spreekt weer in de microfoon. "Zoals we van de beroemde documentaire over hobbits en Sauron hebben geleerd — die eigenlijk maar een ondergeschikte van de Ware Heer, Cthulhu, is — hebben ringen een grote kracht." In een griezelige imitatie van de stem van Gollum, voegt hij eraan toe, "Geef elkaar jullie Precious."

Ik stap naar voren en schuif mijn ring om Olives tere vinger. Oeps. Onze handpalmen strijken langs elkaar, en ik moet weer een kalmerende monoloog voor mijn lul componeren terwijl Olive de ring om mijn vinger doet.

Onze ogen ontmoeten elkaar en er zit een duizelingwekkende finaliteit in. Een gevoel van zoiets als het lot.

"Nu dan," vervolgt Fabio. "Accepteert de entiteit die bekend staat als Olive, de entiteit die bekend staat als Oliver als haar wettig getrouwde echtgenoot?"

Haar ogen gloeien helderder. "Ja."

"Accepteert de entiteit die bekend staat als Oliver, de entiteit die bekend staat als Olive als zijn wettig echtgenote?"

Ik voel me ultrabewust, alsof ik amfetaminen heb gebruikt. "Ja."

Fabio knikt plechtig en salueert nogmaals met de kintentakel. "Het zij zo. Met de macht die mij door de staat Florida is verleend, de God-keizer van de tanks, en natuurlijk de gezegende tentakels van Cthulhu, verklaar ik jullie nu man en vrouw."

Ik grijns, warmte straalt door mijn lichaam.

Dit is het.

Het is officieel.

Ze is van mij.

"Je mag de bruidentiteit kussen," zegt Fabio, en dat doe ik.

Ik kus haar en geef haar mijn alles terwijl iedereen toetert en juicht.

Voorproefjes

Bedankt voor je deelname aan de reis van Oliver en Olive!

Op zoek naar meer romcoms om hardop te lachen? Maak kennis met de Chortsky broers en zus in Moeilijke dingen:

- *Moeilijke code* – een werkplek romance die eigenzinnige QA-tester Fanny Pack en haar mysterieuze Russische baas, Vlad Chortsky volgt
- *Hardware* – het hilarische verhaal van Bella Chortsky, een ontwikkelaar van seksspeeltjes, en Dragomir Lamian, een potentiële investeerder in haar volgende grote onderneming
- *Harde byte* – een nep date romcom met Holly, een priemgetal-geobsedeerde anglofiel die

337

een deal maakt met Alex Chortsky (aka de
Duivel) om haar droomproject te redden

En als je geen genoeg kunt krijgen van de zussen
Hyman, kijk dan ook eens naar:

- *Koninklijk bedrogen* – een ranzige koninklijke
  romance met waaghals prins Tigger en Gia
  Hyman, een film-geobsedeerde goochelaar
  met smetvrees
- *Femme fatale-isch* – een spion romcom met
  aspirant femme fatale Blue Hyman en een
  sexy (mogelijke) Russische agent

Meld je aan voor mijn nieuwsbrief op
www.mishabell.com/nl/ om van mijn toekomstige
boeken op de hoogte te blijven.

Misha Bell is een samenwerking tussen het schrijfteam
van een man en zijn echtgenote, Dima Zales en Anna
Zaires. Als ze niet bezig zijn om je als Misha te laten
lachen, dan schrijft Dima sci-fi en fantasy en Anna
schrijft duistere en eigentijdse romantiek.

Sla de pagina om om previews van *Femme fatale-isch*
door Misha Bell en *Wall Street Titan* door Anna Zaires
te lezen!

Fragment uit Femme fatale-isch door Misha Bell

Mijn naam is Blue—zet hier maar een stemming-gerelateerde grap - en ik ben een femme fatale in opleiding. Mijn doel is om bij de CIA te gaan. Helaas heb ik een klein probleem met vogels, en het dichtste dat ik bij mijn droom ben gekomen is werken voor een overheidsinstantie die verontrustend up-to-speed is met ieders sexts, tirades in privé Facebook-groepen en geheime chocolade koekjes recepten van de familie.

Ik weet dat ik een spionnen cliché ben, die agent die aan een bureau werkt, maar naar veldwerk hunkert. Ik heb echter een plan: ik ga in de geheime Hete Pokerclub infiltreren, waar ik een mysterieuze, sexy vreemdeling heb gespot waar ik van overtuigd ben dat hij een Russische spion is.

En als ik binnen ben? Het enige wat ik moet doen is de vermeende spion verleiden zonder voor hem te vallen, zodat ik zijn ware identiteit kan onthullen en mijn femme fatale bonafides aan de CIA kan bewijzen. Ik verlies op het werk nooit mijn concentratie, dus dat zal een absoluut eitje voor me zijn. Oh, had ik al gezegd dat hij sexy is?

Ik doe het voor mijn land, niet voor mijn eierstokken, ik zweer het.

WAARSCHUWING: nu je dit hebt gelezen, zal je apparaat zichzelf in vijf seconden vernietigen.

————

Ik steek mijn vinger in het siliconen poepgat van Bill.

"Wat doe je in godsnaam?" roept Fabio geschrokken fluisterend uit. "Dat is prikken. Je moet zachtaardig zijn. Liefdevol."

Grommend van frustratie trek ik mijn hand terug.

Het poepgaatje van Bill maakt een gulzig slurpend geluid.

"Zie je?" zeg ik. "Hij mist mijn vinger. Zo erg kan het niet zijn geweest."

"Luister, Blue." Fabio knijpt zijn amberkleurige ogen tot spleetjes. "Wil je mijn hulp of niet?"

"Goed dan." Ik smeer mijn vinger in en onderzoek mijn doelwit nog een keer. Bill is een siliconen torso zonder hoofd met buikspieren, een kont en een harde lul — of is het een dildo? — die uitsteekt, althans

340

meestal. Op dit moment zit het arme ding tussen de buik van Bill en mijn bank geplet.

"Wat als je doet alsof het je poes is?" Fabio's neus rimpelt van afkeer. "Ik weet zeker dat je *daar* niet als op de knop van een lift op moet drukken."

"Ik wrijf meestal over mijn clitoris als ik masturbeer," mompel ik terwijl ik meer glijmiddel aan mijn vinger toevoeg. "Of ik gebruik een vibrator."

Fabio maakt een kokhalzend geluid. "Je betaalt me niet genoeg om naar dat soort shit te luisteren."

Met een zucht cirkel ik een paar keer verleidelijk met mijn vinger om de opening van Bill en ga dan langzaam met alleen het topje van mijn wijsvinger naar binnen.

Fabio knikt, dus ik steek de vinger er dieper in en stop wanneer de eerste knokkel erin zit.

"Veel beter," zegt hij. "Richt nu tussen zijn navel en pik."

Ik krimp ineen. Ik haat het woord "pik" - en al het andere dat met vogels te maken heeft, dus ook hoe ze eten. Toch doe ik wat hij zegt.

Fabio schudt dramatisch zijn hoofd. "Niet je vinger buigen. Dit is geen kom-hier situatie."

Ik trek mijn vinger eruit en begin opnieuw.

Mijn vinger gaat er deze keer recht in.

"Huh," zeg ik als ik er met twee knokkels in zit. "Er zit daar iets. Voelt als een walnoot."

Fabio gnuift. "Dat *is* een walnoot, domkop. Ik heb die daar voor educatieve doeleinden ingeschoven. De prostaat - of P-spot - is ongeveer waar je nu bent, maar de echte voelt zachter en gladder aan. Nu je hem hebt gevonden, masseer je het zachtjes."

Terwijl ik van de walnoot van Bill geniet, schudt Fabio met de pop om te simuleren hoe een echte man zou reageren. Dan begint hij Bill ook een stem te geven, waarbij hij al zijn acteervermogen voor pornosterren gebruikt.

"Bill" kreunt en kreunt totdat hij, zoals Fabio het zegt, "een P-gasme heeft waar niks tegenop kan."

Ik haal mijn vinger er weer uit. Ik heb gemengde gevoelens over mijn prestatie.

Fabio pakt mijn kin vast en tilt mijn gezicht op. "Laat me je tong zien."

Met het gevoel alsof ik vijf ben, steek ik mijn tong helemaal uit.

Hij schudt afkeurend zijn hoofd. "Niet lang genoeg."

Ik trek mijn tong terug. "Lang genoeg voor wat?"

"Om bij de walnoot te komen, natuurlijk." Hij zucht theatraal. "Ik zal het moeten doen met wat ik heb."

Ugh. Mag ik hem slaan? "Zullen we aan zijn penis werken?"

Met nog een zucht draait hij Bill om. "Heb je die zuigtabletten genomen, zoals ik je had gezegd?"

Niet voor het eerst heb ik twijfels over mijn instructeur. Het doel van deze training is simpel: ik wil spion worden, wat inhoudt dat ik vaardigheden als verleidster/femme fatale op moet doen. Denk aan het personage van Keri Russell in *The Americans*. Volgens haar achtergrondverhaal in die show was ze naar een enge spionageschool geweest die haar verleiding had geleerd. Dergelijke scholen komen in films over Russische spionnen zelfs veel voor - de nieuwste was in *Anna* te zien. Helaas zijn deze scholen in het echte leven moeilijker te vinden. Dus ik dacht dat ik in plaats daarvan een professional in zou moeten huren, maar de prostituee die ik om hulp had gevraagd, had geweigerd. Hetzelfde geldt voor de vrouwelijke pornosterren die ik op social media had benaderd. Als laatste redmiddel had ik me tot Fabio gewent, een jeugdvriend die nu een mannelijke pornoster is. Omdat hij in de homoporno zit, beweert hij dat hij een man beter kan behagen dan welke vrouw dan ook.

"Ja, ik heb op de zuigtabletten gezogen," zeg ik. "Mijn keel is gevoelloos en ik voel mijn tong nog nauwelijks."

"Geweldig. Neem nu die hele piemel in je keel." Fabio wijst naar Bill.

Bezorgd kijk ik naar het formaat van Bill. "Weet je het zeker? Zouden de zuigtabletten de penis niet gevoelloos maken? Als Bill echt zou zijn, bedoel ik."

Hij trekt een wenkbrauw op. "Bill?"

Ik haal mijn schouders op. "Ik dacht dat als ik een relatie met hem heb, hij niet anoniem zou moeten zijn."

Fabio klopt op mijn schouder. "De zuigtabletten zijn er alleen om je wat vertrouwen te geven. Als je eenmaal ziet dat het past, dan ben je meer ontspannen voor het echte werk en dan hoef je niet verdoofd te worden. Maak je geen zorgen. Ik zal je een goede ademhaling leren en zo. Je zult binnen de kortste keren een pro zijn."

"Oké." Ik doe mijn sexy pruik af en leg hem op de bank. Voordat Fabio iets zegt, verzeker ik hem dat ik hem tijdens een echte ontmoeting op zal houden.

Nu ik comfortabel zit, leun ik voorover en neem Bill zo ver als ik kan in mijn mond.

Mijn lippen raken de siliconenbasis. Wauw. Dit is dieper dan ik in staat was om een van mijn exen in mijn mond te nemen - en zij waren niet zo groot. Mijn kokhalsreflex is gevoelig. Meestal geeft zelfs een tandenborstel me problemen als ik hem gebruik om mijn tong schoon te maken. Maar dankzij de verdoving is de siliconen dildo helemaal naar binnen gegaan.

Dat is interessant. Kunnen zuigtabletten ook helpen om waterboarding te weerstaan? Als ik een spion wil worden, dan moet ik leren om martelingen te weerstaan voor het geval ik gevangengenomen word. Natuurlijk is waterboarding niet mijn grootste zorg. Als de vijand toegang tot een eend heeft - of welke vogel dan ook - dan zal ik alle staatsgeheimen vrijgeven om het gevederde monster bij me weg te houden.

Ja, oké. Misschien had de CIA een goede reden om mijn kandidatuur af te wijzen. Aan de andere kant, in *Homeland* — nog een van mijn favoriete programma's — hadden ze Claire Danes met al *haar* problemen bij de CIA laten blijven. Wat me eraan herinnert: ik moet oefenen om mijn kin op commando te laten trillen.

Fabio tikt op mijn schouder. "Dat is genoeg."

Ik laat los en slik een overvloed aan speeksel in. "Dat was niet zo erg. Moet ik het nog een keer doen?"

Hij schudt zijn hoofd. "Ik denk dat je een motivatieboost nodig hebt."

Ik weet waar hij het over heeft, dus ik pak mijn telefoon.

"Ja." Hij wrijft als een schurk uit de vroege Bond-films in zijn handen. "Laat me de foto nog eens zien."

Ik haal de afbeelding van codenaam Hottie McSpion tevoorschijn.

Een undercover FBI-agent had deze foto genomen omdat hij achter een van de mannen aan zat, maar die is niet mijn doelwit. Nee. Iedereen denkt dat Hottie McSpion gewoon een willekeurig iemand is, maar *ik* geloof dat hij een Russische agent is.

Fabio fluit. "Zo veel premium mannenvlees."

Dat is waar. Op de afbeelding zit een groep buitengewoon heerlijk uitziende mannen rond een tafel in een *banja* in Russische stijl - een hybride tussen een stoombad en een sauna. De mannen hebben alleen een handdoek om en, in het geval van Hottie McSpion, een niet -reflecterende pilotenzonnebril die een soort anticondenscoating moet hebben. Met de zweetparels op ieders glinsterende spieren, zien ze eruit als een natte droom die tot leven komt.

"Ze spelen poker," zeg ik. "Daarom heb ik pokerlessen gevolgd."

"Ja, dat dacht ik al, aangezien de foto Hete Pokerclub heet." Fabio spreekt de laatste twee woorden opgewonden uit. "Je realiseert je dat dat als de titel van een van mijn films klinkt?"

Ik haal mijn schouders op. "Een FBI-agent heeft

deze afbeelding zo genoemd, niet ik. Ze zaten achter een andere man aan die in die kamer aanwezig was en ik heb als onderdeel van de samenwerking tussen de agentschappen meegeholpen."

Fabio tikt op het scherm om op Hottie McSpion in te zoomen. "En hij is degene die je zoekt?"

Knikkend neem ik het beeld nog een keer in me op. Hottie McSpion heeft de hardste spieren van dit toch al indrukwekkende stel en de sterkste kaak. Zijn gebeeldhouwde mannelijke trekken zijn vaag Slavisch, een feit dat me eerst wantrouwend naar hem maakte. Zijn haar is donkerblond en zo gezond als het haar in een reclame voor shampoo. Zelfs mijn pruiken zijn niet zo mooi.

Als ik zou horen dat deze man het resultaat was van Sovjet-genetici die hadden geprobeerd om het perfecte mannelijke exemplaar/supersoldaat/veldagent te creëren, dan zou het me niet verbazen. Het zou me ook niet verbazen als ik erachter zou komen dat hij de inspiratie voor het Russische equivalent van een Ken-pop was (Ivan A. Pieceof?). Zelfs als ik niet zou denken dat hij een spion was, dan zou ik dat pokerspel infiltreren om die stomme bril van hem af te rukken en zijn ogen te zien. Hoewel ik me ze voorstel als-

"Je kwijlt," zegt Fabio. "Niet dat ik het je kwalijk kan nemen."

Ik was bijna in het verraderlijke speeksel gestikt. "Nee, dat doe ik niet."

"Ja, natuurlijk. Zeg eens eerlijk, ga je achter hem aan

omdat hij misschien een spion is of omdat je met hem wilt trouwen?"

"De eerste optie." Ik verberg mijn telefoon. "Spion of niet, trouwen is voor mij uitgesloten. Mijn huidige houding ten opzichte van daten deelt een acroniem met de naam van het bureau waarvoor ik werk: Zonder Verplichtingen. Maar daar gaat het hier niet om. Als ik in mijn eentje een spion ontmasker, dan zal de CIA dit zeker opmerken en hun afwijzing van mijn kandidatuur heroverwegen. En zelfs als ze me niet aannemen, dan heb ik Amerika veiliger gemaakt. Russische spionnen behoren nog steeds tot de grootste bedreigingen voor onze nationale veiligheid."

"Natuurlijk, zeker," zegt Fabio. "En dat hij een kanjer is heeft niets te maken met het feit dat jij je specifiek op hem concentreert."

Ik frons. "Dat hij een kanjer is, is de reden waarom hij de perfecte agent is. Denk aan James Bond. Denk aan Tom Cruise in *Mission Impossible*. Denk aan-"

Fabio steekt zijn handen op alsof ik dreig om hem neer te schieten. "De dame protesteert te veel, denk ik."

Ik gebaar naar de siliconen fallus. "Moet ik het nog een keer doen? Ik denk dat de verdoving is uitgewerkt."

Om een onbekende reden voel ik me super gemotiveerd om iemand te deepthroaten.

———

Bezoek www.mishabell.com/nl/ om jouw exemplaar van *Femme fatale-isch* vandaag nog te bestellen!

Fragment uit Wall Street Titan door Anna Zaires

Een miljardair op zoek naar de perfecte vrouw...

Op vijfendertigjarige leeftijd heeft Marcus Carelli het
allemaal: hij is rijk, machtig en zo knap dat vrouwen
voor hem in katzwijm vallen. Als selfmade miljardair
staat hij aan het hoofd van een van de grootste
hedgefondsen van Wall Street en heeft hij de macht om
met een vingerknip grote bedrijven te gronde te
richten. Het enige wat ontbreekt? Een vrouw die net
zo'n prestatie is als de miljarden op zijn bankrekening.

Een kattenvrouwtje dat een date wil...

De zesentwintigjarige Emma Walsh werkt bij een
boekenwinkel en is volgens haar beste vriendin ene
kattenvrouwtje. Daar is ze het niet per se mee eens,
maar het is moeilijk de feiten te negeren. Versleten
kleding vol kattenharen? Check. Laatste professionele

knipbeurt? Meer dan een jaar geleden. O, en drie katten in een piepkleine studio in Brooklyn? Yep, die heeft ze dus.

En ja, oké, ze heeft al niet meer gedatet sinds... nou ja, dat weet ze niet precies. Maar daar valt wat aan te doen. Daar zijn datingsites toch voor?

Een persoonsverwisseling...
Eén high-end matchmaker, één datingapp, één misverstand dat alles verandert... Tegenpolen trekken elkaar aan, maar kan het echt wat worden?

———

Ik huppel haast van opwinding als ik naar Sweet Rush Café loop, waar ik Mark zal zien voor een etentje. Dit is het gekste wat ik in tijden heb gedaan. Vanwege mijn avonddienst bij de boekwinkel en zijn colleges hebben we maar een paar berichtjes kunnen uitwisselen, dus het enige waar ik op af kan gaan zijn die onscherpe foto's. Toch heb ik hier een goed gevoel over.

Ik heb het idee dat Mark en ik echt bij elkaar kunnen passen.

Omdat ik toch een paar minuten te vroeg ben, blijf ik even stilstaan bij de deur en sla de kattenharen van mijn wollen jas. De jas is beige, wat beter is dan zwart, maar spierwit haar valt toch op. Ik neem aan dat Mark het niet zo erg zal vinden – hij weet hoeveel haren Perzen verliezen – maar ik wil er toch acceptabel uitzien voor onze eerste date. Het heeft me een uur gekost om mijn krullen zo ongeveer onder controle te krijgen en ik draag zelfs een beetje make-up, iets wat net zo zeldzaam is als een tsunami in een meertje.

Ik adem diep in en stap het café binnen om te kijken of Mark er al is.

Het is een klein en knus tentje met een halve cirkel van zitjes om een koffiebar heen. De geur van geroosterde koffiebonen en baksels doet het water in mijn mond lopen en mijn maag rammelen van de honger. Ik was van plan het bij koffie te houden, maar nu besluit ik toch ook een croissant te bestellen. Dat kan met mijn budget nog nét.

Er zijn maar een paar plekken bezet, waarschijnlijk omdat het dinsdag is. Ik kijk om te zien of iemand Mark zou kunnen zijn en zie een man in zijn eentje aan de tafel het verst weg zitten. Hij zit met zijn gezicht naar de andere kant, dus ik zie alleen de achterkant van zijn hoofd, maar zijn haar is kort en bruin.

Het zou hem kunnen zijn.

Ik raap mijn moed bij elkaar en loop naar hem toe. 'Hallo,' zeg ik. 'Ben jij Mark?'

Hij draait zich naar me om en mijn hartslag schiet de stratosfeer in.

De man tegenover me lijkt in niets op de foto's in de app. Hij heeft bruin haar en blauwe ogen, maar daar houdt de gelijkenis op. Er is niets ronds en verlegen aan de harde lijnen van deze man. Van de stalen kaaklijn tot de haviksneus is zijn gezicht puur mannelijk, voorzien van een zelfverzekerdheid die neigt naar arrogantie. De beginnende stoppelbaard op zijn slanke wangen benadrukt zijn jukbeenderen nog meer en zijn wenkbrauwen zijn dikke, donkere lijnen boven zijn ongelofelijk lichte ogen. Hoewel hij zit en ik sta, ziet hij er toch lang en krachtig gebouwd uit. Zijn schouders zijn wel een kilometer breed in zijn maatpak en zijn handen zijn twee keer zo groot als de mijne.

Dit kán de Mark uit de app niet zijn, tenzij hij keihard heeft gesport sinds die foto's zijn gemaakt. Zou het kunnen? Kan iemand zoveel veranderen? Hij heeft in zijn profiel niets gezegd over zijn lengte, maar ik ging ervan uit dat hij dat deed omdat hij net als ik verticaal niet zoveel te bieden heeft.

De man naar wie ik kijk heeft op alle vlakken meer dan genoeg te bieden, en hij draagt absoluut geen bril.

'Ik ben... Ik ben Emma,' stotter ik terwijl hij naar me blijft staren met een hard en onaangedaan gezicht. Ik weet bijna zeker dat ik de verkeerde voor me heb, maar ik dwing mezelf toch te vragen: 'Ben jij toevallig Mark?'

'Ik geef er de voorkeur aan om Marcus genoemd te worden,' antwoordt hij tot mijn schrik. Zijn stem is een diep, mannelijk geluid dat iets vrouwelijks in me wakker schudt. Mijn hart begint nog sneller te slaan en mijn handpalmen beginnen te zweten als hij opstaat en botweg zegt: 'Je bent niet wat ik verwachtte.'

'Ik?' Wat de fuck? Er schiet woede door me heen die alle andere emoties wegvaagt terwijl ik de botte reus tegenover me aangaap. Die klootzak is zo lang dat ik mijn hals in een onnatuurlijke hoek moet buigen om naar hem te kijken. 'En jij dan? Je lijkt totaal niet op je foto's!'

'Waarschijnlijk zijn we allebei misleid,' zegt hij met een strakke kaak. Voordat ik antwoord kan geven, wijst hij naar het zitje. 'Nou ja, laten we nu dan maar samen eten, Emmeline. Ik ben hier niet voor niks naartoe gekomen.'

'Het is Emma,' verbeter ik hem boos. 'En nee, bedankt. Ik ga al.'

Zijn neusvleugels verwijden zich en hij doet een stap naar rechts om me de weg te blokkeren. 'Ga zitten, Emma.' De manier waarop hij mijn naam uitspreekt klinkt als een belediging. 'Ik moet wel even met Victoria praten, maar goed, we kunnen als twee volwassen mensen met elkaar eten.'

Mijn oren branden van woede, maar ik ga toch liever zitten dan hier een scène te trappen. Mijn oma heeft me van jongs af aan geleerd beleefd te zijn, en zelfs nu ik mijn eigen volwassen leven leid, vind ik het moeilijk om tegen haar leefregels in te gaan.

Ze zou het niet goedkeuren als ik zijn ballen een knietje gaf en hem zei dat hij naar de maan kon lopen.

'Dank je,' zegt hij en hij gaat tegenover me zitten. Zijn ogen schitteren ijsblauw als hij het menu oppakt. 'Dat was toch niet zo moeilijk?'

'Ik weet het niet, Marcus,' zeg ik met de nadruk op zijn formele naam. 'We kennen elkaar net twee minuten en ik voel me nu al moordlustig.' Ik zeg het met een damesachtige glimlach die mijn oma's goedkeuring zou kunnen wegdragen. Daarna gooi ik mijn tas in de hoek van het zitje en pak het menu op zonder mijn jas uit te trekken.

Hoe sneller het eten er is, hoe sneller ik hier weg kan.

Een diep gegrinnik doet me verschrikt opkijken. Tot mijn verbazing is die lul aan het grijnzen. Zijn tanden flikkeren op in licht zijn gebronsde gezicht. Geen sproetjes, registreer ik met jaloezie; zijn huid is perfect gaaf, zonder ook maar een moedervlekje op zijn wang. Hij is niet standaard knap, daarvoor zijn zijn trekken te grof, maar hij is schokkend aantrekkelijk op een potente, puur masculiene manier.

Tot mijn afschuw voel ik een warm verlangen in mijn binnenste en trekken mijn spieren zich samen.

Néé. Echt niet. Deze klootzak windt me níét op. Ik kan hem niet uitstaan.

Tandenknarsend kijk ik naar het menu en ik stel vast dat de prijzen hier tot mijn opluchting heel redelijk zijn. Ik sta er altijd op dat ik bij een date voor mijn eigen eten betaal, en nu ik Mark heb ontmoet – pardon, Marcus – kan ik me goed voorstellen dat hij me zou meenemen naar een tent met veel poeha waar een glas kraanwater meer kost dan een tequilashotje. Hoe kan ik hem zo verkeerd hebben ingeschat? Hij heeft overduidelijk gelogen dat hij in een boekhandel werkt en studeert. Met welke reden begrijp ik niet, maar alles aan de man tegenover me schreeuwt geld en macht. Zijn krijtstreeppak omhult zijn breedgeschouderde lichaam alsof het op maat voor hem is gemaakt en zijn blauwe overhemd is fris gestoomd, en ik weet vrij zeker dat zijn subtiel geruite das van een duur merk is waar zelfs Chanel bij verbleekt.

Terwijl dit alles tot me doordringt, begin ik wantrouwig te worden. Haalt er soms iemand een grap met me uit? Kendall misschien? Of Janie? Ze weten allebei op wat voor mannen ik val. Misschien heeft een van hen besloten me op deze manier naar een date te lokken. Maar waarom ze me met hém op een date zouden sturen, en waarom hij daarmee instemde, is een groot raadsel.

Fronsend kijk ik op van het menu en ik bestudeer de man tegenover me. Hij grijnst niet meer en bestudeert nu het menu met een rimpel in zijn voorhoofd die hem ouder maakt dan de zevenentwintig jaar van zijn profiel.

Dat was vast ook een leugen.

Mijn woede neemt toe. 'Dus, Marcus, vertel eens, waarom heb je me geschreven?' Ik laat het menu op de tafel vallen en kijk hem aan. 'Heb je überhaupt wel katten?'

Hij kijkt op en zijn fronsrimpel wordt dieper. 'Katten? Nee, natuurlijk niet.'

De neerbuigendheid in zijn toon zorgt ervoor dat ik bijna mijn oma vergeet en hem over de tafel heen een klap in het gezicht wil geven. 'Is dit een soort grap voor je? Wie heeft je hiervoor geritseld?'

'Pardon?' Zijn dikke wenkbrauwen gaan arrogant omhoog.

'O, hou op, zeg. Je hebt gelogen in je bericht en nu

heb je het lef om te zeggen dat ík niet ben wat je verwachtte?' Ik voel de stoom zowat uit mijn oren komen. 'Jij hebt míj een berichtje gestuurd en ik ben volkomen eerlijk geweest op mijn profiel. Hoe oud ben je? Tweeëndertig? Drieëndertig?'

'Vijfendertig,' zegt hij langzaam en zijn fronsrimpel komt terug. 'Emma, waar heb je het over...'

'Klaar nu.' Ik pak mijn tas beet, schuif het zitje uit en sta op. Wat oma me ook geleerd heeft, ik ga niet eten met een sukkel die toegeeft dat hij me een loer heeft gedraaid. Ik heb geen idee waarom een man zoals hij met mij zou willen dollen, maar ik weiger aan de grap mee te werken.

'Eet smakelijk,' zeg ik en ik draai me om om naar de uitgang te lopen voor hij me de weg weer kan blokkeren.

Ik heb zoveel haast dat ik bijna een lange, slanke brunette omverloop die het café binnenkomt en de kleine, mollige man die in haar kielzog volgt.

Wall Street Titan is nu verkrijgbaar. Ga naar www.annazaires.com/book-series/nederlands/ voor meer informatie en om jouw exemplaar te bestellen.

Over de auteur

Ik ben dol op het schrijven van humor (vaak de ongepaste soort), happy endings (beide soorten) en personages die eigenzinnig genoeg zijn om rare snuiters te worden genoemd (omdat... rare ballen). Als je van romance houdt die veel komedie en feel-good vibes bevat, ga dan naar www.mishabell.com/nl/ en meld je voor mijn nieuwsbrief aan.